Becoming Megan

Alle Titel von Rainer Wekwerth im Planet!-Verlag:

Bd. 1: Pheromon
Sie riechen dich

Bd. 2: Pheromon
Sie sehen dich

Bd. 3: Pheromon
Sie jagen dich

Bd. 1: Beastmode
Es beghinnt

Bd. 2: Beastmode
Gegen die Zeit

Ghostwalker

Shadowland

Mehr über unsere Autor:innen und Illustrator:innen auf:
www.thienemann-esslinger.de

ANNA & RAINER
WEKWERTH

BECOMING MEGAN

Prolog

Der Regen prasselte auf das Autodach und die Scheibenwischer liefen auf Hochtouren, aber das tat Kats guter Laune keinen Abbruch.

»Hey Leute, wollen wir ein Lied singen?«, schlug sie vor.

Ihr Vater schaute sie über den Rückspiegel an, während ihre Mom den Kopf ein wenig drehte.

»Welchen Song schlägst du vor?«, fragte sie.

»Vielleicht sollten wir Dad bei diesem Mistwetter nicht vom Fahren ablenken«, brummte Emily, ihre vier Jahre ältere Schwester, auf dem Sitz neben ihr, ohne vom Handy aufzublicken. Obwohl draußen über zwanzig Grad waren, trug sie eine Wollmütze.

Kat grinste. *Eigentlich hat sie das Ding immer auf. Muss so eine Art Fetisch sein.*

»Wie wäre es mit ›What do you mean‹?«, meinte Kat.

»Echt jetzt? Justin Bieber?«, knurrte Emily. »Du bist immer noch ein Fan von dem Typen?«

»Schwesterherz, das ist ein guter Song und wir fahren in den Urlaub, das wird eine geile Zeit.«

Emily schob eine Strähne ihres blonden Haares zurück unter die Mütze. »Schau mich an, Kat! Siehst du einen Funken Begeisterung?«

»Em«, kam es von vorn. »Wir haben darüber geredet, wohin wir in den Urlaub fahren sollen.« Kat sah im Rückspiegel, wie sich die Augen ihres Dads verengten. »Dir war egal, wohin es geht. Also haben Mom, Kat und ich beschlossen, dass es dieses Jahr ein Wanderurlaub wird und wir in die Redwoods fahren. Du hättest nicht mitkommen müssen.«

»Und wer passt dann darauf auf, dass Kat nicht in irgendwelche Schluchten stürzt oder von Bären gefressen wird?« Emily lachte.

Kat knuffte sie. »Ich bin neunzehn.«

»Auf dem Papier vielleicht, Schwesterlein, nur auf dem Papier. Wir alle kennen deine Begabung für Unfälle und Missgeschicke.«

Ihre Mutter stöhnte zustimmend. »Da ist was dran.«

»Das nennt man Mobbing«, sagte Kat. »Ist euch schon klar?«

»Oder man bezeichnet es als die Wahrheit.« Emily grinste breit. »Darf ich dich daran erinnern, dass du in den Pool gesprungen bist, obwohl Dad gerade dabei war, das Wasser abzulassen? Du hättest dir fast den Hals gebrochen.«

»Das ist schon drei Monate her, und er hat mir nicht gesagt, was er vorhat.«

»Honey, man schaut hin, bevor man irgendwo reinspringt«, meinte Emily.

Ihr Vater lachte laut auf. »War schon ein Bild für Götter. Wie unsere Kleine auf dem Boden des Pools saß, sich verwundert umschaute und den Kopf rieb.«

»Die Beule an ihrer Stirn war so groß wie ein Baseball. Sie konnte eine Woche nicht aufs College gehen«, ergänzte ihre Mom.

Kat verzog unwillig den Mund. Ihre Familie hatte ja recht, immer wieder passierten ihr »Dinge«, und bei jedem anderen, dem so viele Missgeschicke unterliefen, hätte sie mitgelacht. Dieser Spott jedoch schmerzte mehr als all die gebrochenen Knochen ihres jungen Lebens, auch wenn er nett gemeint war.

»Was ist jetzt mit ›What do you mean‹?«, versuchte Kat das Thema zu wechseln.

»Ja, lasst uns singen!« Ihr Vater stimmte an und alle stiegen ein. Der Innenraum des Fahrzeugs vibrierte bei dem lauten Gesang und es tat gut, zusammen zu sein.

Ich liebe meine Familie so sehr.

»DAD!«, schrie Emily mitten im Lied auf.

Kats Kopf ruckte nach vorn. Ein riesiger dunkler Schatten tauchte vor dem Toyota auf. Dann erklang ein Hupen wie von einer Schiffssirene. Kat sah, wie ihr Dad versuchte, dem Holztransporter auszuweichen, und das Lenkrad herumriss, aber es war zu spät.

Der Truck verwandelte sich in ein Bild aus zersplitterndem Glas und kreischendem Blech. Der Toyota wurde gegen eine alte, knorrige Fichte geschleudert.

Kat flog nach vorn. Ihr Kopf prallte gegen etwas. Neben ihr schrie Emily.

Dann war es still.

Ganz still.

1.

»Ich sehe, Sie sind wach.«

Kat hörte die dunkle Stimme, verstand jedoch nicht, was mit den Worten gemeint war. Sie versuchte die Augen zu öffnen, aber es klappte nicht.

»Nein, lassen Sie das. Ihre Lider wurden vorsorglich zugeklebt.«

Ich kann nicht richtig atmen. Warum kann ich nicht atmen?

Panik stieg in Kat auf. Was war passiert? Wo war sie? Und wer war dieser Mann, dessen Stimme sie noch nie zuvor gehört hatte?

Ihre Finger krallten sich zusammen, ohne dass sie ihnen einen Befehl dazu gegeben hatte. Kat spürte Stoff. Glatt. Fest.

Die linke Hand gehorchte ihr nicht und auch den Körper zu bewegen, war unmöglich.

»Zu Ihrer Sicherheit sind Sie angeschnallt«, sagte der Mann. »Wichtig ist, dass Sie sich nicht bewegen. Sie sind aufgeregt und verwirrt, aber Sie müssen ruhig bleiben. Ich gebe Ihnen jetzt etwas …«

Den Rest verstand Kat nicht mehr, da sich der Mann wohl abgewandt hatte und leise mit jemand anderem sprach. Kurz darauf floss Wärme durch ihren rechten Arm.

»Wir haben einen konstanten Zugang gelegt«, erklärte der Mann. »Darüber habe ich Ihnen gerade ein Beruhigungsmittel injiziert. Es wird gleich wirken. Haben Sie das verstanden?«

Da Kat ihren Kopf nicht bewegen konnte, rollte sie mit den Augen hinter den Lidern.

»Gut«, sagte der Mann. »Ich bin Dr. White. Dafür verantwortlich, den Aufwachprozess zu begleiten und zu steuern ...«

Was redet er da? Habe ich geschlafen?

Das Denken fiel ihr schwer.

»... Sie lagen nach einem schweren Unfall sechs Jahre im Koma, aber ...«

Die Stimme schwebte davon.

Koma? Unfall?

Die Puzzleteile wollten sich nicht zusammenfügen, doch dann rutschte eines an den richtigen Platz.

Unfall!

Kat erinnerte sich plötzlich wieder an die Fahrt, den riesigen Schatten und den unglaublichen Lärm.

Wir hatten einen Unfall ... Sechs Jahre? Koma? Wer ...?

Ein weiteres Teil fand seinen Platz.

Was ist mit Mom und Dad? Emily? Sind sie verletzt? Warum sind sie nicht hier? Bei mir?

Sie versuchte nach ihnen zu fragen. Eine Hand legte sich auf ihre Brust und übte sanften Druck aus.

»Nicht«, sagte die dunkle Stimme ruhig. »Nicht sprechen.«

Kat schrie innerlich. Sie spürte, dass etwas nicht in Ordnung war. Überhaupt nicht! Sie bäumte sich auf.

»Wo ist meine Familie?«, brüllte sie, aber die Worte verließen ihren Mund nicht. Etwas in ihrem Hals verhinderte es.

»Ihr Blutdruck steigt rasant. Das Herz rast«, sagte eine andere Stimme. Eine Frau, die Kat bisher nicht bemerkt hatte.

»Geben Sie ihr noch hundert Milligramm«, ordnete der Mann an, der sich Dr. White nannte.

Die Wärme und die Dunkelheit kehrten zurück.

2.

Als Kat das nächste Mal erwachte, gelang es ihr mit viel Mühe, die Augen zu öffnen. Alles, was sie sah, waren eine weiß gestrichene Decke und helles Neonlicht, das in den Augen schmerzte. Kat schloss sie wieder und holte tief Luft.

Dann versuchte sie es erneut. Es ging besser als beim letzten Mal, aber bewegen konnte sie sich immer noch nicht.

Sie drehte den Kopf zur Seite und entdeckte einen Haufen technischer Geräte, an die sie über Kabel und Schläuche angeschlossen war. Digitale Zahlen zeigten Blutdruck, Puls und alles Mögliche andere an. Ansonsten war der Raum leer, niemand außer ihr war anwesend.

Kat verstand, dass sie sich in einem Krankenhaus befand und etwas Schlimmes geschehen sein musste, doch es dauerte einen Moment, bis sie sich an den Besuch des Mannes erinnerte, der mit ihr gesprochen hatte.

Seine Stimme war dunkel und rau gewesen.

Wie war sein Name?

Dann machte es klick. White.

Er hat etwas zu mir gesagt.

Mehrere Atemzüge lang wollte es ihr nicht einfallen, aber dann kamen seine Worte zurück.

Unfall.

Sechs Jahre.

Koma.

Habe ich im Koma gelegen?

Bevor sie weiter darüber nachgrübeln konnte, ging die Tür auf und ein Mann Anfang fünfzig betrat das Zimmer. Ein weißer Arztkittel schlotterte um seinen ausgemergelten Körper. Er hatte langes schwarzes Haar, das fettig wirkte und strähnig bis auf die Schultern fiel. Ein Dreitagebart, teilweise von grauen Haaren durchzogen, unterstrich den ungepflegten Eindruck noch.

Das Gesicht mit den eingefallenen Wangen war bleich, darin glühten schwarze Augen wie Kohlestücke.

Kats Köper zuckte bei dem Anblick wie unter einer Elektrowelle, aber dann lächelte der Arzt und eine Verwandlung fand in seinem Gesicht statt. Plötzlich wirkte er freundlich und sympathisch. Nach den ersten Worten wusste Kat, wer das war.

»Gut, Sie sind aufgewacht.«

»Hallo«, krächzte Kat. Beim Sprechen schmerzte ihr Hals.

»Mein Name ist White. Dr. White.«

»Wo bin ich? Warum gibt es hier keine Fenster?«

»Oh, das ist etwas kompliziert.«

Die Worte verwirrten Kat. Warum beantwortete der Arzt nicht einfach ihre Frage?

»Wo sind meine Eltern und Emily?«

Er zögerte und Kat spürte, wie ein Schauer durch ihren Körper jagte.

»Es … es tut mir leid, Ihnen sagen zu müssen, dass Ihre Eltern tot sind. Sie haben den Unfall nicht überlebt.«

Tot.

Nur ein Wort. Und doch riss es Kats Welt entzwei. Ein bitterer Geschmack breitete sich in ihrem Mund aus.

»Emily?«, raunte sie.

»Sie lebt, ist aber seit dem Unfall querschnittsgelähmt.«
Ich träume. Ganz sicher. Das kann nur ein Traum sein. So etwas passiert nicht wirklich.
»Sie müssen gefasst bleiben …«
»Was muss ich?«, brüllte Kat. »Sind Sie verrückt? Sie erklären mir, dass meine Eltern tot sind, meine Schwester gelähmt und ich sechs Jahre lang im Koma lag. Sind Sie wirklich so unsensibel, dass Sie glauben, man könnte bei so einer Nachricht ruhig bleiben?«

Das Atmen fiel ihr plötzlich schwer. Kat schnaufte. Ihr Herz raste und in den Schläfen pochte es, als klopfte jemand mit einem Hammer dagegen.

Irgendeines dieser Scheißgeräte, an die sie angeschlossen war, piepte und dann noch eins. Und noch eins.

Der Arzt war offensichtlich von ihrer Reaktion überrumpelt. Er starrte fassungslos auf sie herab, wollte seine Hand ausstrecken, aber Kat schlug sie weg.

»Wagen Sie es nicht, mich anzufassen!«
»Kat …«
»Schicken Sie mich zurück!«
»Was?«
»Zurück ins Koma.«

Etwas ging im Gesicht des Arztes vor. Seine Züge wurden hart und die Wangenknochen traten deutlicher hervor. Der Mund schloss sich zu einer schmalen Linie, die wie mit einem Messer ins Gesicht geschnitten wirkte.

»Unmöglich«, sagte White.

»Warum? Medizinische Ethik? Scheiß drauf! Ohne meine Familie ist das kein Leben, und kommen Sie mir jetzt nicht mit dem Mist, es wäre trotz allem lebenswert und ein Wunder, dass ich nach so langer Zeit aufgewacht bin. Bla, bla, bla.«

»Nein, das hat damit wenig zu tun«, meinte White ruhig. »Es sind andere Probleme.«

Kat lachte bitter auf. »Was können das für *andere* Probleme sein?«

»Nun, ich weiß nicht, wie ich es Ihnen sagen soll …«

»Los jetzt. Ich will es hören.«

White fasste sich an die Nase und rieb sie. Dann sah er sie eindringlich an. Plötzlich wirkte er wie ein Raubtier, das sie belauerte. Ein mulmiges Gefühl machte sich in Kat breit und jagte ihr einen Schauer über den Rücken.

»Ihr Geist befindet sich nicht mehr in Ihrem Körper.«

»Was?«, kreischte Kat auf. »Sind Sie …?«

»Ihr alter Körper wurde vernichtet, nachdem …«

Kat ließ ihn nicht aussprechen. »Bullshit!«

Sie schaute auf ihre Hände. Der Blick wurde unscharf, dann sah sie wieder klar. Irgendetwas stimmt mit ihren Augen nicht, aber trotzdem war es eindeutig: Sie hatte Hände, also hatte sie auch einen Körper. Entweder träumte sie das alles oder der Arzt war komplett verrückt. Ein anderer Gedanke jagte ihr einen Schrecken ein.

War der Typ überhaupt Arzt?

Sein ungepflegtes Äußeres sprach nicht dafür. Überhaupt war alles an White irgendwie merkwürdig.

Bin ich entführt worden?

Sie musste den letzten Gedanken laut ausgesprochen haben, denn White nickte.

»Könnte man so sagen«, bestätigte er. »Aber anders, als Sie vermutlich denken. Ich habe Ihr Bewusstsein aus einem

Körper, der dabei war zu sterben, in einen gesunden Körper transferiert, dessen Geist erloschen war.«

»Ich verstehe kein Wort!«

»Sie sind Kat Anderson, aber nicht mehr die Person, die Sie einmal waren, denn nun leben Sie im Körper von Megan Taylor.«

Kat wandte den Kopf ab. »Ich glaube Ihnen nicht.«

White fasste neben das Bett und zog einen flachen Gegenstand hervor.

»Das habe ich auch kaum erwartet«, sagte er und reichte ihr einen Handspiegel.

Kat nahm ihn nur widerwillig, wenig bereit, dieses unsinnige Spiel mitzumachen.

Zögerlich warf sie einen Blick in den Spiegel.

Dann bekam sie einen Schreikrampf.

Sie brüllte eine Stunde lang.

3.

Irgendwann war sie zu erschöpft gewesen, um weiter zu schreien. Dr. White hatte ihr diesmal kein Beruhigungsmittel gespritzt, sondern sich auf den Stuhl in einer Ecke des Zimmers gesetzt und geduldig gewartet, dass sie sich beruhigte.

Nun stand er auf und trat ans Bett.

»Können wir jetzt miteinander reden?«, fragte er ruhig.

Kat schluchzte auf. Ihre Nase lief. White reichte ihr ein Papiertaschentuch und sie schnäuzte laut hinein.

»Was wollen Sie von mir?«, fragte sie tonlos.

»Zunächst einmal, dass Sie ruhig zuhören.«

Kat nickte schwach.

»Was geschehen ist, lässt sich nicht mehr ändern, aber Sie haben eine neue Chance bekommen. Ein neues Leben. Sehen Sie es als Geschenk.«

Kat hatte keine Kraft, etwas zu erwidern, also fuhr der Arzt fort.

»Ihre Schwester lebt, Sie sind also nicht allein …«

»Wer ist Megan Taylor?«, unterbrach ihn Kat.

Er verzog den Mund, als wollte er nicht über sie sprechen, tat es aber doch.

»Eine junge Frau in Ihrem Alter, die nach einer Überdosis Heroin ins Koma fiel. Sie wurde für hirntot erklärt. Das gab uns die Chance, ihren Körper zu verwenden.«

»Ich verstehe nicht, wie das funktionieren soll. Ich im Körper einer anderen Frau?«, stammelte Kat. »So etwas habe ich noch nie gehört.«

»Das wundert mich nicht. Die experimentelle Medizin ist auf diesem Gebiet bisher nicht weit fortgeschritten. Immer wieder wird darüber spekuliert, ob es eines Tages möglich sein wird, ein menschliches Bewusstsein auf einen Computer zu übertragen, aber an die Übertragung von Mensch zu Mensch denkt keiner. Diese Idee ist zu abschreckend, denn dem Missbrauch wären Tür und Tor geöffnet. Alte oder Kranke, die über die entsprechenden Mittel verfügen, würden die Körper junger, gesunder Menschen übernehmen und viele Jahre weiterleben.«

Kat dachte darüber nach. Es fiel ihr schwer, aber sie konnte dem Arzt einigermaßen folgen.

»An der Stelle komme ich jedoch ins Spiel«, sagte White. »Wo andere Sackgassen sehen, erkenne ich Möglichkeiten. Großartige Möglichkeiten. Das ewige Leben. Können Sie sich vorstellen, was reiche Menschen dafür zu zahlen bereit wären?« Er sah sie aufmerksam an, gab sich aber selbst die Antwort. »Alles! Alles würden sie bezahlen und den Mann, der ihnen diese Chance gibt, zum reichsten Menschen aller Zeiten machen. Reicher als Gott. Mächtiger als Gott, denn wo er Leben nimmt, schenke ich neues.«

Eine Gänsehaut kroch über Kats Körper, ließ sie erschaudern.

Der Typ ist wahnsinnig. Vollkommen durchgeknallt.

»Ich weiß, was Sie denken. Sie halten mich für verrückt, aber dass Sie in einem Körper stecken, der nicht Ihrer ist, und mit mir reden, zeigt, dass ich es nicht bin.«

»Warum ich?«, krächzte Kat. »Ich habe kein Geld.«

»Oh, das weiß ich, aber durch Sie werde ich an sehr viel Geld kommen.« Er lächelte verschmitzt. »Sie sind ein Prototyp, ein Versuch, aber einer, der gelungen ist. Bevor ich meine Entdeckung, sagen wir, zur Marktreife bringen kann, ist noch viel Entwicklung nötig. Kostspielige Entwicklung, die ich allein nicht finanzieren kann, und ich stehe etwas unter Druck, da es Menschen gibt, die Ergebnisse von mir erwarten. Mächtige Leute, die für ein Versagen wenig Verständnis aufbringen.«

Kat räusperte sich. »Mal angenommen, der ganze Mist stimmt, wie stellen Sie sich meine Mithilfe vor? Soll ich in Fernsehshows oder auf Medizinerkongressen vorgeführt werden, damit Sie Sponsoren finden oder öffentliche Gelder abgreifen können?«

White lachte laut auf. »Nein, um Himmels willen. Was ich getan habe, ist im höchsten Maße illegal. Ich würde nicht nur meine Zulassung als Arzt verlieren, sondern für die nächsten zwanzig Jahre ins Gefängnis wandern. Wir sprechen hier von Entführung, schwerer Körperverletzung und was weiß ich noch alles. Nein, nein, ich dachte da an etwas Subtileres, fernab der Augen von Behörden und Öffentlichkeit.«

»Also der Privatzoo, in dem Sie mich skrupellosen, reichen Menschen als lebendes Beispiel für Ihre Forschung präsentieren.« Kat biss die Zähne zusammen. »Aber da mache ich nicht mit, und ohne meine Zusammenarbeit wird Ihnen niemand glauben, dass Sie das Bewusstsein einer jungen Frau in den Körper einer anderen übertragen haben.«

»Auch da liegen Sie falsch.« White hob beide Hände. »Wenn alles so läuft, wie ich mir das vorstelle, werden nur zwei Personen von dieser Sache wissen, Sie und ich.«

»Und das Personal dieses Krankenhauses, die Assistenzärzte und Pflegekräfte …«

»Sie befinden sich nicht in einem Krankenhaus. Das ist eine … sagen wir Privatklinik, von der niemand etwas ahnt. Und um die Leute, die mir behilflich sind, brauchen Sie sich keine Gedanken machen. Keiner von ihnen weiß mehr, als er muss, um seine Tätigkeit auszuführen, und diejenigen, die zumindest eine Ahnung haben, was hier läuft, werden es niemandem erzählen können.«

Kat schluckte schwer, als sie begriff, was ihr White offenbarte.

»Sie wollen die Leute umbringen, wenn Sie ihre Mithilfe nicht mehr brauchen?«, fragte sie entsetzt.

»Falls es nötig ist«, gab der Arzt zu. »Ich werde auch Sie töten, wenn Sie nicht tun, was ich von Ihnen verlange.«

Kat lachte bitter auf. »Sie vergessen, ich war praktisch schon tot. Das schreckt mich nicht.«

White zog ein Handy aus seiner Hosentasche, tippte auf dem Display herum und reichte es ihr. Kat verstand nicht, was das sollte, nahm es aber entgegen.

Der Arzt hatte ein Foto aufgerufen. Darauf waren eine junge Frau und ein kleines Mädchen zu sehen, beide lachten in die Kamera. Schwindel erfasste Kat. Die Frau saß in einem Rollstuhl. Es war eindeutig Emily.

»Ihre Schwester ist inzwischen Mutter geworden. Das war kurz nachdem sie zugestimmt hatte, Ihre lebenserhaltenden Maßnahmen einzustellen. Die Prognosen waren schlecht, die Kosten hoch und von keiner Versicherung gedeckt. Ihre Schwester hat alles bezahlt. Auch als das kleine Erbe Ihrer Eltern aufgebraucht war. Sie hat nichts davon für sich behalten, stattdessen Tag und Nacht trotz ihrer Behinderung gearbeitet, um für Ihre Versorgung aufzukommen. Am Schluss konnte sie es sich schlichtweg nicht mehr leisten, Sie am Leben zu lassen. Emily war pleite. Pleite und hochschwanger. Als sie ihr Einverständnis gab, die Geräte abzuschalten, hat ein Arzt, den ich bezahlte, Ihren Tod vorgetäuscht, und ich konnte Sie übernehmen. Danach ließ ich Sie weiterschlafen, bis alle Vorbereitungen abgeschlossen waren und es an der Zeit war, mein Vorhaben in die Tat umzusetzen.«

»Warum erzählen Sie mir das?«

»Wenn Sie nicht tun, was ich sage, wird Emily sterben und ihre kleine Tochter auch. Sie hat sie rührseligerweise nach Ihnen benannt. Katherine. Ist das nicht nett?«

»Sie wollen zwei unschuldige Menschen umbringen?«

»Es geht um den nächsten Entwicklungsschritt der Menschheit. Ich werde ihn anstoßen und leiten. In diesem Kontext ist das Leben einer gelähmten Frau und eines Kindes bedeutungslos.« Er seufzte. »Aber so weit muss es nicht kommen, Kat. Ich bin mir sicher, Sie werden mich unterstützen.«

»Was soll ich tun?«

White lächelte und wirkte wie ein Fuchs an der Tür zum Hühnerstall.

»Sie sollen einen Mord für mich begehen ...«

Kat holte tief Luft.

»... einen sehr reichen Mann töten und sein Erbe antreten.«

»Ich? Warum ich?«

»Nun, der junge Mann, um den es geht, ist der Stiefbruder des Mädchens, in dessen Körper Sie stecken. Noah Taylor.

Er lebt sehr zurückgezogen, ist von ausgezeichneter Sicherheitstechnik und gut ausgebildeten Leibwächtern umgeben.« White hob grinsend einen Finger seiner rechten Hand und zeigte auf sie. »Aber das gilt nicht für seine Schwester. Megan Taylor kann ohne Probleme das Grundstück und das Haus ihrer Eltern betreten, ihren Bruder unauffällig aus dem Weg räumen und seine Stelle einnehmen. Da Vater und Mutter vor ein paar Monaten bei einem Raubüberfall erschossen wurden und es keine weiteren Erben außer Noah gibt, der nicht weiß, dass seine Stiefschwester gestorben ist, wird sie nicht nur das gesamte milliardenschwere Privatvermögen erben, sondern auch der CEO von TX, dem größten Medizinkonzern der Welt, werden. Sie erhält Zugang zu allen Mitteln, Forschungslaboren und das Fachpersonal. Also Zugriff auf alles, was ich benötige, um meinen Traum vom ewigen Leben wahr zu machen. Eigentlich recht simpel, nicht?«

Ein Würgen überfiel Kat. Sie beugte sich aus dem Bett, wollte sich erbrechen, aber es kam nur gelber Schleim hoch.

White wandte sich um. »Ich lasse Sie jetzt für einen Moment allein, damit Sie über alles nachdenken können. Sie wissen, um was es geht, und sind hoffentlich bereit, das zu tun, was ich von Ihnen verlange, oder Emily und ihre Tochter sterben noch heute.«

4.

Als White gegangen war, wartete Kat eine Weile ab, dann schlich sie zur Tür. An Flucht war nicht zu denken, denn sonst würde White seine Drohung gegenüber Emily und ihrer Tochter wahr machen, aber sie wollte wissen, wohin man sie gebracht hatte.

Kat legte das Ohr an die Tür und lauschte. Nichts.

Vorsichtig fasste sie nach der Klinke und drückte sie hinunter.

Nichts geschah. Die Tür war abgeschlossen.

Wahrscheinlich elektronisch gesichert, denn es gab kein Schlüsselloch und Kat hatte auch nicht gehört, dass White einen Riegel vorgeschoben hätte.

Frustriert ließ sie sich aufs Bett fallen und dachte über das nach, was ihr der Arzt gesagt hatte. Das Verrückte war: Sie glaubte ihm.

Er verlangte von ihr, dass sie einen jungen Mann tötete, den sie nicht kannte, der ihr nichts getan hatte, und all das nur, damit White Zugang zu Geld, Macht und Forschungsmöglichkeiten bekam, um seine wahnwitzigen Pläne umzusetzen.

Galle kroch ihren Hals hinauf und hinterließ einen bitteren Geschmack in ihrem Mund. Sie musste erneut würgen, übergab sich aber wieder nicht.

Ihre Gedanken wanderten zu Emily. Laut White hatte ihre Schwester viel auf sich genommen und große Opfer gebracht, um für die kostspielige medizinische Versorgung aufzukommen.

Es muss hart für dich gewesen sein, die Entscheidung zu treffen, die Geräte abschalten zu lassen, aber ich hätte es an deiner Stelle genauso getan. Es gab keine Hoffnung mehr. Mein Leben war vorbei.

Das Makabre an der ganzen Sache war der Umstand, dass sie ohne White nicht wieder aufgewacht wäre. Er hatte ihr Bewusstsein in einen anderen Körper transferiert und sie war am Leben. Unfassbar eigentlich und sicherlich eine medizinische Sensation, aber er hatte es nicht im Dienst der Wissenschaft getan, sondern um seine Träume von Unsterblichkeit und gottähnlicher Macht Wirklichkeit werden zu lassen.

Dafür war er bereit zu töten, aber auch sie zur Mörderin zu machen.

Die Aussichtslosigkeit ihrer Situation überrollte Kat und die nächsten Minuten starrte sie nur auf ihre zitternden Hände, dann dachte sie über das Mädchen nach, in dessen Körper sie jetzt steckte.

Kat nahm den Handspiegel auf und betrachtete sich von allen Seiten. Oder vielmehr begutachtete sie das Gesicht von Megan Taylor.

Megan war eine hübsche junge Frau mit Augen, die zu leuchten schienen. Sie hatte ebenmäßige Gesichtszüge, eine etwas zu spitze Nase. Sommersprossen tanzten auf diesem Gesicht. Kat schürzte die vollen Lippen, machte eine Schnute und probierte dann ein Lächeln. Blitzweiße Zähne kamen zum Vorschein.

Sie ist sehr schön.

Sie schlug die Bettdecke zurück und betrachtete ihren neuen Körper, dem man ein weißes Krankennachthemd angezogen hatte.

Mittelgroß, schlank, mit kleinen festen Brüsten. Kat hob die Arme an. Intensiv gebräunte Haut.

Sie muss viel Zeit in der Sonne verbracht haben.

Das Gesicht und der Körper einer Fremden. Kat konnte keine Beziehung dazu herstellen. Es war, als trüge sie die Kleider eines anderen Menschen, die ihr zwar wie angegossen passten, aber überhaupt nicht ihr Stil waren.

»Wer bist du?«, flüsterte sie. Kat beobachtete im Spiegel, wie sich die Lippen beim Sprechen bewegten, und entdeckte kleine Grübchen in den Mundwinkeln.

»Warum nimmst du Drogen? Du bist so hübsch und wie ich gehört habe, auch sehr reich. Du besitzt alles, was sich andere Menschen wünschen und doch hast du dein Leben zerstört. Was ist geschehen?«

Egal, was sie erwartet hatte, es kam nicht. Kein plötzlicher Gedanke oder ein auftauchendes Bild, kein Geistesblitz und auch keine Gefühle. Als würde man in einem verlassenen Haus stehen, rufen und keine Antwort bekommen.

Ihr altes Leben war für immer vorbei und würde nicht wiederkommen. Es gab nur noch die Möglichkeit zu sterben, entweder durch eigene Hand oder durch diesen verrückten Arzt. Oder …

… oder einen Mord zu begehen. Einen ihr vollkommen fremden jungen Mann zu töten.

Ich kann das nicht tun. Auch nicht, wenn mein Leben davon abhängt.

Aber das war das Problem. Es ging nicht nur um *ihr* Leben, sondern auch um das von Emily und deren kleiner Tochter.

Kat rief sich das Foto in Erinnerung.

Sie sieht noch aus wie früher, obwohl sechs Jahre vergangen sind.

Nur die Gesichtszüge wirkten härter, aber da war dieses Lachen gewesen. *Bist du glücklich, Schwesterlein?*

Kat wurde bewusst, dass sie nun Tante eines kleinen Mädchens war, das ihren Namen trug.

Emily und sie waren die letzten beiden Menschen, die ihr von ihrer Familie geblieben waren. Wieder stiegen ihr Tränen in die Augen, aber Kat drängte sie weg. Sie musste nachdenken. Eine Lösung finden. Doch je länger sie ihre Möglichkeiten durchging, desto klarer wurde, dass sie keine hatte.

Entweder sie tat, was White verlangte, oder sie tat es nicht.

Mit allen Konsequenzen, die daraus folgten.

Ich brauche mehr Zeit. Vielleicht finde ich später eine Lösung. Zunächst muss ich so tun, als ginge ich auf die Forderung ein. Sicherlich denkt sich White, dass ich einen Ausweg aus meiner Lage suche, aber sobald ich aus dieser Klinik rausgekommen bin, ergeben sich neue Möglichkeiten.

Kat seufzte laut auf. Es war nicht viel, aber ein Hoffnungsschimmer.

Sie drückte auf den Klingelknopf, der an ihrem Krankenbett befestigt war. Wie erwartet, erschien White umgehend. In seiner Hand hielt er ein iPad.

»Nun?«, fragte er.

»Ich denke, ich habe keine Wahl.«

»Gut, dass Sie es so sehen.«

»Angenommen, ich führe Ihren Auftrag aus und töte

Noah Taylor, wer garantiert mir, dass Sie mich und Emily nicht umbringen, wenn Sie alles haben, was Sie wollten?«

»Niemand. Und wie Sie selbst festgestellt haben, bleibt Ihnen keine andere Wahl.«

»Sagen Sie mir was Nettes«, meinte Kat ironisch. »Etwas, woran ich glauben kann. Ein bisschen Hoffnung wäre schön.«

White neigte den Kopf zur Seite und lächelte. »Wie wäre es damit? Wenn ich habe, was ich will, gibt es keinen Grund mehr, Sie oder Ihre Schwester aus dem Weg zu räumen. Sie werden eine Mörderin sein, die Beweise dafür kann ich liefern. Also ist es besser, Sie schweigen. Mal abgesehen davon, würde Ihnen sowieso niemand glauben. Also lasse ich Sie leben und Emily und die kleine Katherine auch. Ich übertrage Ihnen sogar ein paar Millionen Dollar des Familienvermögens, dann können Sie in ein anderes Land gehen und das alles hier vergessen. Oder Sie bleiben hier, machen Ihrer Schwester das Leben so angenehm wie möglich, unterstützen sie und helfen ihr. Was immer Sie wollen.«

»So einfach ist das?«

»Ja, so einfach. Es geht um Zweckmäßigkeit, Mittel und Ziele. Drei Tote werfen Fragen auf, und ich möchte nicht, dass die Polizei oder sonst jemand auf mein kleines Projekt aufmerksam wird. Sie sehen also, es hat Vorteile für mich, Sie am Leben zu lassen.«

»Okay.«

White hob die Augenbrauen.

»Ich mache es.«

»Sehr gut.«

»Was muss ich dafür tun?«

Der Arzt trat einen Schritt näher. »Megan Taylor werden.

Nur auszusehen wie sie, reicht nicht. Noah weiß nicht, dass seine Schwester gestorben ist, aber er würde sofort misstrauisch werden, wenn etwas nicht stimmig ist. Ihr Training beginnt morgen. Bevor es losgeht, muss ich Sie über das informieren, was in den Jahren, in denen Sie im Koma lagen, auf der Welt geschehen ist. Ich zeige Ihnen Videos und erkläre Ihnen alles. Lassen Sie uns mit der Situation in den USA beginnen.«

»Na dann, legen Sie los.«

White klappte das I-Pad auf, stellte es auf den Nachttisch und schaltete es ein. Ein Video begann. Die amerikanische Flagge war zu sehen, darüber schwebte der Titel der Sendung.

Eine gespaltene Nation.

Offensichtlich eine Dokumentation. Ein Reporter erschien, der vor einem Ortsschild irgendwo an einer Landstraße mit einem Mikrofon in der Hand stand. Neben dem Ortsnamen waren Einschusslöcher im Blech zu sehen.

Wilmerton.

Kat hatte den Namen nie gehört und keine Ahnung, wo die Stadt liegen sollte.

Unter dem Ortsnamen stand:

1277 Einwohner Republikaner
0 Demokraten

»Das hier ist Trump-Land«, sagte der Reporter. Er deutete über seine Schulter in Richtung der kleinen Stadt, die sich in seinem Rücken befand.

Die nächsten dreißig Minuten folgten mehrere Berichte über die politische Situation innerhalb der USA. Kat musste zugeben, dass White recht gehabt hatte, vieles hatte sich verändert.

Ihr Heimatland war in den letzten Jahren eine gespaltene Nation geworden. Die Gräben zwischen den Anhängern der Republikaner und den Demokraten waren so tief wie der Grand Canyon.

Kat hatte sich nie sonderlich für Politik interessiert, aber was sie hier hörte, schockierte sie zutiefst.

Als der Bericht endete, hielt White die Vorführung an. »Was sagen Sie dazu?«

»Ich kann es kaum glauben.«

»Im Rest der Welt sieht es auch nicht besser aus. Die Demokratie ist auf dem Rückzug. In vielen Ländern herrschen inzwischen Despoten. Russland hat einen Krieg gegen die Ukraine begonnen und dadurch eine weltweite Energiekrise ausgelöst. Alles ist sehr viel teurer geworden. Zahlreiche Menschen sind trotz Vollzeitjob in die Armut abgerutscht, und das ist längst nicht alles. Corona hat die Welt, uns alle verändert.«

Kat dachte darüber nach, ob sie den Namen schon mal gehört hatte. Ihr fiel nichts ein.

»Wer ist das?«, fragte sie.

»Nicht wer, sondern was ist es.«

White schaltete das iPad wieder an.

»Über sechs Millionen Tote weltweit?«, ächzte Kat nach ein paar Minuten. Das alles hatte Züge eines Albtraums.

Der Arzt nickte ernst. »Und die Krise ist noch nicht überstanden. Niemand weiß, wann die nächste Mutation auftaucht und ob wir uns davor schützen können.«

»Wollen Sie mir noch weitere Katastrophen zeigen?«

»Nein, heute nicht. Alles in Ordnung?«

»Ja.« Kat wedelte mit der Hand vor ihrem Gesicht herum. »Ist alles nur ein wenig viel.«

Er nickte nachdenklich. »Ich lasse Sie jetzt allein. Wir sehen uns morgen.«

Als er gegangen war, wollte Kat über all das Gesehene und Gehörte nachdenken, aber sie war zu müde.

Sie putzte sich die Zähne und kroch unter die Bettdecke.

Vor Erschöpfung fielen ihr die Augen zu.

5.

»Sie werden jetzt von mir in einen anderen Bereich gebracht«, sagte White am nächsten Morgen und schob einen Rollstuhl ins Zimmer.

Das Frühstück war bereits abgeräumt worden und eine Frau hatte Kat bequeme Kleidung gebracht.

Sie trug nun statt des Krankenhauskittels Jeans, ein blaues Baumwoll-Sweatshirt mit dem Aufdruck »California Republic« und weiße Sneaker. Alles passte, als hätte sie es selbst ausgesucht.

»Warum haben Sie eigentlich mich ausgewählt?«, fragte sie den Arzt.

»Liegt auf der Hand, oder?« Er kratzte sich an der Oberlippe. »Sie haben das gleiche Alter, stammen aus Kalifornien und kennen sich im Staat aus. Das heißt, Sie sprechen Englisch, wie es hier in der Gegend gesprochen wird. Es gibt vieles für Sie zu lernen, aber vieles wissen Sie schon aufgrund Ihrer Vergangenheit. Sie müssen Megan Taylor werden, aber keine Amerikanerin, keine Kalifornierin. Das hilft enorm bei unserem Vorhaben.«

Er spricht von »unserem Vorhaben«, als ob ich eine Wahl hätte.

»Warum komme ich woanders hin und was soll der Rollstuhl?«

»Dies ist der Klinikbereich, die Leute, die hier arbeiten, kennen Sie nur als normale Patientin. Außer mir weiß niemand Ihren Namen. Im neuen Bereich wiederum ahnt keiner, dass Sie im Koma lagen. Den Trainern, die dort auf sie warten, wurde gesagt, Sie seien ein Double für eine junge, reiche Frau, das hier zur Ausbildung ist.«

»Dann wissen Sie also von Megan?«

»Ja, aber nicht, dass sie für tot erklärt wurde. Für alle Menschen, die sie kannten, lebt sie noch, und alle hier halten sie für eine verwöhnte, reiche Göre, die es sich sogar leisten kann, eine Doppelgängerin zu bezahlen, die für sie stellvertretend auf langweilige Veranstaltungen wie Empfänge, aber auch zu Partys geht, auf die sie keine Lust hat.«

Ganz schön clever. White hat also eine glaubhafte Begründung gefunden, warum jemand, der wie Megan Taylor aussieht, trainiert werden muss, sie zu sein.

»Ich muss Ihnen nun die Augen verbinden, aber bitte setzen Sie sich zuerst in diesen Rollstuhl.« Er deutete darauf.

Kat stand auf, ging hinüber und nahm darin Platz. White legte ihr eine schwarze, blickdichte Augenbinde an.

»Beide Stationen sind im Moment unbesetzt. So sieht Sie keiner gehen oder ankommen«, erklärte White.

»Wo sind wir hier überhaupt?

»Unter der Erde. Drei Stockwerke in der Tiefe. Mehr müssen Sie nicht wissen.«

Ich soll keine Ahnung haben, wo ich mich befinde, damit ich später nichts an die Behörden verraten kann, falls ich mich doch entscheide zur Polizei zu gehen. Es wird keine Beweise oder Hinweise geben, die man verfolgen kann, und niemand wird mir glauben, wenn ich meine Geschichte erzähle. Selbst ein DNA-Abgleich bestätigt nur, was alle denken werden: Das hier ist Megan Taylor. Eine crazy rich Bitch, die sich mit Drogen endgültig den Verstand rausgeblasen hat.

Kat konnte hören, wie White die Tür öffnete. Dann gab es einen Ruck und die Reifen des Rollstuhls quietschten leise über den Linoleumboden. Mehrfach spürte sie, wie White Richtungswechsel vornahm, Türen öffnete. Dann hatte sie das Gefühl, dass er sie eine Rampe hochschob. Ihr Rücken wurde gegen die Lehne gepresst und sie hörte ihn leise keuchen.

Kurz darauf öffnete er eine schwere Tür. Sie wurde hindurchgeschoben. White klimperte mit einem Schlüssel, den er irgendwo hineinsteckte, dann gab es einen kräftigen Ruck, und Kat wurde klar, dass sie sich in einem Aufzug befand. Als er mit einem weiteren Ruck anhielt, wurde erneut die Tür geöffnet und sie rumpelten über eine Schwelle.

Nun schienen sie im Freien zu sein, denn ein kühler Luftzug strich über ihr Gesicht. Kat schnupperte. Es roch nach Wasser und Algen.

Plötzlich und unerwartet holperte der Rollstuhl über etwas und die Augenbinde verrutschte. Für einem Moment konnte Kat durch den entstandenen schmalen Schlitz einen Teil des Meeres sehen. Sie war also irgendwo an der Küste. In der Ferne fuhr ein weißes Schiff vorbei. Ein seltsames Logo war auf den Rumpf gemalt. Bevor sie noch mehr Details wahrnehmen konnte, trat White vor sie und zog die Binde wieder zurecht. Die Fahrt ging weiter. Das Rumpeln hörte auf und die Reifen des Rollstuhls quietschten leise über den Boden. Wind war auch keiner mehr zu spüren, also vermutete Kat, dass der Arzt sie ins nächste Gebäude gefahren hatte.

Ungefähr fünf Minuten später hielt er an und zog ihr die Binde von den Augen. Kat schaute sich um.

Sie befand sich in einem Zimmer mit Bett, Schrank, einem Tisch mit Stuhl. Durch eine offene Tür konnte sie die Duschkabine und eine Toilette sehen. Es gab weder Fernseher noch Radio, auch keine Bücher.

»Das ist Ihr Privatraum für die nächsten vier Wochen«, erklärte er.

»Heimelig«, meinte Kat sarkastisch.

»Funktional. Das reicht.«

»Und was mache ich in meiner Freizeit?«

»Die wird es kaum geben. Sie haben ein volles Programm. Einer Ihrer Trainer wird Sie über alles informieren, was in den letzten sechs Jahren auf der Welt geschehen ist, aber Sie werden auch erfahren, was sich in der Mode geändert hat, welche Trends es bei jungen Menschen gibt, was im Fernsehen und Kino lief und alles andere, das wichtig ist. Dieser Trainer, Sie nennen ihn bitte Mr Brown, sagt Ihnen alles über die Familienbeziehungen der Taylors, Megans verstorbene Eltern und ihren Stiefbruder, aber Sie bekommen darüber hinaus Informationen zu den Hausangestellten. Er geht mit Ihnen Megans Krankengeschichte durch, wann sie weshalb wo beim Arzt war, welche Impfungen man ihr verabreicht hat.« Er schaute Kat an. »Megan war auf dem College, ebenso wie Sie. Sie bekommen einen Schnellkurs über alle Fächer, die sie belegte, wer dort ihre Freunde und wer ihre Feinde waren. Gleiches gilt für ihren privaten Freundes- und Bekanntenkreis.«

»Woher wissen Sie das alles?«, fragte Kat.

»Wir beobachten Megan seit Jahren, haben ihr Leben und

ihre Gewohnheiten studiert. Das Dossier über dieses Mädchen umfasst über eintausend Buchseiten. Sie werden das alles lernen und noch viel mehr.« Er räusperte sich. »Mr Fleur ist Ihr Schauspiellehrer. Er zeigt Ihnen, wie Megan geht, welche Gestik sie verwendet und wie sie auf bestimmte Situationen reagiert. So weit klar?«

Kat nickte.

»Kommen wir zu Mrs Smith, Ihre Sprachtrainerin. Durch Smith werden Sie lernen, wie Megan spricht, welche Phrasen und Schimpfwörter sie benutzt. Logischerweise ist die Stimmfarbe die gleiche wie zuvor, aber in der Region Kaliforniens, wo Sie aufgewachsen sind, dehnt man die Wörter ein wenig und spricht langsamer. Auch sind viele der Wörter dort nicht so angesagt wie hier und manche sind in den letzten sechs Jahren neu aufgetaucht. Besonders die Jugendsprache verändert sich ständig.«

»Und wenn ich das alles gelernt habe?«

»Gib es einen letzten Test. Wir bringen Sie außerhalb dieser Station an einen Ort in Kalifornien, wo Sie eine alte Bekannte Megans treffen werden. Eine junge Frau mit dem Namen Sybil. Sie kennen einander aus der Highschool, haben sich aber in den letzten beiden Jahren aus den Augen verloren. Sybil ging an das eine College, sie an ein anderes. Wie es halt so im Leben läuft. Da sich Megan und Sybil eine lange Zeit nicht gesehen haben, fallen kleinere Unstimmigkeiten nicht auf, größere allerdings schon, denn diese Frau kennt Megan sehr gut. Wenn Sie bei dieser Begegnung alles richtig machen und Sybil nicht misstrauisch wird, schicken wir Sie nach *Hause*.«

»Ist sie eingeweiht?«

»Wer? Sybil?« White schüttelte den Kopf. »Ihre Begegnung wird zufällig wirken.«

»Ist es aber nicht«, stellte Kat fest.

»Nein, wir haben Sybil sondiert, wissen, wo sie wann ist. Es wird nur ein kurzes Intermezzo, da Sie nicht viel Zeit haben und zum Volleyballtraining müssen.«

»Ich spiele Volleyball?«

»Ja, schon seit Jahren.«

»Aber ich habe diesen Sport nie betrieben.«

»Keine Sorge, Sie müssen nicht auf ein Spielfeld. Falls es jemals dazu kommen sollte, dass jemand Sie fragt, haben Sie eine Bänderdehnung und können derzeit nicht spielen.«

»Was muss ich zu Sybil wissen?«

»Das erfahren Sie zu einem späteren Zeitpunkt.«

»Was liegt als Erstes an?«

»Mr Brown wartet auf Sie im Raum neben Ihrem Zimmer, der allerdings wesentlich größer ist und mit allem ausgestattet, was zum Unterricht gebraucht wird. Sie müssen sich merken, was Ihnen beigebracht wird. Aufzeichnungen sind nicht erlaubt.«

6.

»Ich bin …«, sagte der Mann, aber Kat ließ ihn nicht ausreden.

»Mr Brown, ich weiß.«

Sie betrachtete den Mann Mitte dreißig. Er hatte tatsächlich braune Haare, die militärisch kurz geschnitten waren, und ein sonnengebräuntes Gesicht. Obwohl er akzentfreies Englisch sprach, glaubte Kat, dass seine Vorfahren aus Mexiko oder einem anderen südamerikanischen Land stammten. Er war schlank, mit einem offenen jungenhaften Gesicht. Kleine Grübchen an den Mundwinkeln malten ein ständiges Lächeln um seine Lippen.

Er sieht gut aus. Fast wie ein Schwimmlehrer oder Bademeister. Was hat jemand wie er mit diesem verrückten Arzt zu schaffen?

»Bevor wir anfangen, möchte ich wissen, wie Sie zu diesem Job gekommen sind.«

Mr Brown fiel nicht darauf rein.

»Darüber kann ich leider nicht reden. Das ist Teil der vertraglichen Vereinbarung, ebenso darf ich Ihnen nicht meinen richtigen Namen nennen oder sonst irgendwelche Hinweise zu meiner Person geben.«

Er nickte in Richtung Zimmerdecke. Deutlich sichtbar war da eine Überwachungskamera montiert.

»Hören die auch zu?«, fragte Kat.

»Ja.«

»Okay, dann lassen Sie uns anfangen. Ich möchte nachher noch Pizza essen gehen und an einer Bar einen Drink nehmen.«

Brown lachte.

»Mit Oliven und Anchovis«, sagte er.

»Sehr gute Wahl und welcher Drink soll es für Sie sein?«

»Ein schlichtes kühles Bier wäre mir recht.« Er seufzte. »Aber all das muss warten, wir haben viel Arbeit vor uns.«

»Wie habe ich mir diesen Unterricht vorzustellen?«, wollte Kat wissen.

Mr Brown deutete auf den Fernseher an der Wand des Raumes, der auf einem kleinen Sideboard stand. Außer zwei Sesseln und einem Tisch war der Raum ansonsten kahl. Es gab keine weiteren Möbel, keinen Teppich auf dem schlichten Steinboden und keine Bilder an den Wänden. Nicht einmal eine Flasche Wasser sah sie oder eine Kaffeemaschine.

»Ich werde Ihnen heute das Hauspersonal, die Gärtner und die Bodyguards der Familie vorstellen. Bitte prägen Sie sich die Namen und Gesichter ein.«

Er schaltete den Fernseher an. Das runde Gesicht einer Frau erschien. Dunkle Augen, schwarze Haare von silbernen Fäden durchzogen und ein Lachen auf den Lippen.

»Rosa Hernandez«, sagte Brown. »Sie ist die Perle des Hauses und schon seit über zwanzig Jahren bei den Taylors angestellt. Sie kocht für Noah, Megan und das Personal, organisiert aber auch den Tagesablauf im Anwesen, geht einkaufen und nimmt der Familie alles ab, was mit dem Haushalt zu tun hat. Zu Noah hat sie ein mütterliches Verhältnis, denn sie hat sich nach dem Tod seiner Mutter um ihn gekümmert, vor allem, wenn sein Vater auf Geschäftsreise war, was nicht selten vorkam.«

Brown rief ein weiteres Bild auf. Es zeigte zwei erwachsene Personen.

»Wenn wir schon davon sprechen … Das sind Alan und seine zweite Frau. Sie starben bei einem Raubüberfall, aber ich nehme an, über diese Umstände hat Sie Mr White schon informiert, wenn Sie es nicht selbst in den Nachrichten mitbekommen haben. War vor ein paar Monaten eine Riesensache.«

Kat nickte.

»Okay, ich habe hier ein Dossier über die beiden. Herkunft, Familie, Ausbildung und Beruf. Darüber hinaus, wie sie sich kennengelernt haben. Dazu alles über ihre Hochzeit und die folgenden Jahre. Bitte lesen Sie sich die Akten gut durch, wir werden zu einem späteren Zeitpunkt noch auf Mr und Mrs Taylor zurückkommen.«

Er drückte einen Knopf auf der Fernbedienung.

»Lassen Sie uns mit den aktuellen Menschen in Megans Leben fortfahren.«

In den nächsten Stunden gingen sie das ganze Personal durch. Nicht nur die *aktuellen*, sondern auch alle Menschen, die im Laufe der Jahre für die Familie gearbeitet hatten. Es war die reinste Armee.

Kat hatte nicht gewusst, dass Reiche so viele Leute beschäftigten, und auch die Anzahl der Menschen, die kamen und gingen, war erstaunlich. Eigentlich war nur Rosa die Konstante im Leben von Megan gewesen, aber laut Brown hatten die beiden ein distanziertes Verhältnis. Ganz im Gegensatz zu Noah. Viele der Aufnahmen zeigten ihn und die Köchin. Lachend, einen Arm um die Schulter gelegt oder gemeinsam beim Kochen.

Fast alle Bilder schienen Schnappschüsse in unbeobachteten Momenten zu sein. Als Brown den Fernseher ausschaltete, musste Kat gähnen.

»Ich sehe, Sie sind müde. Wir sollten für heute Schluss machen«, meinte Mr Brown.

»Okay, ich würde gern etwas essen und mich dann hinlegen. Wie spät ist es?«

Brown schaute auf seine Armbanduhr. »Kurz vor sechs Uhr abends. Ich geleite Sie zu Ihrem Zimmer.«

»Das brauchen Sie …« Kat musste nicht weitersprechen, offensichtlich hatte ihr Ausbilder die Anweisung, sie außerhalb des Unterrichtsraumes nicht allein zu lassen.

Brown legte die Fernbedienung auf den Tisch und erhob sich. Kat stand nun ebenfalls auf.

»Wann geht es weiter?«, fragte sie.

»Morgen nach dem Frühstück. Sie haben zunächst Schauspielunterricht bei Mr Fleur, dann bin ich an der Reihe und nach mir wartet Mrs Smith auf sie. Sie haben ein volles Programm.«

Kat sagte nichts darauf, sondern wandte sich zur Tür.

7.

Kat wurde am nächsten Morgen durch einen aufdringlichen Piepton geweckt, dessen Quelle sie nicht ausmachen konnte. Wenn überhaupt der nächste Morgen war. Eine Uhr hatte sie nicht, und da das Zimmer keine Fenster besaß, konnte es ebenso gut Mitternacht sein.
 Oder ein Albtraum.
 Die Unterschiede waren da nicht so groß.
 Es klopfte an der Tür. Dann wurde sie geöffnet und eine schmale, blasse Frau mit zu einem Dutt hochgesteckten blonden Haaren trat ein. Sie balancierte ein Tablett auf ihrer linken Hand, während sie mit der rechten die Tür hinter sich schloss.
 »Guten Morgen.«
 Kat brummte ebenfalls einen Gruß. Die Frau ließ sich davon nicht beirren und stellte Kats Frühstück auf den Tisch. Milch in einem Glas, Müsli, eine Kanne Kaffee, Toast, Butter und Marmelade.
 »Ich komme in dreißig Minuten zurück und hole das Tablett wieder ab. Sie sollten dann angezogen und bereit sein. Mr Fleur wartet pünktlich um 10.00 Uhr auf Sie. Ich werde Sie zu ihm bringen.«
 »Danke.«
 Die Frau verließ den Raum.
 Kat machte sich lustlos über das Frühstück her, aß allerdings nicht viel, kippte dafür aber drei Tassen Kaffee hinun-

ter. Anschließend putzte sie die Zähne, brachte ihr Haar in Ordnung und zog sich an. Danach machte sie ein paar Dehnungsübungen. Sie streckte den Rücken durch. Es knackte hörbar.

Megans Körper war sportlich durchtrainiert, viel besser in Form als ihr eigener, aber offensichtlich war auch er eine Zeit lang nicht richtig bewegt worden.

Sie dachte über Megan nach.

Warum hast du Drogen genommen? Warst du unglücklich?

So, wie sie es verstanden hatte, war Megan sehr reich gewesen, führte ein Leben im Luxus und besaß ein Aussehen, um das man sie auch ohne das ganze Geld beneidet hätte.

Heroin.

Kat wusste nicht viel darüber, aber ihr war klar, dass das etwas anderes war, als sich einen Joint reinzuziehen. Das Zeug machte abhängig, und der Weg in den Verfall war vorprogrammiert.

Oder war es das erste Mal?

Kat betrachtete die Arme. Keine Einstiche oder verdächtige Narben. Auch nichts zwischen den Zehen, dort wo man gern die Einstiche versteckte. Nada! Megan musste das Zeug geraucht haben. Aber letztendlich spielte es keine Rolle, wie sie die Drogen zu sich genommen hatte. Wenn Megan unglücklich gewesen war oder unter Depressionen gelitten hatte, würde es ihr White oder einer der Ausbilder sagen. Sie musste wissen, welche Dämonen das Mädchen trieben, dessen Körper sie jetzt ihr eigen nannte.

Das ist alles so verrückt.

Wie sollte es weitergehen? Sie konnte doch nicht einen

jungen Mann umbringen, nur um ihre Schwester zu schützen und diesen Körper behalten zu dürfen. Und wer garantierte ihr, dass White sein Wort hielt und sie nicht alle umlegte, wenn er hatte, was er wollte?

Die Aussichtslosigkeit ihrer Situation lastete schwer auf Kat, aber es blieb keine Zeit zu jammern, denn die Tür schwang auf und die Frau, die das Frühstück gebracht hatte, stolzierte herein.

»Sind Sie fertig?« Ihr Blick fiel auf das fast unangerührte Frühstück. »Sie müssen essen«, stellte sie fest.

»Kein Appetit.«

»Der Doktor wird nicht zufrieden sein, wenn er das erfährt.«

»Ist mir doch egal«, knurrte Kat in einem Anflug von Trotz.

Die Frau ging nicht darauf ein. »Kommen Sie mit.«

Kat schnaubte, stand aber auf und folgte ihr.

Mr Fleur war Afroamerikaner und offensichtlich schwul, so wie er dastand in seinen eng anliegenden Hosen mit den schwarzen Stiefeletten, dem offenen weißen Hemd, das eine schmale haarlose Brust sehen ließ, und dem kahlen, glänzenden Kopf. Es lag nicht an den Klamotten, sondern an der Art, wie er sich mitten im Raum aufgebaut hatte, eine Hand in die Hüfte gestützt, mit vorwurfsvollem Blick und einem Schmollmund. Kat schätzte ihn auf Ende dreißig.

»Sie sind zu spät«, sagte er mit einem Tonfall, als hätte sie gerade den dritten Weltkrieg ausgelöst oder ein Katzenbaby erwürgt.

»Ich habe keine Uhr«, entgegnete Kat schnippisch.

»Trotzdem. Und wie Sie aussehen …«

»Was?«

»Gibt es keinen Kamm, da, wo Sie herkommen? Hat man Ihnen nicht die Benutzung von Seife und Wasser beigebracht?«

»Sie …«

»Ich kann Sie bis hierher riechen.«

Kat zuckte zusammen. Okay, sie war gestern ohne zu duschen ins Bett gegangen, aber …

Sie schnüffelte unauffällig. Nichts. Kat hob an, etwas zu sagen, doch Fleur winkte ab.

»Wir haben schon genug Zeit verloren. Aber morgen …« Er deutete mit dem Zeigefinger auf sie. Kat hasste es, wenn jemand so etwas tat. »… erscheinen Sie hier in einem Zustand, den ich ertragen kann.«

Kat konnte spüren, dass eine Schlagader in ihrer Schläfe pochte. Sie holte tief Luft.

»Haben Sie sich diesen beschissenen Namen ausgesucht?«, fragte sie.

»Was meinen Sie?«

»Fleur.«

»Aaah.«

»So heißt kein Mensch.«

»Ich schon.« Er warf den Kopf in einer affektierten Geste in den Nacken. »Sie können Richie zu mir sagen.«

»Es wird nicht besser«, meinte Kat.

»Namen sind Schall und Rauch. Was zählt, ist die Kunst. Ich bin hier, um Sie auszubilden, jemand zu sein, der Sie nicht sind. Eine Herausforderung, wenn ich Sie so anschaue.«

Kat kniff die Augen zusammen, schwieg aber.

»So, wie sie hier reintrampeln ... Eine Kuh auf der Weide ist nichts dagegen. Megan Taylor bewegt sich von klein auf in den höchsten gesellschaftlichen Kreisen, denken Sie wirklich, dieses Herumtappen würde zu ihr passen? So wie Sie sich fortbewegen, haben Sie wahrscheinlich noch nie Schuhe mit Absätzen angehabt.«

»Ist das hier ...«

Er ließ sie nicht zu Wort kommen. »... nein, das ist keine Modenschau und Sie sind auch kein Model, aber Megan Taylor trägt bei offiziellen Anlässen Designerkleider und Schuhe, die mehr kosten als mein Auto.« Er seufzte tief. »Wenn Sie als ihre Doppelgängerin durchgehen wollen, müssen Sie perfekt sein. In allen Details. Also fangen wir genau damit an. Mit dem Gehen!«

Kat kam nicht umhin, ihm recht zu geben. Es würde nicht ausreichen, wie Megan Taylor auszusehen, sie musste Megan werden. Gleichzeitig war es der einzige Weg hier raus, wo immer sie gerade auch war, und dieser schmächtige Mann mit dem aufgesetzten Getue konnte ihr dabei helfen. Sie schluckte den Kloß in ihrem Hals herunter.

»Ich werde mir Mühe geben«, sagte sie leise.

»Das ist nicht genug.«

Die nächste Stunde ließ er sie im Zimmer auf und ab gehen. Zunächst in ihren Sneakern, dann in Schuhen mit mittlerer Absatzhöhe. Alles begleitet von seinem permanenten Klagen darüber, wie sie sich bewegte.

»Können Sie nicht geradeaus laufen? Wo wollen Sie hin?«

»Aufrecht. Aufrecht, sage ich. Kopf hoch, Brust raus.«

»Nicht so mit den Armen schlenkern, wir sind hier nicht beim Basketballtraining.«

Irgendwann reichte es Kat einfach. Sie blieb stehen und starrte Fleur wütend an.

»Was ist?«, fragte dieser. »Weiter. Weiter.«

»Ich mache keinen Schritt mehr.«

»Ach nein?«

»Nein.«

»Und wie soll ich Ihnen dann beibringen, was ich Ihnen beibringen muss?«

»Ist mir scheißegal, aber so nicht. Das ist mir zu affig.«

Plötzlich veränderten sich Fleurs weiche Gesichtszüge und nahmen einen harten Ausdruck an. Er kam zu ihr rüber, dieses Mal nicht auf seine tänzelnde Art, sondern langsam und bedrohlich. Kurz vor ihr blieb er stehen. Sein Atem strich über Kats Gesicht. Dann beugte er sich so weit vor, dass seine Nase fast die ihre berührte.

»Hör gut zu, du kleine verblödete Göre«, sagte er so leise, dass die Mikrofone es mit Sicherheit nicht aufnehmen konnten. »Ich bekomme einen Haufen Geld dafür, aus dir Megan Taylor zu machen. Aber ich erhalte es nur, wenn ich erfolgreich damit bin. Es ist genug Geld, dass ich die nächsten drei Jahre nicht arbeiten muss, sondern irgendwo am Strand auf den Bahamas rumliegen kann.« Er tippte mit dem Finger gegen ihre Brust. »Das wirst du mir nicht verderben. Darum rate ich dir zu machen, was ich sage, oder ich trete deinen kleinen, dürren Hintern durch das Zimmer, wenn du nicht laufen willst.«

Kat hielt die Luft an. Mit dieser Reaktion hatte sie nicht gerechnet. Fleur war keineswegs der harmlose Typ. Unter der affektierten Fassade steckte jemand, der genau wusste, was er wollte, und sie zweifelte keinen Moment daran, dass er alles dafür tun würde, es zu bekommen.

Fleur trat drei Schritte zurück und breitete beide Arme aus. Ein strahlendes Lächeln lag auf seinem Gesicht.

»Es ist so wichtig, miteinander zu reden, wenn es Probleme gibt, und alles zu klären.« Dann seufzte er. »Gut, lassen Sie uns weitermachen.

Kat hatte keine Ahnung, ob diese kleine Darbietung der Kamera galt, oder ob er nur wieder einfach in seine Rolle geschlüpft war. Letztendlich war es egal, sie hatte so oder so keine Wahl. Das lag nicht an Fleurs Drohung, sondern an dem Umstand, dass sie hier nur rauskommen würde, wenn es ihr gelang, Megan Taylor zu werden und dabei überzeugend zu sein. Also presste sie die Lippen zusammen und schritt wieder durch das Zimmer.

»Schon besser«, fiepte Fleur. »Und nun zu den High Heels. Gott, ich befürchte, Sie werden sich die Beine brechen, aber was hilft es?«

Er ging zu der Wand hinüber und öffnete eine Klappe. Er hielt ein Paar pinkfarbene High Heels in der Hand, die sie mindestens zwölf Zentimeter größer machten.

»Darauf kann man gehen?«, fragte sie.

»Nein, man bindet sie sich unter die Achseln.« Er stöhnte laut. »Natürlich kann man darauf gehen. Manche Menschen schaffen das, und selbst ich habe es schon hinbekommen. Es erfordert Gleichgewichtsinn und Balance. Und natürliche Eleganz.« Er reichte ihr die Schuhe. »Zeigen Sie mir, dass Sie irgendetwas davon besitzen.«

Kat schlüpfte hinein. Die Schuhe waren so leicht, dass sie

kaum zu spüren waren. Darin zu stehen, war nicht einfach, aber immerhin schaffte sie es, nicht umzuknicken. Doch als sie den ersten Schritt machte, fiel sie der Länge nach hin.

»Es liegt noch viel Arbeit vor uns«, stöhnte Fleur.

8.

Als es ihr nach einer weiteren Stunde gelungen war, das Zimmer zu durchqueren, ohne umzufallen, hatte sich Fleur zufriedengegeben und das Training beendet. Nachdem er gegangen war, hatte man Kat in ihr Zimmer zurückgeführt, wo sie eine kleine Mahlzeit zu sich genommen hatte, bevor dieselbe Frau wie am Morgen sie zum Sprachtraining bei Mrs Smith brachte.

Mrs Smith sah nicht aus wie eine Mrs Smith, aber das hatte Kat auch nicht erwartet. Dennoch war an der Frau, die auf dem Stuhl saß und ihr erwartungsvoll entgegenblickte, nichts, das der Durchschnittlichkeit des von ihr gewählten Namens entsprach.

Mrs Smith war eine Amazone mit wallenden roten Haaren, einem üppigen Körper und jeder Menge Tätowierungen auf beiden Armen, die nahezu jeden Zentimeter Haut bedeckten. Als sie Kat begrüße, tat sie es mit tiefer, melodischer Stimme.

Kat starrte auf das weit ausgeschnittene Dekolleté eines engen schwarzen Kleides, in dem sich große Brüste auf und ab bewegten, als würden sie von einer Meeresbrandung angehoben. Unter dem kurzen Rocksaum zeigten sich kräftige, sportliche Beine, die in Schuhen steckten, die denen ähnelten, die sie selbst vorhin bei Mr Fleur getragen hatte.

Mrs Smith erhob sich und streckte eine Hand aus. »Nennen Sie mich Adele.«

»Wie die Sängerin?«

»Ja.«

»Ich bin …«

»Megan, ich weiß.«

»Richtig«, sagte Kat. »Was erwartet mich bei Ihnen?«

Mrs Smith lächelte unverbindlich. »Ich bin Logopädin und Sprechtrainerin. Normalerweise helfe ich Schauspielern dabei, ihre Rolle zu übernehmen und glaubhaft auszufüllen. Bei Ihnen ist das etwas anders.« Sie zögerte. »Sagen wir, ich soll Ihnen beibringen, jemand anderer zu sein. Überzeugend zu sein, sodass niemand daran zweifelt. Das geht weit über ein normales Sprechtraining hinaus. Ein Schauspieler bringt stets seine eigene Persönlichkeit in die Rolle mit ein, so ist Chris Hemsworth immer noch als er selbst zu erkennen, auch wenn er Thor, den Gott des Donners darstellt. In Ihrem Fall ist das anders. Niemand darf die Person erkennen, die Sie wirklich sind, jeder muss Megan Taylor sehen, wenn er mit Ihnen zusammen ist. Aber setzen wir uns doch.«

Sie machte eine einladende Geste. Nachdem Kat Platz genommen hatte, fuhr Adele fort.

»Die Art zu reden, ist dabei sehr wichtig. Wie formuliert jemand, welche Betonungen setzt er? Wann gibt es Sprechpausen? Oder wird die Stimme schneller, höher und so weiter? Aber auch Mimik und Gestik sind von entscheidender Bedeutung. Wir sprechen nicht nur mit unserem Mund, sondern mit dem ganzen Körper. Unser Kopf bewegt sich, die Augen, wir rümpfen die Nase, verziehen die Lippen, die Hände fuchteln herum. Manchmal lehnen wir uns nach vorn, manchmal zurück. Das alles müssen Sie lernen, um Megan Taylor überzeugend spielen zu können.«

»Das klingt nach einer großen Herausforderung«, meinte Kat.

Adele schaute sie prüfend an, dann nickte sie. »Das werden Sie hinbekommen, denn Sie sehen der Frau, die Sie doubeln sollen, wirklich verdammt ähnlich. Wenn ich es nicht besser wüsste, würde ich denken, Sie sind ihr eineiiger Zwilling. So eine Ähnlichkeit ist verblüffend. Man hat mir gesagt, dass Sie ebenfalls Amerikanerin und fast gleich alt wie das Original sind. Ist das nie zuvor jemandem aufgefallen? Hat man Sie darauf nicht angesprochen?«

Die Fragen brachten Kat in Verlegenheit. »Eigentlich nicht.«

Adele runzelte die Stirn, sagte aber nichts weiter dazu. Schließlich räusperte sie sich und sah Kat aufmerksam an.

»Sollen wir beginnen?«

Kat nickte.

Adele nahm eine Fernbedienung und schaltete den Fernseher ein. Sie tippte ein wenig herum, dann erschien Megan Taylor als Standbild.

»Das folgende Video wurde am College bei einer Diskussion im Fach Amerikanische Geschichte aufgenommen. Das Thema war: die Rechte der Native Americans. Megan hat gerade vor der gesamten Zuhörerschaft einen Vortrag darüber gehalten. Was jetzt kommt, zeigt die anschließende Diskussion. Da Megan dabei die gesamte Bandbreite ihrer Emotionen und ihre Art zu reden zeigt, habe ich es ausgewählt. Bitte beobachten Sie Megan genau.«

Adele drückte einen Knopf und das Video startete.

Megan Taylor stand hinter einem Pult, beide Hände darauf abgestützt, den Kopf erhoben, das Kinn vorgestreckt.

Sie blickte fragend in die Runde. Ein junger Mann aus einer der hinteren Reihen meldete sich zu Wort.

»Du sagst, wir stehen den Ureinwohnern dieses Landes gegenüber in einer tiefen Schuld, dem kann ich zustimmen, nicht aber deiner Schlussfolgerung, ihnen alles Land wiederzugeben, das man ihnen geraubt hat. Wie soll das funktionieren? Die Regierung hat dieses Land kultiviert, ihm eine Infrastruktur und Wirtschaft gegeben. Sollen wir jetzt wieder alles abreißen, Bäume pflanzen und Büffel ansiedeln, um den Kontinent in seinen ursprünglichen Zustand zu versetzen?«

Megans Augen blitzten. »Das habe ich nicht gesagt, John. Wenn du aufmerksam zugehört hättest, würdest du wissen, dass das rein theoretisch war. Die Frage ist eine moralische: Haben wir nicht die Pflicht, es zu versuchen, auch wenn es unmöglich zu verwirklichen ist?«

»Nein. Auf keinen Fall.«

In den hinteren Reihen lachten einige Studenten verhalten. Kat sah, wie Megan die Lippen zusammenpresste. Dann rümpfte sie die Nase, als hätte sie einen abstoßenden Geruch wahrgenommen.

»Die komplette Menschheitsgeschichte besteht aus Eroberung und Verdrängung«, fuhr John fort. »Das galt schon für die Neandertaler, die vom Homo sapiens verdrängt und aufs Abstellgleis der Geschichte geschoben wurden. Vor den Römern bewohnten die Etrusker die italienische Halbinsel. Und so weiter und so fort.«

»Ah, ich sehe, du bist ein Anhänger von Darwins Evolutionstheorie – Survival of the fittest. Das Recht des Stärkeren kennt keine Moral oder war es Nietzsche mit seinem Rassendenken?«

»Damit kriegst du mich nicht, Megan. Das war ein schwacher Versuch. Erklär mir lieber, wie du Menschen ein Land zurückgeben willst, das sie nie als Eigentum deklariert haben. Die meisten Stämme waren Nomaden, die weite Gebiete durchwanderten, immer auf der Spur der großen Büffelherden. Nur wenige waren sesshaft und haben dauerhaft eine Region besiedelt. Wo willst du die Grenzen ziehen? Was gehört den Sioux, was den Cherokee? Wer sind ihre direkten Nachfahren? Wer hat welchen Anspruch?«

»John.« Megan zischte den Namen. »Es war eine theoretische Frage.«

»Eine irreguläre Frage«, widersprach dieser. »Die nicht gestellt werden kann.«

Megans Faust donnerte auf das Pult herab. Sie warf den Kopf in den Nacken und lachte laut und bitter. »Und das entscheidest du, kleiner Wicht?«

Der Dozent, der bisher geschwiegen und an der Wand des Hörsaales gelehnt hatte, meldete sich nun zu Wort.

»Miss Taylor, ich muss Sie bitten, die Regeln einer Diskussion einzuhalten. Keine Beleidigungen und nicht persönlich werden. Lassen Sie Ihre Argumente für sich sprechen.«

»Dann müsste John den Raum verlassen«, knurrte Megan. »Er ist eine einzige Beleidigung für meine Intelligenz und die ganze Art des modernen Menschen.«

Adele drückte die Stopptaste. Die Aufnahme fror ein.

»Was denken Sie?«

»Sie ist eine kluge, junge Frau, die sich nicht so leicht unterkriegen lässt und sich zu wehren weiß.«

»Das ist richtig, aber ich meine etwas anderes. Sehen Sie, wie emotional sie spricht?«

»Ja, große, manchmal unbeherrschte Gesten. Aber ich bin mir sicher, so spricht sie nicht immer.«

Adele lächelte. »Schauen wir uns ein weiteres Video an.«

Diesmal waren Megan und ein anderes Mädchen in ihrem Alter zu sehen. Beide saßen im Bikini an einem Pool und schlürften Longdrinks. Die Sonne schien gleißend herab und das Wasser funkelte verführerisch.

»Wer hat diese Aufnahme gemacht?«, wollte Kat wissen.

»Das weiß ich nicht«, gestand Adele. »Mr White hat sie mir zur Verfügung gestellt.

Kat fiel sofort auf, dass die Sprechtrainerin ihn *Mister* und nicht *Doktor* nannte.

Wahrscheinlich hat er ihr verschwiegen, dass er Arzt ist. Mich würde interessieren, was Adele glaubt, wer sie engagiert hat. Aber sie wird sicherlich nicht antworten, wenn ich sie danach frage.

Die Aufnahme musste im privaten Umfeld gemacht worden sein, denn es waren keine anderen Menschen zu sehen, niemand lief im Hintergrund herum, und zu hören war von weiteren Personen auch nichts.

Die beiden Mädchen waren herangezoomt worden. Man erkannte es an der leichten Unschärfe der Aufnahme. Also befand sich der heimliche Filmer in einigem Abstand zu ihnen, trotzdem war der Ton ausgezeichnet. Kat tippte auf ein verstecktes Mikrofon.

»Was ist mit Roy?«, meinte Megan und lächelte überheblich.

»Was soll sein?«, fragte die andere.

»Willst du was von ihm? Er ist ein übler Typ.«

»Hä?«

»Er ist nicht gut für dich, Valerie.«

»Wir waren einmal aus. Nicht mal ein richtiges Date. Wir sind am Strand gewesen und spazieren gegangen.«

»Und das nennst du kein Date?«

Valerie schüttelte langsam den Kopf. »Er ist nicht so, wie du denkst.«

Megan schürzte abfällig die Lippen. Ihre Stirn legte sich in Falten. Die Reaktion wirkte stark übertrieben und gespielt. »Du weißt, dass er mich angemacht hat. Und Tammy auch. Außerdem habe ich gehört, dass er mit Drogen dealt.«

»So, hast du gehört?«

»Ja, alle erzählen davon.«

»Und angemacht hat er dich?«, zischte Valerie.

»Ja.«

»Was hat er denn gesagt?«

»Es war die Art, wie er mich angesehen hat.«

»Du bist hübsch. Alle glotzen dich an, außerdem hältst du dich mit deinen Reizen ja auch nicht zurück.«

»Dieser Blick war anders.«

»Wie denn?«

»Gierig. Als würde er nichts lieber tun, als über mich herzufallen und es mir mal so richtig zu zeigen.«

»Echt jetzt?«

»Glaub es mir, das spürt man.«

Eine kurze Pause trat ein. Valerie schien sich ihre nächste Antwort gut zu überlegen und schlürfte lange an ihrem Strohhalm.

»Ich glaube …«, sagte sie bedächtig, »… du bist eifersüchtig.«

Megans Kopf ruckte nach oben. In ihrem Gesicht spiegelten sich verschiedene Emotionen. Von Unglaube bis zu Verunsicherung.

»Was? Was sagst du da?«

»Roy hat mir erzählt, dass du ihn angebaggert hast.«

»Ich habe was?«, stammelte Megan. Ihr Gesicht glühte.

»Du hast ihn hierher eingeladen.« Valerie machte eine umfassende Geste. »In deinen Palast, dein Zauberland, aber er hat abgelehnt.«

»Das habe ich nicht. Er lügt«, brauste Megan auf. »Siehst du nicht, was er macht? Dieses Arschloch weiß, dass wir Freundinnen sind, und ihm war klar: Wenn er bei dir zu landen versucht, wirst du mit mir über ihn reden, und da er sich bei mir danebenbenommen hat, dreht er die Sache vorsorglich einfach um. Sag mir nicht, dass du diesen Scheiß glaubst.«

Valerie ging nicht darauf ein. »Ich werde mich wieder mit ihm treffen, ob es dir passt oder nicht. Du bist nicht meine Mom.«

»Val, ich habe es doch nur gut gemeint. Ich …«

»Lass es einfach. Ich quatsche dir auch nicht in deine Beziehungen rein, und darüber, dass du das halbe College durchgevögelt hast, habe ich auch kein Wort verloren.«

»Ey, das …«

Valerie erhob sich. Sah auf ihre Freundin hinab.

»Vielleicht solltest du weniger Trips einwerfen. Tut dir nicht gut.«

Dann wandte sie sich um und ging.

Adele stoppte die Aufnahme.

»Was haben Sie gesehen?«

»Einen Streit zwischen zwei Freundinnen.«

»Das meine ich nicht.«

»Okay, wenn Megan herausgefordert wird, zeigt sie eine starke Bandbreite an Emotionen. Sie runzelt oft die Stirn. Ihr Mund verzieht sich. Jede Form der Ablehnung ist ihr sofort anzusehen, aber das Ganze wirkt gespielt. So als würde gerade eine Soap gefilmt.«

»Und was schließen Sie daraus?«

»Auch wenn sie vielleicht recht hat mit dem, was sie sagt, stößt sie andere Leute durch ihre Art, wie sie es sagt, vor den Kopf. Sowohl in dem Video aus dem Lehrsaal wie auch hier, hat sie das Mienenspiel eines Kindes. Ich denke, sie manipuliert damit andere, um zu bekommen, was sie will.«

Adele klatschte in die Hände. »Sehr gut. Das ist unser Ansatz. Wenn eine Unterhaltung emotional wird, denken Sie immer daran, sich wie eine Zwölfjährige zu benehmen, und Sie liegen richtig.«

»Gehört das Ganze nicht eher ins Schauspieltraining?«, wollte Kat wissen.

»Sie sprechen von Mr Fleur?«

»Ja.«

»Wenn es um die Körpersprache geht, haben Sie sicherlich recht, aber wie gesagt: Es betrifft auch mein Fachgebiet. Allein die Worte so auszusprechen, wie Megan Taylor es tut, reicht nicht aus, wenn Mimik und Gestik nicht stimmen.«

Sie stand auf und bedeutete Kat, es ihr gleichzutun.

»Lassen Sie uns mit etwas Einfachem beginnen: Wir sind zwei Bekannte, die sich zufällig auf dem Collegegelände treffen.«

»Wie gut kennen wir uns?«

»Nicht näher, wir besuchen nur dieselben Kurse. Ein wenig Small Talk auf dem Flur.«

»Haben Sie kein Video von Megan dazu?«

»Doch, habe ich, aber ich will sehen, wie Sie es machen, dann weiß ich, woran wir arbeiten müssen.«

»Wie heißen Sie?«

»Bleiben wir bei Adele.«

»Okay.«

»Gehen Sie bitte zur Tür, kommen Sie auf mich zu und begrüßen Sie mich.«

Kat ging die wenigen Schritte zurück, dann wieder nach vorn auf die Sprechtrainerin zu und streckte die Hand aus. »Hi Adele. Schön, dich zu sehen.«

Adele reagierte nicht.

»Was ist?«

»Nun, es ist genauso, wie ich mir gedacht habe. Sie sind ein ganz anderer Mensch als Megan und ihre offene, zugängliche Art zeigt sich schon bei der Begrüßung. Ich bin mir sicher, Sie haben das spontan so gemacht, wie Sie es immer machen.«

»Was ist daran falsch?«

»Nichts, außer der Tatsache, dass Megan außer bei offiziellen Anlässen niemals jemandem die Hand reicht. Ihre Freundinnen umarmt sie und gibt ihnen Küsschen auf die Wangen. Der Rest der Welt muss sich mit einer erhobenen Hand begnügen. Außerdem würde sie nicht sagen, dass es schön ist, den anderen zu treffen. Ihrer Ansicht nach müssen die Leute froh sein, ihr zu begegnen.«

»Ist sie wirklich so schlimm?«

Adele nickte. »Ich habe sie nie persönlich kennengelernt,

aber ich habe Megan Taylor viele Stunden auf Videos analysiert. Dieses Mädchen ist überheblich, herablassend und vollkommen von sich selbst überzeugt.« Adele seufzte. »Das darf sie auch sein, und es wird sich im Lauf der Jahre sicherlich ändern, aber im Augenblick macht es unsere Arbeit schwer, denn Megan verhält sich niemals nach Standard. Sie können nicht einfach so sein, wie Sie sind, und hoffen, damit durchzukommen. Es würde sofort auffallen, wenn sich Megan anders benimmt, denn sie ist zu speziell.«

Das kann ja heiter werden.

»Wie machen wir weiter?«, fragte Kat.

»Ich zeige Ihnen, wie Megan Sie begrüßen würde, dann üben wir das.«

Als Kat nach vielen Stunden endlich zurück in ihr Zimmer kam, war sie vollkommen erschöpft. Das Training war nicht für Mahlzeiten unterbrochen worden und dementsprechend knurrte ihr Magen.

Auf dem Tisch stand ein Tablett mit mehreren zugedeckten Speisen. Sie ging hinüber und hob den ersten Deckel an.

Ein Hamburger. Mit Käse und Jalapenos. So wie sie es mochte. Dazu French Fries und ein kleiner Salat. Ein Pappbecher war mit Cola gefüllt.

Kat stürzte sich geradezu auf das Essen und schlang alles viel zu schnell herunter. Danach gluckerte es in ihrem Magen, aber das war ihr egal. Zum ersten Mal seit Langem war sie ein wenig zufrieden. Sie ging zum Bett, warf sich darauf, schloss die Augen und dachte darüber nach, was sie heute erlebt und über Megan erfahren hatte.

Jemand anderer zu sein, war an sich schon hart genug,

denn es bedeutete die absolute Selbstverleugnung, aber wenn man diejenige, die man spielte, nicht ausstehen konnte, wurde die Sache wirklich schwierig.

Gerade als sie die Augen schloss und fast eingeschlafen wäre, öffnete sich die Tür und White kam herein. Wenn überhaupt, sah er noch ausgezehrter aus als bei ihrer letzten Begegnung.

Ohne Begrüßung trat er ans Bett und musterte sie.

Kat richtete sich augenblicklich auf.

»Ihre Trainer sind nicht zufrieden mit Ihnen«, sagte er. Es klang wie das Knurren eines Hundes. »Sie lernen nur langsam und scheinen sich gegen das zu sperren, was man Ihnen beibringen will.«

»Ich habe mein Bestes gegeben.«

»Das reicht nicht. Das Ganze muss schneller gehen, wir haben nur ein schmales Zeitfenster. Es ist unbedingt erforderlich, dass Sie alles lernen, was man Ihnen zeigt und sagt.«

»Es ist erst der zweite Tag, vielleicht erwarten Sie einfach zu viel.«

»Das ist es nicht.« White zog den Stuhl vom Tisch heran und setzte sich. »Ich habe mir die Aufzeichnungen Ihres Unterrichts angesehen. Sie sperren sich mit allem, was Sie sind, dagegen, Megan zu werden.«

»Ich mag sie nicht.«

»Das ist vollkommen unerheblich. Sie haben eine Rolle zu spielen. Dachten Sie etwa, dass Schauspieler, die Antagonisten im Film darstellen, die Figuren mögen, die sie verkörpern? Sicherlich nicht, aber sie gehen ganz in ihrer Rolle auf, um glaubhaft zu sein. Das machen Sie nicht. Sie sind Kat Anderson, egal, was Sie tun und sagen.«

Kat schwieg dazu.

»Mir ist klar, dass es die ersten Lektionen waren, aber ich greife ein, bevor sich die Sache verselbstständigt. Ändern Sie Ihre Einstellung.«

»Ich versuche, es so gut zu machen, wie …«

»Das ist ja das Problem. *Machen* ist das falsche Wort, Sie müssen Megan *sein*. Und Megan mag sich selbst, glauben Sie mir. Dieses Mädchen ist vollkommen von sich überzeugt.«

»Und trotzdem hat sie Drogen genommen und ist daran gestorben. Warum? Ich verstehe das nicht. Sie hatte alles, wovon andere träumen. Was hat sie so unglücklich gemacht?«

Zum ersten Mal zeigte White eine menschliche Reaktion. Er senkte den Kopf und nickte, als stimmte er ihr traurig zu. »Ich weiß es nicht. All die Jahre haben wir sie beobachtet. Jeden ihrer Schritte verfolgt, aber dieses Rätsel konnten wir nicht lösen.«

»Warum das alles?«, fragte Kat.

»Das habe ich Ihnen gesagt.«

»Ich glaube, da steckt mehr dahinter.«

»Was Sie glauben oder nicht, ist mir völlig egal. Sie haben einen Job zu erledigen, und zwar so gut, dass jeder darauf hereinfällt. Wenn Sie das nicht hinkriegen, haben Sie keinen Wert für mich.«

Mit diesen Worten erhob er sich abrupt und verließ das Zimmer. Kat sprang auf, rannte ins Badezimmer und übergab sich würgend in die Kloschüssel.

Schade ums Essen, dachte sie.

9.

»Das ist Noah«, sagte Mr Brown am nächsten Morgen und deutete auf den Fernsehbildschirm. »Megans Stiefbruder. Sie waren sich als Kinder sehr nahe, aber in letzter Zeit scheinen sie sich nicht mehr so gut zu verstehen. Wir haben Informationen, dass er und Megan sich oft gestritten haben und es zum Bruch zwischen den beiden kam, als Megan nach dem Tod ihrer Eltern einfach verreist ist.«

Noah blickte lächelnd in die Kamera. Seine kastanienbraunen Augen funkelten fröhlich und hatten denselben Farbton wie seine Haare. Dazu klassische Gesichtszüge über einem markanten Kinn und schön geformte Lippen.

Er sieht mindestens genauso gut aus wie seine Schwester.

Kat schätzte ihn auf über einen Meter achtzig. Das Foto schien am Strand gemacht worden zu sein. Noah stand auf einem Beachvolleyballfeld in Shorts, die Hände in die Hüften gestemmt. Sand klebte an seinem durchtrainierten, schlanken und braun gebrannten Körper. Brown hatte ihr erzählt, dass Noah und Megan keine richtigen Geschwister waren, da Megan nach dem Tod von Noahs Mutter ein paar Jahre später ins Haus kam, als Noahs Vater zum zweiten Mal heiratete und seine neue Frau ein Kind mit in die Ehe brachte.

»Noah hat das College abgeschlossen und wollte Medizin wie sein Vater studieren, aber dieser Wunsch ist durch dessen Tod und den seiner Stiefmutter hinfällig geworden, da er sich um das Familienimperium kümmern muss. Etwas, worauf er nicht vorbereitet war. Es gibt einen Nachlassverwalter, und der CEO des Unternehmens führt die Geschäfte weiter, doch Noah soll lernen, wie die Firma seines Vaters aufgestellt ist, und seine Aufgabe darin finden. Er muss es schnell lernen, denn dieser Wirtschaftszweig entwickelt sich rasant und es könnte unangenehme Auswirkungen geben, wenn man alles anderen überlässt.«

»Was ist mit Megan? Will sie später ebenfalls ins Unternehmen einsteigen?«

»Wohl kaum«, meinte Brown. »So wie ich sie einschätze, betrachtet sie das Leben als eine einzige Party. Außerdem ist sie derzeit in Mexiko, und niemand weiß, wann sie sich wieder in den USA blicken lässt.«

»Stehen die beiden noch in Kontakt?«, fragte Kat.

»Nein, es kam zum Eklat, als Megan ihren Stiefbruder nach der Beerdigung mit allem allein gelassen und sich in den Urlaub verdrückt hat.«

»Woher wissen Sie das?«

»Darüber darf ich nicht reden.«

Wahrscheinlich von den Hausangestellten. Es muss einen Insider geben, der den beiden sehr nahe kommt, oder sie werden Tag und Nacht per Kamera überwacht, was ich mir im eigenen Haus nicht vorstellen kann. Nein, White bezahlt jemanden dafür, all diese Dinge zu erfahren.

»Was können Sie mir noch zu Noah sagen?«

»Wie seine Schwester ist er sehr sportlich, spielt am liebsten Basketball. Er trifft sich regelmäßig mit Freunden auf einem Platz in Strandnähe. Beide können Ski fahren und sind ausgezeichnete Schwimmer. Dazu haben sie Erfahrung im Fallschirmspringen, Paragliding, Tauchen und Klettern. Ihr

Vater war sehr umtriebig und hat sie überall mit hingenommen. Von klein auf haben sie Dinge erlebt, von denen andere nur träumen. Ein Leben im Paradies.«

Aber dieses Paradies hat Risse bekommen, wie wir wissen. Die Frage ist nur, wann und wo hat es begonnen?

»Noah ist ein ausgezeichneter Student. In fast allen Fächern, die er belegt, zeigt er überdurchschnittliche Leistungen. Im Gegensatz zu Megan ist er sehr beliebt.«

»Hat er eine Freundin?«

»Nein. Es gab ein paar Mädchen in seinem Leben, aber seit dem frühen Tod seiner Mutter lässt er niemanden mehr wirklich nahe an sich heran. Die einzige Ausnahme war Megan, die er tatsächlich als seine Schwester betrachtet. Darum war er auch so enttäuscht von ihr, als sie sich nach dem Tod der Eltern davongemacht und ihn im Stich gelassen hat.«

Brown startete die Aufnahme.

»Willst du nicht mitspielen?«, fragte Noah in die Kamera. »Du bist doch der Volleyballstar.«

Nun war klar, dass Megan ihn filmte.

»Keine Lust«, sagte sie. »Ich beobachte euch lieber.«

Die Kamera schwenkte herum und erfasste die anderen Spieler, die lachend winkten.

»Ach, jetzt komm schon, Megan. Zeigen wir ihnen, was Sache ist.«

Die Stimme war tief und dunkel. Ein Schauer lief Kat über den Rücken. Dieser Kerl sah nicht nur umwerfend gut aus, er war auch über alle Maßen sympathisch.

Und ich soll ihn umbringen.

Der Gedanke ließ sie beben.

»Was ist mit Ihnen?«, fragte Brown.

»Nichts, nichts«, sagte Kat hastig. »Ich habe nur die Sorge, dass ich es nicht schaffe, Megan überzeugend zu spielen.«

Brown lachte. »Das wird schon klappen, und Noah hilft ihnen sicher dabei, die Rolle auszufüllen.«

Das wird er garantiert nicht tun. Genau er ist es, den ich täuschen muss.

In den nächsten Stunden beschäftigten sie sich weiter mit Noah. Mr Brown erzählte, was er mochte und was nicht. Wo er sich mit Freunden traf und was ihm schmeckte.

Das Ausmaß der Informationen war überwältigend, und Kat hatte zu keinem Zeitpunkt das Gefühl, sich alles merken zu können, aber Brown beruhigte sie.

»Ich gebe Ihnen eine Akte mit, in der steht, was ich Ihnen heute über Noah berichtet habe. Sie können in Ruhe alles noch einmal durchgehen.«

»Es ist echt viel«, meinte Kat.

»Ja«, gab Brown zu. »Aber Sie müssen das wissen, wenn Sie Megan Taylor überzeugend doubeln wollen. Wir machen für heute Schluss. Morgen reden wir über Megans Eltern und die Hausangestellten. Okay?«

Kat nickte.

»Gut, dann verlasse ich Sie jetzt. Man bringt Ihnen gleich etwas zu essen, dann macht Mr Fleur mit dem Schauspielunterricht weiter.«

Darauf gab es nichts zu sagen.

10.

»Wie ich sehe, hat es Ihnen nicht geschmeckt«, sagte Fleur, als er das Zimmer betrat und sein Blick auf den fast unberührten Teller fiel.

»Ich war zu müde zum Essen.«

Fleur warf ihr einen kritischen Blick zu, ging aber nicht darauf ein.

»Heute üben wir intensiv, wie sich Megan bewegt, und damit meine ich nicht nur das Gehen. Mimik und Gestik beim Sprechen haben Sie ja schon mit Mrs Smith besprochen, und soweit ich weiß, schon ein wenig geübt. Wir beide schauen uns heute ganz besonders Megans Körperhaltung an, denn sie hält sich sehr aufrecht, auch beim Sitzen. Vor allem bei Essen drückt sie den Rücken durch. Wenn Sie sich also in irgendeiner Situation einfach in einen Sessel fallen lassen oder auf einem Stuhl herumfläzen, sind Sie nicht Megan.«

»Warum macht sie das?«

Fleur starrte Kat an, als hätte sie die dümmste aller möglichen Fragen gestellt.

»Ihr Vater ist ein sehr, sehr erfolgreicher Geschäftsmann, so etwas wie der Bill Gates der Medizinwelt. Er verkehrt in den höchsten Kreisen. Oftmals sind seine beiden Kinder bei Empfängen, Partys oder anderen Veranstaltungen dabei und müssen sich entsprechend benehmen. Als Noah und Megan noch jünger waren, hatte er einen Benimmlehrer engagiert, der ihnen beigebracht hat, wie man sich in der Öffentlichkeit verhält. Bitte ziehen Sie den Teller wieder zu sich heran.«

Er deutete auf den Tisch.

»Warum?«, wollte Kat wissen.

»Tun Sie es einfach.«

Kat tat es.

»Nun schneiden Sie bitte ein Stück Fleisch ab und verspeisen es.«

Aha, darum geht es.

Sie versuchte, aufrecht zu sitzen. Noch während sie kaute, fragte sie: »Ist es so okay?«

Fleurs Augen wurden zu Schlitzen. »Ganz sicher nicht. Nein, nein, nein. Es ist nicht okay.«

Der Ausbruch war so heftig, dass sich Kat am letzten Bissen fast verschluckte.

»Megan Taylor würde niemals, und das betone ich ganz besonders, niemals, mit vollem Mund sprechen, aber das ist es noch nicht einmal. Schneiden Sie bitte erneut ein Stück Fleisch ab.« Er deutete auf ihre Hand. »Wie viele Amerikaner schneiden Sie ein Stück ab, legen das Messer zur Seite und wechseln die Gabel in die rechte Hand. Erst dann schieben Sie sich das Essen in den Mund.«

Darüber hatte Kat noch nie gedacht. Alle, die sie kannte, machten es so.

»Megan hat viel Zeit in Europa verbracht. Franzosen, Deutsche, Italiener, Spanier wechseln beim Essen nicht das Besteck von Hand zu Hand. Das Messer bleibt immer in der rechten, die Gabel in der linken Hand. Glauben Sie mir, es würde sofort auffallen, wenn Sie so essen.«

»Sorry, das wusste ich nicht«, versuchte sich Kat zu verteidigen.

Fleur stieß die Luft aus. »Da haben Sie recht. Tut mir leid, dass ich aufbrausend geworden bin, aber das Ausmaß dieser Aufgabe ist erdrückend. Wie soll man in so kurzer Zeit jemandem beibringen, eine andere Person zu spielen, sodass niemand etwas merkt? Man hat mir gesagt, Sie müssen so gut sein, dass es nicht einmal den Hausangestellten auffällt. Manche dieser Leute sind schon zehn Jahre und länger im Haushalt der Taylors. Das wird echt nicht einfach.« Er kratzte sich am Kinn. »Okay, versuchen Sie es noch einmal, allerdings bleibt die Gabel da, wo sie ist.«

Nach drei weiteren Versuchen nickte er zufrieden. »Viel besser, aber Sie haben sich so sehr auf das Besteck konzentriert, dass Ihre Sitzhaltung darunter gelitten hat. Inzwischen hängen Ihre Schultern und der Kopf über dem Tisch.«

Kat hatte es nicht bemerkt und zuckte zurück in Position.

»Legen Sie mal alles beiseite und atmen Sie tief ein. Sie sind verkrampft. Das sieht nicht natürlich aus.«

Kat schnaufte ein und aus.

»Arme hoch und nun langsam auf den Tisch sinken lassen, aber Vorsicht, nur die Handflächen liegen auf. Links und rechts vom Teller. Scheinbar schwerelos … Ja, so ist es gut. Sie haben verstanden, was ich meine. Nun stehen Sie bitte auf.«

Kat erhob sich. »Soll ich wieder durch das Zimmer gehen?«

»Ja, bitte, aber nur bis zur Raummitte, dann bleiben Sie stehen.«

Sie ging die paar Schritte und hielt an.

»Erstens: Ihre Arme schlackern schon wieder und Sie

wackeln mit dem Kopf hin und her. Außerdem stehen Sie da, als hätte jemand vergessen, Sie abzuholen. Alles hängt irgendwie runter und das Kinn liegt fast auf der Brust. Kopf hoch, aufrecht halten, kreuzen Sie jetzt die Arme.«

Kat kam sich ziemlich blöd dabei vor, aber sie machte, was Fleur wollte, und stellte beruhigt fest, wie zufrieden er sie anschaute.

»Nicht schlecht«, sagte er. »Wenn man Ihnen sagt, was Sie tun sollen, bekommen Sie es hin. Trotzdem wird es eine Weile dauern, bis alles in Fleisch und Blut übergeht, und daher werden Sie in Ihrer Freizeit üben. Gehen Sie in Ihrem Zimmer auf und ab, bleiben Sie stehen, drehen Sie sich um und wieder zurück. Beim Essen auf Messer und Gabel achten.«

Auf einmal ist er ja ganz umgänglich, dachte Kat. Wie sie allerdings nach dem Unterricht noch Akten wälzen oder Bewegungen üben sollte, war ihr schleierhaft. Sie fühlte sich jetzt schon müde und erschöpft.

11.

»Heute beschäftigen wir uns mit TikTok, Instagram und Co. Megan Taylor hat eigene Kanäle auf den sozialen Plattformen, auf denen sie hin und wieder etwas postet, doch das wissen Sie ja sicherlich«, sagte Adele.

Nein, weiß ich nicht, dachte Kat, sagte aber nichts. Instagram kannte sie natürlich, von einem Dienst namens TikTok hörte sie jedoch zum ersten Mal. Das musste während ihrer Zeit im Koma populär geworden sein.

»Ihre letzten Beiträge kamen von einer Reise nach Mexiko, aber nun hat sie schon eine ganze Weile nichts mehr veröffentlicht. Das ist nicht ungewöhnlich, doch Sie sollten ihre Beiträge kennen, falls Sie mal darauf angesprochen werden. Außerdem erfährt man da auch eine Menge über ihre Freunde und wie sie aussehen. Megan ist sehr gesellig, besser gesagt umtriebig. Sie geht auf Partys und kennt eine Menge Leute. Die meisten davon aber nur oberflächlich. Daher ist es nicht schlimm, wenn Sie in ihre Rolle schlüpfen und mal einen Namen nicht wissen. Megan gilt allgemein als arrogant, niemand erwartet von ihr, dass sie sich alles merkt.«

Kat schnaubte leise. Das wurde ja immer besser. Je mehr sie über Megan erfuhr, umso stärker wurde das Gefühl, dass das Wort »Bitch« eigens für sie erfunden worden war.

Adele stellte den Fernseher an. Eine Bildergalerie erschien. Es gab Hunderte Fotos und auf jedem einzelnen war Megan zu sehen, wie sie in die Kamera lächelte. Mal allein vor einem schönen Hintergrund oder mit anderen. Adele startete ein Video.

Megan warf gerade ihre Haare in den Nacken und lachte in die Kamera. »Hi Leute«, sagte sie. »Wie ihr seht, bin ich beim Shoppen. Heute im Grove in Fairfax. Habt ihr Lust, mich und Linda zu begleiten?«

Ein blond gelockter Kopf mit stark rot geschminkten Lippen schob sich ins Bild. Das Mädchen war in Megans Alter und wedelte wild mit der Hand herum. Dazu rief sie ein lang gezogenes Hi aus. Dann war sie wieder weg und Megan schwenkte ihr Smartphone so, dass die Kamera mehr vom Grove erfasste.

Kat kannte die Shopping Mall und war selbst schon dort gewesen. In besseren Zeiten, als ihre Eltern noch lebten und Emily nicht im Rollstuhl gesessen hatte. Sie spürte, wie eine Träne über ihre Wange rollte. Sie blieb nicht unbemerkt.

»Ist was?«, fragte Adele.

Kat schluckte trocken. »Nein, alles okay.«

Adele bedachte sie noch mit einem nachdenklichen Blick, sagte aber nichts weiter. Dann hielt sie die Aufnahme an.

»Da Sie schon ein wenig Übung im Sprechen haben und Ihre Stimme der von Megan sehr ähnelt, will ich heute einen Schritt weitergehen und Sie versuchen lassen, einen eigenen Instagrampost zu verfassen. Dazu habe ich einige Accessoires mitgebracht.«

Sie stand auf, ging kurz vor die Tür und kam mit einer Plastiktüte zurück, die sie vor Kat auf den Tisch stellte.

»Das sind Kleidungsstücke aus Boutiquen, die man im Grove findet. Ich möchte, dass Sie sich mit einem Handy dabei filmen, wie Sie jedes einzelne Teil in die Kamera halten und etwas darüber sagen. Stellen Sie sich vor, Sie sind Megan und waren gerade mit Ihrer Freundin shoppen. Nun wollen Sie der Community Ihre Ausbeute vorstellen.«

»Echt? Muss …«

»Ja«, unterbrach Adele, bevor Kat den Satz beenden konnte. »Sie müssen.«

Kat seufzte, stand auf und nahm die Tüte entgegen. Adele reichte ihr ein Smartphone. Es war schon auf die Kamera gestellt. Kat nahm es in die linke Hand und fischte ein schwarzes T-Shirt mit goldenem Aufdruck *Be rich – Nothing else matters!* aus der Tüte.

Sie warf den Kopf in den Nacken, so wie es zuvor das Original gemacht hatte, und lachte in die Kamera.

»Na Leute, was denkt ihr? Steht mir das Teil?«, flötete sie.

»Nicht ganz so übertrieben«, meinte Adele. »Gleich noch mal.«

Diesmal war es ein mit Spitzen besetzter weißer BH.

Erneut lachte Kat, dann sagte sie »Okay, den probiere ich jetzt nicht vor euch an« und legte ihn beiseite.

»Sehr gut«, sagte Adele. »Weiter.«

Nach und nach pries Kat nun zwei weitere T-Shirts, einen Pulli und einen neongelben Bikini an. Als die Tüte leer war, nickte Adele zufrieden.

»Schauen wir uns das Ganze mal an.«

Sie nahm Kat das Smartphone aus der Hand. Tippte darauf herum und ein Standbild erschien auf dem Fernseher. Dann ging es los.

Während sie sich die Aufnahmen gemeinsam ansahen, kommentierte Adele jede kleine Bewegung in Kats Gesicht, wie sie die Klamotten hochhielt, ihr Lachen, Grinsen und Lächeln, aber vor allem, wie sie etwas sagte.

Anscheinend war Kat manchmal zu schnell und oft zu langsam in der Art, wie sie die Sätze aussprach.

Als sie durch waren, stieß Kat ein *Uff* aus.

»Nein, nein«, meinte Adele. »Gehen Sie nicht zu hart mit sich ins Gericht. Das war schon sehr gut. Den meisten Followern wäre das nicht aufgefallen, aber ich bin darauf trainiert, Unterschiede zu erkennen. Je besser es mir gelingt, Sie auf Ihre Rolle vorzubereiten, desto überzeugender werden Sie Megan spielen können.«

Sie klatschte zufrieden in die Hände.

»Ich denke, das war es für heute. Wir sehen uns morgen wieder.«

»Kann ich das Phone mit in mein Zimmer nehmen?«, fragte Kat. »Mir ist langweilig. Ich würde gern Musik hören oder Games zocken.«

Adele schüttelte den Kopf. »Das geht leider nicht. Außerdem haben wir hier unten kein Netz.«

»Okay«, sagte Kat. »War nur eine Frage.«

Adele nickte und ging.

Zurück in ihrem Zimmer nahm sich Kat Noahs Akte vor. Sie schaute sich all die Bilder von ihm an, las Kopien seiner Zeugnisse und vieles mehr.

Je mehr sie über Noah erfuhr, desto interessanter fand sie ihn.

Noah schien ein stiller, freundlicher Mensch zu sein, der mit allen gut auskam. In den Berichten seiner Lehrer wurden seine umgängliche Art und seine Teamfähigkeit gelobt.

Auf manchen Fotos war er mit seinem Vater, seiner Stiefmutter und Megan zu sehen. Die Ähnlichkeit zwischen den beiden Männern war unübersehbar. Megan ähnelte ihrer Mutter kaum und kam wahrscheinlich mehr nach ihrem Vater.

Kat spürte, dass sie den Mund verzog. Sie wusste, sie tat das oft, wenn sie grübelte.

Macht es Megan auch so?

Schon diese kleine Geste konnte sie verraten, denn auch wenn sie in Megans Körper steckte, würde es nicht einfach sein, nahe an Noah heranzukommen. Die beiden hatten momentan keinen Kontakt mehr miteinander, und wenn Megan nun plötzlich wieder daheim auftauchte, war es unwahrscheinlich, dass ihr Noah direkt um den Hals fiel.

Das Anwesen der Familie war riesig, genug Platz, um sich aus dem Weg zu gehen, denn eines durfte auf keinen Fall passieren – dass sie Noah verärgerte und er sie aus dem Haus warf. Dann wäre ihr Schicksal und das von Emily und Katherine besiegelt.

12.

Zwei Wochen später

Es gab nichts mehr zu lernen. Man hatte ihr alles gesagt, ihr alles beigebracht, was sie brauchte, um Megan Taylor zu sein.
Heute musste Kat sich bewähren.
In der Nacht zuvor war White in Kats Zimmer gekommen und mit ihr den Ablauf der Begegnung mit Sybil West durchgegangen. Sybil, Megans frühere Mitschülerin an der Highschool, die sie gut kannte, aber eine Weile nicht gesehen hatte.
Megan sollte ihr *zufällig* über den Weg laufen und eine Unterhaltung mit ihr führen. Lange genug, damit es ausreichend Material für die spätere Videoaufzeichnung gab, aber so kurz, dass Kat nicht in irgendeine Falle tappen konnte, weil sie etwas aus ihrer gemeinsamen Vergangenheit nicht wusste.
Kat stand auf dem Parkplatz des Fitnessstudios, in dem Sybil trainierte. Sie trug ein kleines verstecktes Mikrofon, sodass White mithörte, was gesagt wurde.
Der Arzt kannte den Trainingsplan und konnte genau voraussagen, wie lange Sybil im Studio bleiben würde und wann sie nach Hause ging. Von diesem Rhythmus gab es nur selten Ausnahmen, daher wusste Kat, dass ihr nur noch ungefähr zehn Minuten Zeit blieben, bis es so weit war, zum ersten Mal Megan Taylor zu spielen.

Sie warf einen Blick zurück zum schwarzen Van, mit dem man sie hierhergebracht hatte.

Betäubt! Und mit verbundenen Augen.

Sie war erst vor einer Stunde im Fahrzeug, festgeschnallt auf einer Liege erwacht. White, dieser Drecksack, hatte ihr etwas ins Frühstück gemischt oder in den Kaffee. Ihr nicht gesagt, dass er sie außer Gefecht setzen würde, damit sie keine Hinweise sammeln konnte, wo man sie gefangen hielt.

Kat hatte ihn verflucht und beschimpft, aber der Arzt war von ihrem Ausbruch vollkommen unbeeindruckt geblieben, sondern hatte nur gesagt: »Beruhigen Sie sich. Sie haben jetzt eine Aufgabe zu erledigen und wissen, was für Sie und Emily auf dem Spiel steht.«

Also hatte Kat sich fest auf die Lippe gebissen, alle weiteren Beschimpfungen heruntergeschluckt und war mit ihm noch einmal durchgegangen, wie die Sache ablaufen sollte.

Da sie nicht einfach auf dem Parkplatz rumstehen konnte, hatte White ihr einen Kaffeebecher von Starbucks in die Hand gedrückt. Das Café lag direkt neben dem Fitnessstudio, und Kat sollte so tun, als käme sie gerade von dort und würde zu ihrem Auto gehen.

White hatte ein weißes Mercedes Cabriolet besorgt. Genauso ein Auto hatte Megan.

Während sie auf Sybil wartete, schlürfte sie ein wenig an ihrem Kaffee und ging das kommende Gespräch in Gedanken durch. Adele hatte es stundenlang mit ihr geübt und Fleur war alle Gesten und die komplette Mimik mit ihr durchgegangen.

Kat fühlte sich vorbereitet, war aber trotzdem nervös. So vieles konnte schiefgehen, und wenn sie Megan vor Sybil nicht überzeugend spielen konnte, brauchte sie es erst gar nicht bei Noah oder den Hausangestellten versuchen.

White hatte unmissverständlich klargemacht, dass es keine zweite Chance gab. Da war ihr bewusst geworden, dass der verrückte Arzt noch einen Plan B in der Tasche hatte, falls sie versagte. Natürlich hatte er kein Wort darüber verloren, aber das war auch nicht nötig gewesen. Kat hatte es an der Art gespürt, wie er mit ihr sprach. Hart und kompromisslos.

Kat starrte auf ihre Hände, die zu zittern begonnen hatten.

Verdammt!

Sie musste sich beruhigen. Schnell beruhigen, damit Sybil ihre Aufregung nicht bemerkte. Kat holte tief Luft, atmete ein und aus. Da blitzte das Fernlicht des Vans auf.

Das Zeichen! Sybil verließ das Fitnessstudio.

Kat schnaufte und ging mit langsamen Schritten los. Als sie um die Ecke bog, stieß sie fast mit dem schlanken Mädchen zusammen.

»Megan«, rief Sybil aus. Sie trug noch immer ihr Trainingsoutfit und hatte sich eine Sporttasche über die Schulter geworden. Ihre brünetten Haare waren zu einem wippenden Pferdeschwanz zusammengebunden. Sie wirkte fit und gesund.

»Wow«, sagte Kat lachend. »Bist du das, Sybil?«

»Ja.« Die andere grinste.

»Du siehst unglaublich gut aus.«

»Danke, du aber auch. Wie geht es dir?«

Kat warf den Kopf in den Nacken. »Na, was denkst du? Großartig, natürlich.«

»Ich habe vom Tod deiner Eltern gehört ...« Sybil zögerte, dann sprach sie weiter: »Es tut mir sehr leid.«

Kat war darauf vorbereitet und setzte eine traurige Miene auf. »Ja, das war hart.«

»Es hieß, du wärst nach Mexiko gegangen.«

Kat winkte ab. »Nur kurz. Ist schon ein paar Monate her. Musste weg. Raus aus Los Angeles. Das alles verarbeiten.«

»Wie geht es deinem Bruder?«, fragte Sybil.

Zurück auf sicheres Terrain.

»Ganz gut. In letzter Zeit sehen wir uns nicht so viel. Er versucht sich in die Arbeit unseres Vaters einzufinden, weil er früher als gedacht das Unternehmen leiten muss.«

»Aha, verstehe. Und was hast du vor? Uni?«

Kat zuckte mit den Schultern. »Weiß noch nicht so recht. Du kennst mich ja. Ich lasse mich treiben.«

Sybil schaute sich auf dem Parkplatz um. Ihr Blick fiel auf das weiße Cabriolet. Nicht schwer zu erraten, dass es Megan gehörte.

»Was machst du hier in der Gegend? Ist doch eigentlich gar nicht dein Revier und wo ist dein Bodyguard?«, fragte sie.

»Bin vorbeigekommen und hatte Lust auf einen Iced Latte Macchiato. James habe ich heute nicht mitgenommen. Ich hatte nur einen Termin bei meiner Kosmetikerin und da parke ich immer in ihrer privaten Garage. Der Zwischenstopp war ungeplant.« Kat hob den Starbucksbecher an, dann warf sie einen Blick auf die teure Armbanduhr an ihrem linken Handgelenk. »Oh, schon so spät. Sorry, ich muss dann.«

»Kein Problem«, meinte Sybil.

»War schön, dich zu sehen, Honey. Du hast ja meine Nummer. Melde dich mal.«

»Alles klar.« Sybil hob die Hand. »Dann mach es gut und grüß Noah von mir.«

»Bye.«

Kat stolzierte zu dem Cabrio, stieg ein und fischte das Handy aus der Hosentasche, das White ihr gegeben hatte. Sie tat so, als hätte sie gerade einen Anruf bekommen, und plauderte munter ins Phone. Im Rückspiegel beobachtete sie, wie Sybil in einem kleinen blauen Toyota davonfuhr. Als nichts mehr von ihr zu sehen war, stieg Kat aus und lief zum Van hinüber. White öffnete die seitliche Schiebetür.

Er sagte nur ein Wort.

»Perfekt.«

Die Auswertung der Begegnung mit Sybil fand diesmal gemeinsam mit White, Fleur und Adele statt. Man hatte weitere Stühle ins Zimmer gebracht und alle saßen um den Fernseher, auf dem Kat sich gerade von Megans alter Schulkameradin verabschiedete.

White stoppte die Aufnahme, sah in die Runde und fragte: »Was meinen Sie? Ist sie bereit?«

Kat hatte die drei noch nie gemeinsam erlebt. Sie erkannte nun, dass ihre Trainer untereinander und zu White ein distanziertes Verhältnis hatten, das darauf schließen ließ, dass sich alle privat nicht kannten und keinen Kontakt pflegten.

Fleur antwortete als Erster. »Sie bewegt sich wie Megan Taylor, auch in den kleinsten Details stimmt alles.«

Adele nickte. »Gleiches gilt für die Aussprache, Mimik und Gestik beim Sprechen. Das Double ist vom Original nicht mehr zu unterscheiden.«

White wirkte zufrieden. »Sehe ich auch so.« Er blickte zu Kat. »Wie haben Sie sich gefühlt?«

»Okay, aber ich war anfangs sehr nervös.«

»Das hat man Ihnen nicht angemerkt.«

Kat erwiderte nichts darauf.

»Dann erkläre ich die Ausbildung für abgeschlossen«, fuhr White fort. »Das Training ist beendet. Sie gehen jetzt in den Einsatz.«

Der Arzt erhob sich, reichte zuerst Adele, dann Fleur die Hand.

»Ich bedanke mich für Ihre gute Arbeit. Das ausgemachte Honorar wird plus Bonuszahlung an Sie überwiesen. Sie können sich nun verabschieden.«

Mit diesen Worten wandte er sich um und verließ das Zimmer.

Adele trat zu Kat und reichte ihr die Hand. »Danke für die Zusammenarbeit und alles Gute.«

Dann ging auch sie.

Kat blieb mit Fleur allein zurück.

Der Schauspieltrainer war noch ernster als sonst. »Das war gute Arbeit«, sagte er.

Anstatt ihr die Hand zu geben, kam er einen Schritt auf Kat zu und umarmte sie. Seine Stimme war nur ein Hauch von einem Flüstern.

»Trauen Sie niemandem und schon gar nicht White.«

13.

Kat hatte eine Vielzahl Bilder vom Anwesen der Taylors gesehen, doch jetzt, als sie vor den hohen Betonmauern stand, die *Pine Grove* umrahmten, musste sie schlucken. Das hier war eindeutig eine Nummer zu groß für sie. Im wahrsten Sinne des Wortes.

Direkt vor ihr glänzte die schwarze Oberfläche des Handabdruckscanners in der Nachmittagssonne. Kats Hände waren so verschwitzt, dass sie sie mehrmals an ihrer Jeans abwischen musste, bevor sie die rechte darauflegte. Sie war sich sicher, dass sie jede Sekunde einen Alarm auslösen würde.

Doch dann ertönte ein Piepsen und die Wände teilten sich. Mit klopfendem Herzen trat sie ein.

Vor ihr erstreckte sich ein Park. Früher waren Emily und sie manchmal in die Hills gefahren, um sich die teuren Luxusvillen der Stars anzuschauen, doch selbst die hatten keine Chance gegen den Anblick, der sich Kat bot.

Mitten auf den riesigen grünen Flächen thronte das modernste Haus, das sie je gesehen hatte. Verspiegelte Glasscheiben, die sich dem Himmel entgegenstreckten, wurden von ähnlichen Betonwänden gehalten, die sich auch rund um das Anwesen fanden.

Wow. Einen Moment lang hielt sie inne und betrachtete *Pine Grove* ehrfürchtig. Erst jetzt wurde ihr bewusst, wie reich die Taylors wirklich waren.

Ein Räuspern hinter ihr ließ sie zusammenfahren.

»Kann ich Ihnen helfen, Ma'am?«

Langsam drehte sie sich um. Zwei große dunkle Augen starrten sie erst freundlich an, dann veränderte sich der Blick. Die Pupillen des Mannes wurden groß.

»Miss Taylor ... Ich wusste nicht, dass Sie zurück sind«, stammelte er halb verwirrt, halb ungläubig.

Mitte dreißig. Große Nase. Mausbraunes Haar. *James*. Megans Bodyguard.

Sie wollte ihm ein Lächeln schenken, da wurde ihr schlagartig bewusst, dass sie für die Welt um sich herum nicht mehr Kat war. Jetzt kam es darauf an, das umzusetzen, was sie gelernt hatte. Nun würde sich entscheiden, ob sie in der Lage war, Megan zu *sein*. Innerlich drehte sich ihr Magen um.

»James«, presste sie trocken hervor und warf sich das rabenschwarze Haar über die Schulter. »Was zum Teufel machen Sie am Tor?«

»Ihr Bruder hat mich hierher versetzt, nachdem Sie ... gegangen sind.«

Kat seufzte theatralisch. »Vergessen Sie meinen Bruder. Ich werde Ihre Dienste von nun an wieder selbst benötigen, aber jetzt muss ich erst einmal mit Noah sprechen. Sie wissen nicht zufällig, wo er ist?«

James schien Kats Auftreten nicht zu hinterfragen, denn er deutete in Richtung des Hauses.

»Mister Taylor ist gerade vom Strand zurückgekommen. Er duscht im Moment sicherlich.«

Kat wandte sich wortlos um.

Der Weg zum Hauptgebäude führte über einen breiten, von Pinien gesäumten Pfad. Der Duft ihrer Kindheit. Sie vermisste ihr altes Zuhause schrecklich. Während sie einige Gärtner passierte, die gerade die Sträucher trimmten, dachte sie an Emily.

Wenn ich dich doch nur sehen könnte. Erfahren, wie es dir geht. Bist du glücklich?

Kat biss sich auf die Lippe, um gegen die aufsteigenden Tränen anzukämpfen. Sie musste stark sein und das hier durchziehen. Für Emily.

Vor der Eingangstür angekommen, zögerte sie einen Moment. *Wie wird Noah reagieren, wenn seine verschollene Schwester plötzlich aus dem Nichts auftaucht?*

Kat wusste, dass die beiden schon vor Megans Verschwinden ein schwieriges Verhältnis gehabt hatten. Das würde die gesamte Mission verkomplizieren, denn sie ging nicht davon aus, dass Noah begeistert sein würde, sie zu sehen.

Kat nahm all ihren Mut zusammen und klopfte an. Eigentlich hätte sie auch diese Tür einfach per Handabdruck öffnen können, doch erschien es ihr zu forsch, das Zuhause zu betreten, als wäre nichts geschehen. Ein paar Minuten verstrichen. Kat wurde unruhig.

Dann näherten sich Schritte und die Tür wurde geöffnet.

Sie hatte erwartet, dass sie zuerst Rosa oder einem der anderen Angestellten begegnen würde, aber vor ihr stand Noah.

Das Erste, das Kat an ihm auffiel, war sein Haar, das dunkler war als auf den Fotos, die sie von ihm gesehen hatte. Die ebenmäßigen Gesichtszüge ließen ihn wie eine Statue wirken, und Kat entging nicht, wie sie sich verhärteten, als er sie erkannte. Noch immer perplex schaute sie auf seine wohlgeformten Lippen, die sich öffneten, um etwas zu sagen, dann jedoch wieder schlossen. Er blieb stumm und starrte sie an.

»Noah«, brachte Kat hervor und ärgerte sich darüber, wie schüchtern sie klang.

»Was machst du hier, Megan?«

»Darf ich reinkommen? Dann erkläre ich dir alles.«

Für den Bruchteil einer Sekunde flammten verschiedene Emotionen in seinem Blick auf. Schmerz, Wut, Verachtung. Demonstrativ verschränkte er die Arme vor der Brust.

»Nein.«

»Bitte Noah …«

»Gib mir einen Grund, wieso ich dir zuhören sollte. Du bist gegangen. Hast mich im Stich gelassen, als ich dich am meisten gebraucht habe. Du hast kein Wort gesagt, dich nicht verabschiedet«, entgegnete er harsch und presste die Zähne zusammen, im Bemühen sich zu beherrschen, doch seine bebenden Schultern verrieten ihn.

Er tat Kat leid. Welche Schwester verließ ihren Bruder kurz nachdem er seinen Vater und die Stiefmutter verloren hatte?

»Noah, ich weiß, dass das, was ich getan habe, furchtbar war. Du hast jedes Recht, mich zu hassen. Ich erwarte nicht, dass du mir verzeihst, aber vielleicht hörst du mich an. Danach werde ich dir all deine Fragen beantworten.« Kat machte eine Pause. »Sosehr ich es mir wünsche, ich kann die Zeit nicht zurückdrehen, und mir ist klar, dass du mir nicht glauben wirst, wenn ich sage, es hat sich viel verändert. *Ich habe mich verändert.*«

Noah schwieg, doch Kat meinte ein verdächtiges Glitzern in seinen Augen zu sehen. Seine Mundwinkel verzogen sich, Schmerz huschte über sein Gesicht.

»Du weißt gar nicht, wie sehr ich mir gewünscht habe, dass du zurückkommst.«

»Ich bin noch immer deine Schwester.«

Beinahe unmerklich schüttelte Noah den Kopf. »Ich habe keine Schwester mehr.« Damit drehte er sich um und ging wortlos davon.

Das läuft ja großartig.

Kat seufzte. Es war naiv gewesen zu glauben, dass er Megan einfach so vergeben würde.

Um sich von der missglückten ersten Begegnung abzulenken, beschloss Kat, das Haus näher zu erkunden. Sie war fasziniert von der stillen Eleganz, die sich hier an jeder Ecke widerspiegelte. Besonders auf Megans Zimmer war sie gespannt.

Es war der einzige Raum, von dem ihr White keine Bilder gezeigt hatte. Soweit sie wusste, lag er im obersten Stockwerk mit Ausblick direkt auf die Küste, sodass man morgens von goldenen Sonnenstrahlen geweckt wurde.

Während sie zögerlich durch die Gänge spazierte, fühlte sich Kat wie ein Einbrecher. Ihre Finger fuhren andächtig über die glatte Oberfläche einer antiken Vase, die auf einem schmalen Podest am Eingang von Megans und Noahs Etage stand. Hier gab es vier Türen. Jeweils eine gehörte zu den Zimmern der Geschwister, die dritte musste auf das Dach führen und die vierte zu einem Badezimmer gehören, denn hinter ihr vermischte sich das Rauschen der Dusche mit den Klängen von Musik. Noah.

Kat öffnete die Tür von Megans Zimmer. In Whites Unterlagen war ein Grundriss des Hauses gewesen, daher musste sie nicht suchen. Schüchtern trat sie ein.

Kat sah sich um und kam sich vor wie Alice im Wunderland. Staunend wanderte ihr Blick über den teuren Perserteppich, der den Marmorboden bedeckte, bis hin zu dem gigantischen goldverzierten Schminktisch. In der Mitte des Raumes stand ein breites Bett

Es war klar, dass hier eine echte Diva wohnte. Zwanzig verschiedene Lippenstifte in den unterschiedlichsten Rottönen reihten sich nebeneinander auf. Alles in dem Zimmer wirkte so edel und teuer, dass Kat kaum wagte, etwas zu berühren, in der Angst, sie würde etwas kaputt machen.

Obwohl sie Megan nicht kannte, spiegelte sie sich in jedem kleinen Detail wider. Es erschien Kat beinahe, als ob sie sie greifen konnte. Sie hatte nun einen Eindruck vom Haus bekommen, jedoch kaum von den Menschen, die in *Pine Grove* arbeiteten.

Kat entschied sich, zunächst einen Blick in die Küche zu werfen, dort würde sich um diese Tageszeit ein Teil der Angestellten aufhalten.

Kat wurde von dem Geruch nach gebratenem Fleisch und frischem Rosmarin erwartet, der von der Küchentür bis in den Flur zog. Erst jetzt wurde ihr bewusst, wie hungrig sie war. Mit knurrendem Magen folgte sie dem Duft.

Die Küche war ebenso großzügig entworfen wie der Rest des Hauses. An dem stattlichen Herd kochten eine rundliche Frau mit lateinamerikanischem Einschlag und ein hagerer Mann Mitte zwanzig. Das musste Rosa sein, der Mann stellte sich als Caleb vor.

Zwei Männer in Hemden und schwarzen Hosen standen lachend daneben und stibitzen Paprikastücke aus einer

Holzschüssel. Als Kat die Küche betrat, verstummten die Gespräche. Sie räusperte sich und versuchte, dabei nicht allzu verlegen zu wirken.

»Ich wollte Ihnen Bescheid geben, dass ich zurück bin.«

Eine Sekunde verstrich und niemand regte sich. Kat spürte, wie feine Schweißperlen sich an ihren Schläfen sammelten.

O Gott. Bitte sagt doch etwas.

Schließlich trat die Köchin vor. In ihren kaffeebraunen Augen stand zwar Freundlichkeit, zugleich jedoch Misstrauen.

»Miss Taylor. Wir haben Sie nicht erwartet«, begrüßte sie Kat mit spanischem Akzent.

»Schön, Sie zu sehen«, fügte Caleb hinzu.

»Was kochen Sie denn da?«

»Ihr Bruder hat sich für heute Schweinelende mit Rosmarinkartoffeln gewünscht.« Sie zwinkerte ihr zu. »Na ja, hätte ich gewusst, dass Sie heute kommen, hätte ich frische Empanadas vorbereitet. Mal sehen, was ich tun kann.«

Es erstaunte Kat, dass Rosa so nett zu ihr war. Vielleicht lag das einfach in ihrer Natur. Oder Megan führte sich nicht permanent wie eine verwöhnte Göre auf. Wobei Letzteres eher unwahrscheinlich war.

Während die Köchin Kartoffeln wusch, beschloss Kat, die Situation zu nutzen, um ein wenig mehr über Noah herauszufinden.

»Kann ich Sie etwas fragen, Rosa?«

»Natürlich, Miss Taylor.«

»Wie geht es meinem Bruder? Er spricht nicht mit mir, was ich ihm kaum verübeln kann.«

Bei Kats Frage versteifte sich Rosa. Einen Moment lang schwieg sie und schälte wortlos die Kartoffeln, dann räusperte sie sich verlegen.

»Darf ich ehrlich sein?«

»Ich bitte darum.«

»Mister Taylor ist seit dem Tod seines Vaters sehr verschlossen. Er empfängt kaum noch Besuch«, erklärte die Köchin. »Wir alle machen uns große Sorgen um ihn.«

Es versetzte Kat einen Stich, das zu hören. Noah musste einsam sein.

»Ich kann Ihnen leider nichts anderes sagen, als dass Sie Geduld brauchen«, sagte Rosa. »Er ist verletzt, doch früher oder später wird er Ihnen verzeihen. Versuchen Sie einfach weiterhin, mit ihm zu reden, und ich bin mir sicher, dass er Sie irgendwann anhören wird. Der Junge macht gerade eine schwere Zeit durch, aber er hat ein Herz aus Gold.«

Kat lächelte traurig. »Ich weiß, danke.«

»Sie sollten sich ein wenig ausruhen, Miss Taylor. Ihre Reise war bestimmt anstrengend. Wenn Sie möchten, mache ich Ihnen einen Smoothie und lasse ihn aufs Zimmer bringen.«

Eigentlich hätte sie eher ein Steak-Sandwich verdrücken können, doch war Kat viel zu dankbar für die Fürsorge, um das Angebot abzulehnen.

»Das wäre großartig.«

14.

Kat war von dem ganzen Trubel der letzten Stunden so erschöpft gewesen, dass sie sofort eingeschlafen war. Dabei hatte sie nur kurz die Augen zumachen wollen. Mit dröhnendem Schädel und einem bitteren Geschmack im Mund wachte sie auf. Stöhnend wälzte sich Kat auf die andere Seite des Bettes, wo Megans Nachttischwecker anzeigte, dass es bereits 9 Uhr abends war. Direkt daneben wartete wie versprochen ein kiwigrüner Smoothie. Durstig nahm Kat einen großen Schluck und bereute es sofort.

Eindeutig kein Kiwi, sondern grüner Apfel mit Sellerie und Spinat. Wer zum Teufel trank so etwas? Angewidert stellte sie das Glas zurück und stand auf. Sie trug noch immer dieselben schlichten Jeans mit dem kurzen schwarzen Ledertop, das mittlerweile Druckstellen unterhalb ihrer Brust hinterlassen hatte. Gähnend tappte sie in Richtung des gigantischen Kleiderschranks.

Mal sehen, was hier zu finden ist.

Ernüchtert musste Kat einsehen, dass sie und Megan einen völlig gegensätzlichen Modegeschmack besaßen. Während Kat einfache, verspielte Schnitte mochte, schien Megans Motto »weniger ist mehr« zu sein. Es gab kaum ein Kleidungsstück, das nicht von mikroskopischer Größe war.

»Besser wird es wohl nicht«, murmelte Kat und gab sich schließlich mit einem perlmuttfarbenen Seidennachtkleid zufrieden.

Sie warf noch kurz einen Blick in den Spiegel und musste sich eingestehen, dass Megan trotz der verschmierten Mascara und dem zerzausten Haar umwerfend aussah.

Noch nie war Kat jemandem begegnet, der so schön war. Eigentlich war sie sogar ein wenig neidisch. Sie selbst war hübsch gewesen, aber auf eine durchschnittliche Art.

Ihren Gesichtszügen fehlte die Sinnlichkeit, die Megan mit der Stupsnase, den vollen Lippen und eisblauen Augen ausstrahlte. Und trotzdem vermisste Kat ihren Körper. Sie fühlte sich wie eine Schnecke, die ihr Haus verloren hatte und nun schutzlos umherkroch. Sie schluckte. Ein Glas Milch würde an diesem Verlust vielleicht nichts ändern, doch konnte es zumindest den bittern Geschmack in ihrem Mund herunterspülen.

Seufzend wandte sie sich ab und ging die Treppe nach unten. Ein Geräusch riss sie aus ihren Gedanken. Es war das Klappern einer Pfanne, das aus der geöffneten Küchentür drang.

Ob Rosa noch wach ist?

Zu ihrer Überraschung war es nicht die Köchin, die am Herd stand, sondern Noah. Er trug ein eng anliegendes weißes Shirt, das seine breiten Schultern betonte, und hatte ihr den Rücken zugewandt. Am liebsten wäre Kat umgekehrt, aber sie zwang sich zu bleiben. Unbeholfen räusperte sie sich.

»Was machst du?«

Noah fuhr herum und stieß dabei den Korb mit den Holzlöffeln um, der klappernd zu Boden fiel. Verlegen bückte sich Kat, um sie aufzusammeln.

»Ich wollte dich nicht erschrecken.«

»Schon gut«, antwortete er wieder gefasst. »Ich mache mir gerade Rühreier.«

»Kann ich dir helfen?«

Noah zögerte. Seine dunklen Augen wanderten von Kats Schultern zu ihren nackten Füßen, als könnte er noch immer nicht glauben, dass sie wirklich real war.

»Wolltest du nicht Veganerin werden, Megan?«

Shit, das hat mir keiner gesagt.

Mit glühenden Wangen versuchte sie zu retten, was zu retten war. »Das habe ich aufgegeben. Ich denke, es hat keinen Sinn sich einzuschränken, wenn einem die ganze Welt offensteht. Und das gilt nicht nur für meine Ernährung.«

Kopfschüttelnd wandte Noah sich ab. »Du hast keine Ahnung von der *wirklichen* Welt. In deinem Kopf existiert doch nichts außerhalb von dir selbst. Du bist die Sonne, das Zentrum deines Universums, und alle anderen sind nur Himmelskörper, die um dich kreisen. So war es schon immer.«

Kat wusste, dass sie ihre Strategie ändern musste, wenn sie wollte, dass Noah sie an sich heranließ.

»Ich denke, du hast viele Fragen. Du solltest sie stellen, Noah. Ich kann dir vielleicht einiges erklären«, antwortete sie.

Kurz blieb er still, sodass sie schon dachte, er würde nicht auf ihren Vorschlag eingehen, dann drehte er sich um.

»Wann hat das alles angefangen, Megan?«, fragte er mit bebenden Lippen.

Kat konnte seine Wut und seinen Schmerz beinahe körperlich greifen.

»Ich weiß es nicht. All die Jahre habe ich mich wie ein

Monster anderen gegenüber aufgeführt, was auch der Grund ist, wieso ich keine richtigen Freunde habe. Ich war einsam, verzweifelt. Und manchmal hat es gutgetan, für eine Weile einfach alles zu vergessen. Deshalb habe ich begonnen, Drogen zu nehmen.«

»Hat es geholfen?«

»Ja, aber es hielt nicht an.«

»Und wieso, verdammt noch mal, hast du mich nach dem Tod meines Vaters und deiner Mutter alleingelassen?«

»Weil ich nicht trauern konnte. Nicht um meine Mutter und nicht um Alan.«

»Was meinst du?«

»Du hattest von klein auf einen Dad, der dich von ganzem Herzen liebte. Einen, der zu all deinen Basketballspielen gekommen ist und dir das Surfen beigebracht hat. Mein Vater hat sich einen Dreck für mich interessiert. Er ist einfach verschwunden, als er erfahren hat, dass Mom mit mir schwanger war«, brach es aus Kat heraus und sie war selbst überrascht, wie emotional sie klang. »Als sich unsere Eltern kennenlernten und heirateten, habe ich versucht, ein Teil dieser perfekten Familie zu sein. Ich habe mir so sehr gewünscht, in Alan den Vater zu finden, den ich nie hatte, aber es ist mir nicht gelungen. Es war immer dein Dad und meine Mutter liebte ihn mehr als mich.«

Zum ersten Mal hatte Kat das Gefühl, etwas anderes als blanke Abneigung in Noahs Blick zu sehen. Er zögerte.

»Wieso hast du nie mit mir darüber gesprochen?«

»Ich weiß es nicht«, seufzte sie. »Vermutlich habe ich mich für diese Gedanken so sehr selbst gehasst, dass es einfacher war, alle von mir wegzustoßen. Im Nachhinein denke ich, dass ich dir nie wirklich die Chance gegeben habe, mein Bruder zu sein.«

Einen Moment lang schwiegen sie. Es gab noch viel zu sagen, doch Kat wusste, dass das gebrochene Verhältnis zwischen Megan und Noah nicht an einem Abend gekittet werden konnte. Sie spürte, dass es das Beste war, Noah allein zu lassen, damit er das Gehörte verarbeiten konnte.

Sie schnappte sich ein Glas aus der Vitrine und füllte es mit Milch.

»Ich gehe schlafen, gute Nacht«, verabschiedete sie sich von Noah.

»Gute Nacht, Megan.«

15.

Noch bevor Kat die Augen das nächste Mal öffnete, stieg ihr der Duft von frisch gebackenen Waffeln und Kaffee in die Nase. Das Frühstück ihrer Mom blieb einfach ungeschlagen. Genüsslich rekelte sie sich in den weichen Laken und blinzelte der Sonne entgegen, deren Strahlen durch die geöffneten Vorhänge fiel. Die Schatten der Umgebung formten sich zu einem Hollywood-Schminktisch und einem pompösen Kleiderschrank. Plötzlich begriff Kat, dass dies nicht ihr Zimmer war. Der Traum von friedlichen Sommermorgen mit ihrer Familie zerplatzte und sie wurde schlagartig zurück in die Realität geworfen.

Mom ist tot. Genauso wie Dad. Und wie ich selbst, eigentlich.

Eine Träne rann ihr über die Wange, dann noch eine und noch eine. Schluchzend presste Kat ihr Gesicht in das Kissen, um nicht laut aufzuschreien.

Wie soll ich je wieder glücklich aufwachen?

Für Kat hatte die Welt ihre Farben verloren. Emily, ihre Schwester war der Grund, wieso sie sich aus dem Bett quälte.

Auf dem Nachttisch wartete ein Teller mit Frühstück auf sie, vermutlich hatte Rosa ihn dorthin gestellt. Ironischerweise hatten Megan und sie bei einer Sache den gleichen Geschmack: Waffeln mit Honig war schon immer Kats Lieblingsessen gewesen, doch heute schmeckten sie ihr nicht. Sie musste sich zu jedem Bissen zwingen.

Am liebsten hätte Kat alles wieder hochgewürgt, doch sie rief sich ins Gedächtnis, wofür sie kämpfte. Irgendwann würde sie Emily die Wahrheit sagen und einen Teil ihrer Familie zurückbekommen. Und endlich ihre Nichte kennenlernen.

Kat wagte kaum sich vorzustellen, wie es sich anfühlen musste, Tante zu sein. Sie kannte die kleine Katherine zwar nicht, aber sie war ein Teil von Emily und dadurch auch ein Teil von ihr.

Kat ging ins Badezimmer, duschte und putzte sich die Zähne. Danach überlegte sie, wie sie den Plan umsetzen und Noah näherkommen konnte, wie White es ihr aufgetragen hatte. Sie sollte sein Vertrauen gewinnen, und das würde nicht geschehen, wenn sie ihm hinterherrannte.

Ratlos sah sie sich in Megans Zimmer um. Vielleicht könnte sie einen Unfall vortäuschen. Sagen, sie hätte sich den Fuß verstaucht.

Ist ein bisschen zu dramatisch.

Oder sie fragte ihn nach seiner Hilfe. Allerdings wusste Kat, dass Megan nicht die Art von Mädchen war, die sich gern auf andere verließ. Im Gegenteil: Megan löste ihre Probleme selbst oder bezahlte jemanden, der es für sie tat.

Frustriert riss Kat die oberste Schublade des Schminktisches auf und stocke. Dort lag zwischen Lidschattenpaletten und Eyelinern ein schwarzer Lockenstab. Kat hatte zwar auch einen besessen, ihn aber kaum benutzt, da sie viel zu ungeschickt war und sich jedes Mal am Hals verbrannte.

Das ist es.

Innerlich stieß sie einen Freudenschrei aus. Schnell schloss sie das Gerät an die Steckdose an und wartete ein paar Sekunden, bis die schmale Anzeige ganz nach oben wanderte. Ein wenig nervös schob sie Megans rabenschwarzes Haar zur Seite.

Es grenzte schon an ein Verbrechen, diese perfekte Porzellanhaut zu malträtieren. Mit zusammengebissenen Zähnen presste Kat den heißen Stab gegen ihren Hals und schrie auf, als die flammende Hitze durch ihren Körper schoss. Unter Schmerzen zählte sie stumm bis drei, bevor sie ihn keuchend wieder entfernte.

Perfekt.

Ihren Hals zierte nun eine Wunde, deren Form Kat an ein Gänseblümchen erinnerte. Jetzt musste sie nur noch Noah finden.

Die Finger auf die Haut gepresst, stürmte sie aus dem Raum. Schon von Weitem erkannte sie, dass Noah nicht in seinem Zimmer war, denn seine Tür stand sperrangelweit offen und eine Putzfrau wischte gerade den Boden. Als sie Kat entdeckte, hob sie überrascht die Augenbrauen, doch ehe sie eine Frage stellen konnte, war Kat schon aus ihrem Sichtfeld verschwunden.

In der Hoffnung, ihn in der Lobby zu finden, passierte Kat mehrere Zimmer, nur um enttäuscht festzustellen, dass er hier auch nicht war.

Verdammt, wo bist du nur?

Gerade als sie hilflos durch die großen Fenster der Eingangshalle in den Garten schaute, ertönte auf einmal eine Stimme hinter ihr.

»Wen suchst du?«

Mit klopfendem Herzen fuhr sie herum.

Vor ihr stand Noah in einem engen Trainingsshirt und lässigen Sportshorts. Kat musste sich eingestehen, dass er verdammt gut aussah. Und das auf eine so mühelose Art.

»Ich habe mich verbrannt«, antwortete sie so gefasst wie möglich und deutete auf ihren Hals.

Noahs Blick wanderte zu der Wunde, und für einen winzigen Moment meinte Kat, dass er die Hand hob, als wollte er ihre Haare zur Seite schieben, doch dann ließ er sie schnell wieder sinken.

»Okay, komm mit«, erwiderte er und Kat folgte ihm zu dem weißen Wandschrank auf der anderen Seite des Flures.

Während Noah in den Fächern nach Verbandszeug suchte, nutzte sie den Moment, um ihn genauer zu betrachten. Erst jetzt fiel ihr die winzige Narbe an seinem Kinn auf.

Woher die wohl stammt? Vielleicht ein Andenken aus Kindertagen.

»Wir sollten die Stelle zuerst desinfizieren. Eigentlich denke ich nicht, dass sich so etwas entzündet, aber sicher ist sicher«, stellte er fest.

Mit seinen zusammengezogenen Brauen und dem konzentrierten Blick wirkte er wie ein Arzt. Behutsam tupfte er die Stelle ab. Kat hielt die Luft an, als sein kühler Atem über ihren Hals streifte.

»Denkst du, dass es eine Narbe geben wird?«, fragte sie, um die Situation ein wenig aufzulockern.

»Vielleicht eine kleine«, murmelte er. »Aber du kannst sie ja bei Ryans Dad weglasern lassen.«

Kat entging der provokante Unterton in seiner Stimme nicht.

»Was willst du mir damit sagen, Noah?«

»Gar nichts. Er ist der Beste in ganz Los Angeles laut Buzzfeed und People's Magazine.«

»Das stimmt«, entgegnete sie ebenso provokant.

»Hast du ihm gesagt, dass du wieder zurück bist?«, antwortete Noah anscheinend unbeeindruckt und entfernte die Plastikstreifen des Pflasters.

Er beugte sich ein Stück nach vorn, sodass eine seiner Haarsträhnen Kat kitzelte und sie vom Duft seines Parfums eingehüllt wurde. Es roch nach Zedernholz und Jasmin und am liebsten hätte sie den Geruch in sich eingesaugt.

»Nein, noch nicht.«

»Hast du es vor?« Kurz hob er den Kopf und schaute sie aufmerksam an.

Kat verfluchte sich innerlich dafür, wie unsicher seine Berührungen sie machten.

»Ja, allerdings weiß ich noch nicht, wann. Es ist so viel passiert.« Noah schwieg.

Kat ahnte, dass sie beide dasselbe dachten.

»Na ja, jedenfalls danke für deine Hilfe«, durchbrach sie die Stille.

»Du brauchst dich nicht zu bedanken. Ist schon in Ordnung«, erwiderte er, und für einen Moment hatte Kat das Gefühl, dass er sie ein bisschen weniger hasste, auch wenn es noch immer seltsam zwischen ihnen war.

Noah stand auf und warf die Plastikfetzen in den Mülleimer, bevor er sich noch einmal umdrehte.

»Vielleicht fragst du beim nächsten Mal lieber Valerie, ob sie dir mit den Haaren hilft.«

Da war sie wieder: die unsichtbare Mauer zwischen ihnen.
Zwei Schritte nach vorn und einen zurück.

Kat zwang sich, den bitteren Geschmack auf ihrer Zunge zu ignorieren, und marschierte entschlossen in Richtung der Küche, aus deren Tür schon der Duft von gebratenem Hähnchen durch das Haus zog.

Wie gestern auch fand sie Rosa am Herd, wo sie gerade Caleb tadelnd auf die Finger schlug. Die buschigen Brauen zusammengezogen fluchte sie auf Spanisch vor sich hin und bemerkte Kat erst, als die sich räusperte.

»Miss Taylor, *lo siento*. Ich habe Sie bei dem ganzen Lärm nicht kommen hören.«

»Schon gut. Ich habe mir gedacht, dass Sie eine Hand mehr vielleicht gut gebrauchen könnten. Außerdem gibt es ein paar Dinge, die ich Sie gern fragen würde.«

Verblüfft nickte Rosa. »Natürlich. Es überrascht mich, dass Sie kochen möchten, Miss. Sie haben sich früher recht wenig dafür interessiert.«

»Ja, das stimmt«, erwiderte Kat so unbedarft wie möglich. »Sagen wir einfach, ich bin nicht mehr derselbe Mensch, seit ich aus Mexiko zurückgekommen bin.« Genau genommen war das nicht einmal gelogen.

Noch immer ein wenig misstrauisch musterte die Puerto Ricanerin sie, gab sich dann jedoch mit der Antwort zufrieden.

»Wenn Sie möchten, können Sie die Kartoffeln vierteln. Caleb hat sie bereits geschält«, erklärte sie und deutete auf die blaue Plastikschüssel neben Kat. »Und hier, nehmen Sie mein Messer. Ich muss sowieso noch den Salat waschen.«

»Rosa, ich habe ein Anliegen.« Ohne zu zögern, kam Kat direkt zum Punkt. »Ich weiß, dass es dauert, bis mein Bruder bereit ist, mir zu verzeihen, allerdings dachte ich, dass es vielleicht helfen könnte, wenn ich Zeit mit ihm verbringe. Das Problem ist, dass ich ihn kaum noch kenne. Ich weiß nicht einmal, ob er nach wie vor gern surfen geht.«

Einen Moment lang grübelte Rosa. »Darf ich Sie etwas fragen, Miss?«

»Sicher.«

»Wissen Sie denn überhaupt, was Sie gern tun?«

Kat stutzte. Damit hatte sie nicht gerechnet. »Wie meinen Sie das?«

»Ich denke, der beste Weg für die Lösung eines Problems beginnt bei uns selbst. Vielleicht sind Sie unschlüssig, wie Sie mit Noah umgehen sollen, weil Sie nicht wissen, wie Sie sich begegnen sollen. Ich an Ihrer Stelle würde mich auf mich konzentrieren. Ich denke, Sie müssen sich einfach erst wieder einleben.«

»Das ist ein guter Tipp. Nur wie mache ich das? Bevor ich nach Mexiko gegangen bin, war alles anders. Mom war hier. Und Alan. Irgendwie fühlt sich nun auch das Haus fremd an«, seufzte Kat.

»Dagegen haben wir in Puerto Rico eine ganze einfache Lösung«, erklärte Rosa und grinste.

»Eine, die mir gefallen wird?«

»Mehr als das, sagen wir, es ist eine Ihrer Spezialitäten.«

Kurz warf die kleine Köchin einen Blick über die Schulter, um sicherzugehen, dass die anderen Angestellten sie nicht hörten. Dann beugte sie sich zu Kat und zwinkerte ihr zu.

»Veranstalten Sie eine *Fiesta*.«

»Eine Party?«

»Ja. Laden Sie Ihre Freunde ein. Es wäre eine gute Möglichkeit, Ihre Rückkehr offiziell zu machen. Außerdem hilft es Ihnen, Anschluss an Ihr altes Leben zu knüpfen, und so würden Sie Noah vielleicht wieder etwas näherkommen. Meiner Erfahrung nach können gutes Essen und ein paar Gläser Rum mehr Probleme lösen, als man denkt. Das wirkt Wunder.«

Kat musste sich eingestehen, dass Rosas Idee nicht schlecht war.

»Noah wird das nicht wollen.«

»Lassen Sie das mal meine Sorge sein. Ich besteche ihn mit meinen Kochkünsten und Sie organisieren alles. Fragen Sie doch Ihre beste Freundin Valerie, ob sie Ihnen hilft. Früher waren Sie beide unzertrennlich.«

Valerie?

Das war das Mädchen, mit dem Megan Streit am Pool gehabt hatte. Kat wusste nicht, ob sie sich danach ausgesöhnt hatten oder ob die Sache mit Roy noch immer zwischen ihnen stand.

Ich denke, das könnte ein Problem sein. Aber wenn Valerie und Megan wirklich best buddys waren, würde es komisch aussehen, wenn ich sie übergehe.

Kat seufzte.

16.

Bevor Kat Valerie anrief, beschloss sie, auf Instagram nach ihr zu suchen und nachzuschauen, ob sie Informationen fand, was Val in der Zeit, in der Megan in Mexiko gewesen war, getrieben hatte. Vielleicht klärte sich so auch auf, ob Valerie noch mit Roy zusammen war.

White hatte ihr Megans Handy und eine Liste mit sämtlichen Passwörtern für alle ihre Social Media Accounts gegeben.

Megan Taylor nannte sich *hotshotmeg*. Es war Kat schon fast peinlich, das einzutippen.

Sie scrollte durch Megans Seite auf der Suche nach einem gemeinsamen Bild mit Verlinkung. Jede Menge sexy Selfies, auf denen sie sich verführerisch grinsend auf die volle Unterlippe biss, gemischt mit ein paar Bildern von winzigen Minikleidern und glitzernden High Heels.

Dann tauchte ein Foto von Megan mit einer hübschen Blondine im Arm auf, der sie einen Kuss auf den Mund drückte.

Valerie.

Kat folgte dem Link. Anders als Megan postete Valerie seltener und weniger provokant. Bilder von Roy fand sie überhaupt nicht. Vielleicht hatte sich die Sache zwischen den beiden inzwischen erledigt.

Wie kontaktiere ich sie am besten?, überlegte Kat, doch plötzlich kam ihr etwas anderes in den Sinn. Sie zögerte.

Eigentlich wusste Kat, dass es besser wäre, nicht nach sich selbst zu suchen. Aber etwas in ihr zwang sie dazu, ihr eigenes Profil aufzurufen.

Es sah noch genauso aus wie vor dem Unfall. Da waren die Bilder von Emily und ihr in dem süßen Café an der Strandpromenade von Long Beach.

Und der letzte Post, ein Selfie, auf dem sie, wie Kat fand, eigentlich ganz hübsch aussah. Eine einsame Träne rollte ihre Wange hinab.

Ich vermisse mich.

Zum ersten Mal betrachtete sie sich in einem anderen Licht. Früher hatte sie immer gefunden, dass ihre vollen Wangen ihr Gesicht viel zu rund machten und ihr breites Lächeln zu nett wirkte. Aber jetzt, wo sie wusste, dass sie all das nie wieder zurückbekommen würde, erschienen ihr diese kleinen Details liebenswerter als je zuvor. Stumm klickte Kat auf die Kommentare.

Du fehlst uns, hatte ihre Kindheitsfreundin May daruntergeschrieben. Luis hatte drei gebrochene Herzen gepostet. Selbst Menschen, mit denen Kat nie besonders verbunden gewesen war, hatten ihre Gedanken und Abschiedsworte hinterlassen. Der letzte Kommentar stammte von Emily.

Ich liebe dich so sehr, little sis.

Als sie ihn las, konnte Kat sich nicht mehr beherrschen. Schluchzend brach sie zusammen. Sie weinte und weinte. All der Schmerz, den sie von morgens bis abends in sich unterdrückte, floss einfach so aus ihr heraus.

Eine Weile ließ sich Kat in der Trauer treiben, bis die Tränenflut allmählich abebbte. Dann holte sie tief Luft.

Ich darf mir das nicht mehr anschauen. Ich muss weiter-

machen. Nur so habe ich die Chance, wenigstens einen Teil meines alten Lebens wiederzubekommen.

Kat dachte an Valerie und daran, auf welche Art und Weise sie am besten Kontakt mit ihr aufnehmen konnte. Instagram verfügte zwar über eine private Nachrichtenfunktion, allerdings erschien ihr das als ein ziemlich unpersönlicher Weg, jemandem mitzuteilen, dass man nach einer halben Ewigkeit wieder aufgetaucht war.

Am besten, ich schreibe ihr einfach über iMessage.

Es dauerte nicht lange, da hatte Kat auch schon den Chatverlauf der beiden Mädchen gefunden.

Kat tippte los.

> Val, keine Ahnung, ob du es schon gehört hast, aber ich bin wieder zurück. Mexiko war verrückt, am besten erzähle ich dir alles persönlich. Hast du heute schon etwas vor?

Kurz zögerte sie und überlegte, ob der Text von Megan glaubhaft war, doch nachdem sie ihn noch einmal durchgelesen hatte, drückte Kat auf Senden.

Nervös legte sie das Handy neben sich auf das Bett, eine Angewohnheit.

Es dauerte keine Minute, da summte es schon. Valerie hatte schnell geantwortet.

> OMG. Ich bin gerade mit Tiff und Lee shoppen, aber es ist so langweilig. Komm zum Rodeo Drive, dann lasse ich mir eine Ausrede einfallen und wir können sie loswerden.

Kat zögerte nicht und schnappte sich Megans Handtasche und eine ihrer Designersonnenbrillen. Zeit, in die zweite Phase zu gehen.

Unten wartete James auf sie. Ihr Bodyguard.
»Sie wollen das Anwesen verlassen, Miss Taylor?«
»Ja.«
»Ich hole den Wagen.«
»Danke, aber ich fahre selbst.« Sie sah ihn herablassend an. »Ich weiß, dass Sie nur Ihren Job machen, aber bitte erledigen Sie das so, dass Sie mir nicht dauernd vor die Füße laufen. Halten Sie Abstand, sodass ich Sie möglichst nicht sehe.«
»Ich folge Ihnen mit dem Chrysler. Wohin geht es?«
»Shoppen am Rodeo Drive.«
»Sie werden nicht einmal merken, dass ich in Ihrer Nähe bin.«
»Prima, dann verstehen wir uns ja.«

17.

Am Drive angekommen, war sie überrascht, wie viel auf den Straßen los war. Und das unter der Woche. Pärchen flanierten Hand in Hand und eine Gruppe Mädchen in kurzen Röcken passierte Kat. Überwältigt von den Eindrücken sog sie den Duft nach Großstadt, Meer und süßen Edelparfüms ein. Was für ein herrlicher Sommertag.

Die Sonne funkelte wie ein Diamant am strahlend blauen Himmel, den keine einzige Wolke zierte. Selbst das Hupen der Autoschlange, die an der Kreuzung wartete, konnte Kats Laune nicht trüben.

Jetzt musste sie nur noch Valerie finden. Sie parkte den Wagen.

> Wo bist du?

tippte Kat eine Nachricht an Valerie.

> Ich kann euch nirgends entdecken.

Augenblicklich piepste das Gerät und zeigte ihr einen Livestandort an. Erleichtert folgte Kat dem kleinen Pfeil, bis sie schließlich vor dem Chanel Store stand.

Schon durch die Eingangstür sah sie Valerie, die in einem zuckerwattefarbenen Minikleid und feinen Schnürschuhen wild gestikulierend mit einem Verkäufer diskutierte. Sie verdrehte die Augen, wobei ihr Blick abschweifte und sie Kat bemerkte. Aufgeregt winkte sie ihren zwei Begleitungen zu und trat mit ihnen nach draußen.

»Ich kann es kaum glauben«, sagte Valerie freudig und warf sich Kat um den Hals. Kat bekam allein von der Wucht ihres süßen Parfüms Schnappatmung.

»Val«, sagte sie und erwiderte lächelnd die Umarmung des Mädchens. Ein seltsames Gefühl.

»Hey, Lee, Tiff«, rief Valerie über ihre Schulter. »Schaut mal, wer wieder aufgetaucht ist.«

Lee und Tiffany schienen alles andere als begeistert über diese Neuigkeit zu sein. Kat kannte die beiden nicht, weder Brown noch White hatten von ihnen erzählt.

Das asiatische Mädchen war hübsch. Schwarze Haare und ein Pony. Schlanke, zierliche Figur. Sie trug einen karierten Rock und eine weiße Bluse, die sie mindestens fünf Jahre jünger aussehen ließen. Kat ging davon aus, dass es Lee war, zog genervt die Augenbrauen hoch, und Tiffany, die ein wenig Britney Spears ähnelte, gönnte ihr nur einen taxierenden Blick.

»Wie auch immer.« Valerie schlug die Hände zusammen. »Ihr müsst Megan und mich entschuldigen, wir haben uns so viel zu erzählen. Mal davon abgesehen, haben wir sowieso schon so gut wie jeden Laden am ganzen Drive abgeklappert.«

Ohne mit der Wimper zu zucken, hakte sie sich bei Kat unter und schenkte den beiden zum Abschied noch ein Lächeln.

Ziemlich rüde, dachte Kat. Im Video war Valerie anders rübergekommen.

»Du ...« Sie zögerte.

»Was?«, fragte Val.

»Die Sache mit Roy. Ich habe da wohl …«

Valerie winkte lachend ab. »Vergiss es. Roy ist Geschichte. Kurz nachdem du weg warst, hat er was mit Linda angefangen und wollte mich trotzdem weiter daten. Du hattest recht mit ihm, er taugt nichts.«

»Dann bin ich beruhigt. Ich möchte nicht, dass die Sache zwischen uns steht. Also, was habe ich in den letzten Monaten verpasst?«

»Frag lieber, was du nicht verpasst hast. Wo fange ich an?«, sagte Valerie mit einem breiten Grinsen.

Darauf folgte ein Vortrag über den neuesten Klatsch und Tratsch von Personen, die Kat vollkommen fremd waren. Ab und zu gab sie ein gespielt überraschtes »O nein« oder »Das gibt es doch nicht« von sich, ansonsten schwieg sie, um keinen Fehler zu machen.

»Und stell dir vor, dann hat er einfach nicht mehr auf meine Nachrichten reagiert. Was für ein Witz, oder?«

»Total.«

»Na ja, egal. Nun zu den wichtigen Dingen: Mexiko.«

Erst jetzt bemerkte Kat, dass sie sich mit dem Thema selbst ein Bein gestellt hatte. In Wahrheit wusste sie so gut wie nichts über Megans Zeit in Mexiko.

»Mexiko war …« Sie suchte nach dem richtigen Wort. »Extatisch.«

»Meinst du die Partys?«

»Ja, aber nicht nur. Ich habe unglaubliche Menschen kennengelernt. Die Nächte durchgetanzt und den geilsten Shit probiert. Es hat sich angefühlt, als wäre ich auf einem anderen Planeten.«

An dem Glitzern in Valeries Augen bemerkte Kat, dass sie sie am Haken hatte.

»War da auch ein heißer Typ dabei? Ich stehe wahnsinnig auf Latinos«, schwärmte Valerie.

»Der eine oder andere«, antwortete Kat. »Darum ging es mir jedoch nicht. Ich musste einfach eine Weile weg von allem.«

»Und jetzt bist du zurück.«

»Das ist noch ein Grund, wieso ich dich sehen wollte«, gab sie zu. »Ich möchte meine Rückkehr offiziell machen und eine Party schmeißen. Kannst du mir mit den Vorbereitungen helfen?«

»Machst du Witze, Meg? Natürlich helfe ich dir. Es wird sowieso Zeit für einen neuen Skandal, und wir wissen ja beide, bei solchen Partys passiert immer etwas.«

Kat nickte. »Danke, Val.«

Sie wies zu einem kleinen Café auf der gegenüberliegenden Straßenseite.

»Dann lass uns anfangen zu planen.«

Jess' Coffee Shop war gut besucht, doch Kat und Valerie ergatterten noch einen Platz in der hintersten Ecke. Es war ein gemütliches Ambiente. Sonnenlicht fiel von draußen herein und erfüllte den Raum mit goldenem Licht, dazu dampfte aus heißen Tassen frisch gebrühter Kaffee.

»Was nimmst du?«, fragte Valerie, die unentschlossen die Karte betrachtete.

»Einen Chai.«

»Haben Sie sich schon entschieden?«, erkundigte sich die Bedienung höflich. Es war ein honigblondes Mädchen im selben Alter wie die beiden und ihr freundliches Gesicht erinnerte Kat an sich selbst.

»Val?«

»Zwei Chai bitte. Und könnte ich meinen mit fettarmer Sojamilch haben?« Sie wartete die Antwort erst gar nicht ab. »Danke.«

Das Mädchen zwang sich weiterzulächeln, aber Kat sah ihr an, dass sie innerlich die Augen verdrehte.

»Kommt sofort.«

Damit verschwand sie in Richtung des Tresens.

»Also.« Valerie verschwendete keine Zeit und kam direkt zum Punkt. »Wen laden wir ein?«

»Ähm«, stammelte Kat. »Ich dachte, ich überlasse dir die Gästeliste.«

»Okay.« Valerie öffnete die Notiz-App auf ihrem Handy und begann damit, eine Liste zu tippen. »Lee, Tiff, Ryan, Kyle, Amber …«, zählte sie auf.

Nach gefühlten dreihundert Namen schnalzte sie.

»Ich glaube, das sind alle.«

Kat war innerlich einem Schweißausbruch nah. *Wie wohl Noah auf die Party reagieren wird?*

»Du denkst an deinen Bruder«, stellte Valerie fest. Offensichtlich war Kats Gesicht ein offenes Buch. »Hast du ihm gesagt, dass du eine Party geben willst?«

»Bisher noch nicht.«

Valerie brach in Gelächter aus. »Na, du bist mutig. Aber ehrlich gesagt, etwas anderes hätte ich von dir auch nicht erwartet.«

»Glaubst du, er wird sauer sein?«

»Wen interessiert das schon?«

Mich, antwortete Kat stumm. »Niemanden.«

»Eben. Lass uns lieber überlegen, was für Alkohol wir organisieren.« Euphorisch klatschte Val in die Hände. »Natürlich brauchen wir Champagner und Bier.«

»Was ist mit Longdrinks?«, fragte Kat.

»Gute Idee. O mein Gott, wir veranstalten eine Motto-Party mit passenden Cocktails.« Valerie war Feuer und Flamme. »Wir könnten Palmen organisieren. Und Flamingos.«

Jetzt dreht sie durch.

»Das ist vielleicht ein bisschen zu kitschig, findest du nicht?«

»Stimmt. Du magst es lieber mysteriös«, zog Valerie sie auf. »Was hältst du von *Old Hollywood* als Motto?«

Kat überlegte. Eigentlich war ihr das noch immer zu abgefahren, allerdings klang es nach einer Party, die Megan lieben würde. Und darum ging es schließlich.

Kat nickte. »Das ist gut.«

»Okay, ich verschicke gleich nachher die Einladungen. Du musst unbedingt Noah Bescheid geben. Ich weiß, du hasst ihn, aber er ist verdammt scharf.« Valerie grinste. »Vielleicht schafft er es ja, mich von dem ganzen Kyle-Drama abzulenken. Ich muss endlich mal wieder flachgelegt werden.«

Beinahe hätte sich Kat an ihrer eigenen Spucke verschluckt. Allein bei der Vorstellung, wie Noah und Valerie sich näherkamen, wurde ihr speiübel.

»Ich hoffe, dass das ein Witz war.«

»Vielleicht. Wie auch immer. Da kommen unsere Getränke.«

Kat zwang sich, nicht weiter darüber nachzudenken. Sie sollte sich lieber überlegen, wie sie Noah klarmachen wollte, dass Valerie halb Los Angeles nach *Pine Grove* einzuladen gedachte.

Die Idee zu der ganzen Sache stammte zwar von Rosa, aber Kat glaubte, dass Megan genau das nach ihrer Rückkehr getan hätte – eine Megaparty zu feiern, damit jedermann in L. A. wusste: Sie war wieder da. Und da steckte Kat in einem Dilemma, sie musste Megan überzeugend darstellen, aber Noah gleichzeitig überzeugen, dass sich seine Schwester geändert hatte. Also die alte und neue Megan miteinander vereinen.

White hatte ihr klargemacht, dass sie Noahs Vertrauen gewinnen sollte, damit sie im richtigen Moment zuschlagen und ihn ermorden konnte. Das bedeutete, sich in seiner Nähe aufhalten zu können, was kaum möglich war, wenn er sie wegen der nicht abgesprochenen Party vom Anwesen jagte.

Megan war zwar seine Schwester, hatte aber nach ihrem Weggang jedes Anrecht verloren, in *Pine Grove* etwas zu bestimmen.

Nach dem Tod ihrer Stiefmutter und seines Vaters waren es sein Haus, sein Park und Rosa und die anderen seine Angestellten.

So wie es aussah, duldete er sie im Moment nur, und Kat musste dafür sorgen, dass das so blieb. Wenn sie ihn verärgerte und *Pine Grove* verlassen musste, wäre sie nicht mehr in seiner Nähe und damit auch nicht bereit, wenn White den Startschuss gab.

Okay, die Party ist nötig, aber es wäre besser gewesen, erst mit Noah darüber zu sprechen, bevor ich Valerie auf sein Zuhause loslasse.

Kat seufzte.

Dieses Gespräch musste sie so schnell wie möglich nachholen.

18.

»Sag mir, dass das nicht dein Ernst ist, Megan.«

Allein an der schmalen Furche, die sich auf Noahs Stirn gebildet hatte und sich mit jedem Wort bedrohlich zu vertiefen schien, erkannte Kat, dass er kurz davor war auszuflippen.

»Bitte, Noah. Mir ist klar, dass ...«

Er ließ sie gar nicht erst ausreden. »Die Antwort lautet Nein.«

»Aber wenn ...«

»Nein.«

Stur verschränkte er die Arme vor der Brust. Kat hatte mit dieser Reaktion gerechnet, und eigentlich nahm sie ihm nicht einmal übel, dass er wenig Enthusiasmus zeigte, eine Mega-Party in seinem Haus zu veranstalten. Ihr selbst wäre es vermutlich nicht anders ergangen. Vielleicht musste sie ihre Taktik ändern.

Kat hob die Hände, um ihn zu beschwichtigen. »Okay. Ich respektiere deine Entscheidung.«

Misstrauisch zog Noah die Braue hoch. »Du glaubst doch nicht, dass ich dir das abkaufe.«

»Es ist mein Ernst. Es ist in Ordnung, wenn du das nicht möchtest, allerdings bitte ich dich, es dir noch einmal durch den Kopf gehen zu lassen. Diese Party würde mir viel bedeuten«, erwiderte Kat, die das Gefühl hatte, ein Minenfeld zu überqueren. »Denk einfach darüber nach.«

»Damit du dich wieder vollkoksen kannst? Netter Versuch.«

»Ich nehme keine Drogen mehr.«

»Sagst du.«

Innerlich stöhnte Kat, doch sie ging nicht auf seine Provokation ein.

»Machen wir einen Deal: Du lässt mich diese Party organisieren, und wenn ich mein Wort nicht halte, verlasse ich *Pine Grove* und du hörst nie wieder etwas von mir. Denkst du wirklich, dass ich das riskieren würde? Noah, ich bin gerade dabei, alles ins Reine zu bringen.«

Noahs Mundwinkel zuckten. In seinen braunen Augen lag zwar noch immer Misstrauen, doch seine Schultern entspannten sich allmählich. Schließlich lockerten sich seine Gesichtszüge und er seufzte.

»Meinetwegen. Aber ich verspreche dir, wenn ich auch nur irgendjemanden mit einem Gramm Gras erwische, lasse ich euch alle rausschmeißen.«

»Danke.«

Kat quietschte vor Freude auf und realisierte in derselben Sekunde, dass ihre Reaktion nicht zu Megan passte. Mit heißen Wangen räusperte sie sich.

»Wirklich, danke Noah. Du bist selbstverständlich eingeladen.«

»Ich nehme an, diese Großzügigkeit verdanke ich Valerie«, gab er sarkastisch zurück. »Sie ist wahrscheinlich scharf darauf, mich an der Wand ihrer Verehrer zu sehen. Sofern es da noch Platz gibt.«

»Seit wann magst du sie denn nicht mehr?«

»Genau genommen habe ich sie nie leiden können. Wenn

du mich fragst, ist sie ein verwöhntes Mädchen, das sich für nichts und niemanden interessiert, außer für sich selbst.«

Touché, dachte Kat. »Du wirst es einen Abend mit ihr aushalten müssen.«

Noah nickte und Kat sah ihm an, dass er bei dieser Vorstellung wenig erfreut war.

»Megan, ich hätte eine Bitte.«

Überrascht blinzelte sie. »Klar, worum geht es?«

»Kann ich ein Mädchen auf eure Feier einladen?«

»Sicher. Wie heißt sie denn?«

»Juliette.«

»Dann freue ich mich, sie kennenzulernen«, erwiderte Kat.

19.

Am nächsten Tag versuchte Kat, Juliette über Instagram zu finden, was ihr nach vielen Umwegen auch gelang. Allerdings war ihr Account auf privat geschaltet, also blieb ihr nichts anderes übrig, als ihr eine Anfrage zu senden. Mittlerweile war es bereits Mittag, aber das Mädchen hatte sie noch immer nicht angenommen.

Lustlos rührte Kat in ihrem fettarmen Jogurt herum, den Rosa liebevoll mit Gojibeeren und Chiasamen verziert hatte. Sie wusste, dass Megan streng auf ihre Figur achtete, trotzdem konnte sie sich kaum vorstellen, dass ein ausgewachsener Mensch sich den ganzen Tag von püriertem Obst und Haferflocken ernährte.

»Schmeckt es Ihnen nicht?«, hakte die Köchin nach.

Als sie den traurigen Ausdruck auf ihrem Gesicht bemerkte, schüttelte Kat den Kopf.

»Oh doch, vielen Dank. Mir ist nur ein wenig langweilig«, log sie, um Rosa nicht zu verletzen.

»Haben Sie nachher nicht Pilates, Miss Taylor? Ich habe Luciano vor einer halben Stunde gesehen.«

»Luciano?« Kat war verwirrt.

»Ja, Ihr Trainer. Haben Sie ihn etwa vergessen?«

»Nein, natürlich nicht«. Hitze schoss ihr in die Wangen. »Habe ich für heute eine Stunde bei ihm gebucht?«

Misstrauisch zog die Puerto Ricanerin eine Augenbraue hoch.

»Ich habe ihn informiert, dass Sie wieder hier sind. Als Sie ihn eingestellt haben, haben Sie mir gesagt, ich solle die Termine für Sie organisieren, wissen Sie das etwa nicht mehr?«

»Ähm«, krächzte Kat nervös. »Daran habe ich heute noch gar nicht gedacht, tut mir leid. Ich bin ein bisschen neben der Spur.«

Liebevoll strich Rosa über ihre Hand. Dann zwinkerte sie. »Luciano freut sich bestimmt, Sie wiederzusehen.«

Dann ging sie hinaus.

Ein seltsames Gefühl breitete sich in Kat aus. Hatte Rosa etwa andeuten wollen, dass da etwas zwischen Megan und ihrem Pilatestrainer lief?

Noah kam herein.

»Dein brasilianischer Yogacoach ist hier und du sitzt noch in der Küche?«, sagte er verächtlich grinsend und goss sich eine Tasse Kaffee ein. Er trug Jeans mit einen navyblauen Shirt. Seine Haare glitzerten noch feucht, als wäre er gerade aus der Dusche gestiegen.

»Er ist nicht mein Yogacoach«, verteidigte Kat sich automatisch.

»Ach stimmt ja. Er gibt dir *Pilates*-Unterricht«, erwiderte Noah.

»Seit wann interessiert dich das?«

Er zuckte mit den Schultern und nahm einen Schluck. Dann stellte Noah die Tasse ab und verschränkte die Arme vor der Brust, während er Kat musterte.

»Wusste Ryan eigentlich davon?«

Kat lag also richtig mit ihrem Verdacht. Megan hatte tatsächlich etwas mit diesem Luciano gehabt. Eigentlich überraschte sie das nicht sonderlich.

»Nein«, gab sie so unbeeindruckt wie möglich zurück. »Aber ich plane auch nicht, das fortzusetzen. Es war nur ein bisschen Spaß, nichts weiter.«

»Natürlich.« Ein ironisches Schmunzeln umspielte seine Lippen.

»Seit wann kümmern dich meine Affären, Noah?«

»Tun sie nicht. Ich finde es nur amüsant.«

»Klar.«

Einen Moment lang starrten sie einander einfach an. Dann entschloss sich Kat, das Thema zu wechseln.

»Also, diese Juliette. Seit wann läuft da etwas zwischen euch?«, fragte sie beiläufig und zwang sich, nicht allzu neugierig zu klingen.

»Seit ein paar Monaten.«

»Und ist es etwas Ernstes?«

Ein seltsamer Ausdruck huschte über Noahs Gesicht. Er wandte den Blick ab.

»Ich weiß es nicht«, seufzte er und strich sich durch das Haar. »Juliette ist großartig.«

»Aber?«, hakte Kat nach.

»Aber ich habe zurzeit keinen Kopf für eine Beziehung. Ich bin genug mit Dads Firma beschäftigt.«

Plötzlich hatte Kat ein schlechtes Gewissen. Ihr fielen die feinen Schatten unter seinen Augen auf, die sie bisher gar nicht wahrgenommen hatte.

»Tut mir leid«, sagte sie leise, doch Noah winkte nur ab. »Lass uns nicht darüber reden.«

Kat nickte. »Okay, Juliette steht also auf dich.«

Schmunzelnd nippte er an seinem Kaffee. »Ich denke schon.«

»Wie ist sie so?«

»Hm.« Kurz überlegte Noah. »Ziemlich klug, offen und hübsch. Außerdem mag sie Basketball, was ein deutlicher Pluspunkt ist.«

Kat versuchte, das Ziehen in ihrer Brust zu ignorieren. *Er findet sie hübsch,* hallte es in ihren Gedanken nach. Schnell sah sie aus dem Fenster, damit Noah nicht bemerkte, was seine Worte in ihr auslösten. Dabei entdeckte sie einen Mann mit braun gebrannter Haut und schwarzen Haaren in Trainingsshorts, der mit einer Sportmatte unter dem Arm durch den Park spazierte. Luciano.

Etwas später betrat er die Küche. Und Kat blieb die Spucke weg. Schwarze Haare, ebenso dunkle Augen und ein Gesicht wie ein griechischer Gott.

Luciano lächelte, als er sie entdeckte. »Hey«, begrüßte er sie und reichte ihr die Hand. Dann wandte er sich um.

»Hallo Noah.«

»Luciano.«

Noah nickte dem Trainer höflich zu. Dennoch meinte Kat einen Hauch von Ärger in seiner Stimme zu hören.

»Ich gehe mal lieber.«

Er warf ihr einen letzten Blick zu, dann verschwand Noah aus der Küche.

»Er mag mich immer noch nicht«, stellte Luciano derweil in perfektem Englisch fest. Kat war überrascht, denn sie hatte angenommen, dass er einen Akzent hatte.

»Mach dir nichts draus.«

»Ich bin etwas zu früh, aber wenn du noch fertig essen möchtest, warte ich gern.« Luciano deutete auf ihren Jogurt.

»Schon gut.« Sie winkte ab. »Wir können loslegen.«

»Okay.«

Er lächelte und bedeutete Kat, ihm zu folgen. Während sie gemeinsam durch das Haus gingen, beobachtete Kat ihn heimlich. Sie schätzte ihn auf Mitte zwanzig. Seltsamerweise wirkte er trotz seines guten Aussehens nicht wie ein Herzensbrecher. Im Gegenteil, sein leicht schiefes Lächeln hatte etwas Lebensfrohes und Natürliches. Außerdem war er ausgesprochen höflich. Er begrüßte jeden einzelnen Bediensteten, dem sie begegneten, mit seinem Namen.

Im zweiten Stock angekommen, betraten sie einen Raum, den Kat bisher noch nicht erkundet hatte. Eine Wand war komplett von Spiegelplatten bedeckt und der Boden bestand aus edlem Parkett. Ein blattförmiger Duftspender erfüllte die kleine Sporthalle mit einer Mischung aus Zitrusfrüchten und frischer Melisse.

Luciano breitete zwei Yogamatten nebeneinander aus und Kat wurde ein wenig nervös.

Hat er hier mit Megan geschlafen oder ist das etwa ihr After-Workout gewesen?

»Entspann dich, es passiert nichts, was du nicht möchtest, Megan.«

Luciano trat ein Stück näher an sie heran, sodass sie seinen angenehmen Geruch von Parfüm und Sonne einatmete.

Zärtlich strich er ihr eine Strähne aus dem Gesicht. Unmerklich wich Kat zurück. Dieser Mann verwirrte sie.

»Du hast mir gefehlt, Megan«, gab Luciano zu, und die Aufrichtigkeit in seiner Stimme tat Kat leid. Megan musste ihm viel bedeuten, aber darauf konnte sie nicht eingehen.

»Wollen wir anfangen?«

Luciano blinzelte überrascht, doch dann nickte er. »Okay. Am besten starten wir mit ein paar Dehnübungen.«

Er stellte sich breitbeinig hin, beugte den Oberkörper nach links. Kat tat es ihm nach, überrascht, wie flexibel ihr Körper war. Dann fiel ihr wieder ein, dass es gar nicht ihr eigener war.

Ein seltsames Gefühl, dachte Kat fasziniert.

Sie schloss die Augen und spürte jede Faser dieses Körpers, die langen Beine, der ruhige Atem, der Megans Kondition geschuldet war.

»Hast du Spaß?«, fragte Luciano zwischen den Übungen.

Kat nickte. Sie hatte seit Langem nicht mehr so viel Freude beim Sport gehabt.

»Gut, dann lass uns jetzt mit dem Training anfangen«, fuhr er fort.

Luciano zeigte ihr verschiedene Übungen, die Kat nach und nach ins Schwitzen brachten. Während sie sich nach vorn streckte, um ihre Zehenspitzen zu berühren, stand er auf und schaltete eine schwarze Musikbox ein.

»Was möchtest du hören?«, fragte er und musste sich offensichtlich ein Grinsen verkneifen, als Kat schnaufend die Luft entweichen ließ.

»Such du etwas aus«, keuchte sie atemlos und schloss für eine Sekunde die Augen. Als Kat sie wieder öffnete, bemerkte sie den überraschten Blick auf Lucianos Gesicht.

Zögernd wiegte er den Kopf.

»Das hast du noch nie gesagt«, stellte er fest

Eine Schweißperle rann über Kats Stirn. *Verdammt, ich mache zu viele Fehler.*

»Sagen wir, ich bin heute milde gestimmt«, versuchte sie

sich betont fröhlich zu retten, doch als Luciano sich neben sie setzte, wurde sie nervös.

»Was ist passiert, Megan? Ich erkenne dich kaum wieder.«

»Wie meinst du das?«, antwortete Kat.

»Ich weiß nicht. Normalerweise hast du nie viel Spaß am Workout. Du ziehst dein Ding durch, flirtest mit mir und dann haben wir Sex. Keine Ahnung«, seufzte er. »Ich weiß, dass das mit uns nichts Ernstes ist, aber ich habe mir Sorgen um dich gemacht. Du bist einfach abgehauen, ohne ein Wort zu sagen.«

Sie holte tief Luft, bevor sie antwortete: »Das war nicht in Ordnung. Tut mir leid.«

»Und dass du zurück bist, habe ich durch Rosa erfahren.«

»Auch das war nicht okay, aber mir geht viel im Kopf rum. Mexiko hat mich verändert. Ich bin nicht mehr der Mensch, der ich vor dieser Reise war.«

»Ja, irgendetwas an dir ist anders als sonst.«

»Was … meinst du?«

»Ich kann es nicht greifen, aber ich glaube dir, wenn du sagst, dass du dich geändert hast. Wie findet Noah die *neue* Megan?«

»Ich habe ihn im Stich gelassen«, begann Kat zögernd. »Als er mich am meisten gebraucht hat, bin ich nach Mexiko abgehauen, um alles zu vergessen. Moms und Alans Tod, mich selbst. Ich habe das alles nicht mehr ausgehalten. Musste raus hier. Glaubte, woanders wäre es besser.«

»Und hat es funktioniert?«

»Nein, darum bin ich auch zurückgekommen. Egal, wie weit man vor seinen Problemen flüchtet, irgendwann holen sie einen ein.«

Luciano legte ihr eine Hand auf die Schulter und drückte sie sanft. »Du kriegst das hin. Auch mit Noah.«

»Danke, Luciano«, murmelte Kat. Verlegen strich sie sich mit dem Ärmel ihres Oberteils über die Augen.

Er schenkte ihr ein liebevolles Lächeln.

»Du musst dich nicht bedanken, Megan. Allerdings solltest du aufhören, mich so zu nennen. Das hast du seit Jahren nicht mehr gemacht.« Er schmunzelte. »Sag wie sonst auch einfach Lu. Komm, machen wir mit unserem Workout weiter. Das wird dich auf andere Gedanken bringen, und mal davon abgesehen, bist du seit Mexiko ziemlich schnell aus der Puste.«

20.

Nach dem Workout war Kat so verschwitzt, dass sie beschloss, sich eine Abkühlung zu gönnen. Gut gelaunt trabte sie die Stufen zu Megans Zimmer hinauf, wo sie sich einen Bikini schnappte und auf den Weg zum Pool machte.

Das helle Sonnenlicht tanzte auf dem Wasser, ließ es glitzern. Ein leichter Wind strich darüber. Designerliegen mit cremefarbenen Polstern reihten sich aneinander.

Es ist nicht schlecht, reich zu sein, dachte Kat beeindruckt und warf ihr Handtuch auf eine der Liegen direkt am Wasser.

»Ich bin wohl nirgends vor dir sicher«, sagte jemand hinter ihr scherzhaft.

Kat fuhr herum und stieß dabei gegen Noahs nackten Oberkörper.

»Wow, keine Panik«, antwortete er.

Ohne sich zu rühren, starrte Kat auf seine schönen Lippen, die verführerisch nah vor ihren schwebten.

Ich muss mich zusammenreißen.

»Hey Noah.« Sie erwachte aus ihrer Starre. »Was machst du hier?«

Belustigt zog er eine Augenbraue hoch. »Stell dir vor, ich wollte gerade schwimmen gehen.«

An dem neckischen Ton in seiner Stimme bemerkte sie, wie dumm ihre Frage klingen musste.

»Klar.«

Kat spürte Hitze in ihr Gesicht steigen, und drehte sich rasch um. Sie streckte einen Zeh ins Wasser und stellte erfreut fest, dass es eine angenehme Temperatur hatte. Betont elegant sprang sie mit dem Kopf voraus ins Becken. Erstaunlicherweise folgte Noah ihr.

»Seit wann machst du denn deine Haare nass?«, fragte er amüsiert. »Hast du mir früher nicht immer die Ohren vollgeheult, dass das Chlor sie austrocknet?«

»Wie du schon gesagt hast: Das war früher«, antwortete Kat und strich sich die feuchten Strähnen aus der Stirn.

Sie musterte Noah aus dem Augenwinkel. Feine Wassertropfen glitzerten auf seiner glatten Haut und den nassen Haaren, die ihm wirr in die Stirn fielen, was ihn auf eine seltsame Art noch anziehender machte.

Ich muss aufhören ihn anzustarren, schimpfte Kat stumm mit sich selbst. Krampfhaft versuchte sie das nervöse Flattern in ihrem Bauch zu ignorieren.

»Also, wie war es mit deinem brasilianischen Lover?«, erkundigte sich Noah, der sich auf dem Rücken treiben ließ.

»Zwischen uns läuft nichts mehr, okay? Wir sind einfach Freunde«, stellte Kat klar.

»Hey, das nenne ich einen Fortschritt.«

»Weil du auch so viel von der Liebe verstehst«, entgegnete Kat spitz und bereute es in der nächsten Sekunde.

Noah schwamm etwas näher heran.

»Denkst du, ich war noch nie verliebt?« Er legte den Kopf schief.

»Ich weiß nicht. Warst du es?«

»Ja.« Sein Blick glitt in die Ferne.

»Du hast nie davon erzählt.«

Noah stieß ein Lachen aus. »Na ja, du hattest ja auch meistens bessere Dinge zu tun, als mir zuzuhören.«

Er schwamm zum Beckenrand und zog sich aus dem Wasser. Dann setzte er sich und ließ die Füße im Pool baumeln. Kat stieg über die Leiter hinaus und setzte sich neben ihn.

»Also, wer ist sie? Juliette?«, fragte sie.

»Nein. Sie hieß Mary, und ich habe sie kennengelernt, als ich Dad vor ein paar Jahren auf eine Convention nach Phoenix begleitet habe. Es war ein Sommerflirt, nichts weiter. Trotzdem war sie das erste Mädchen, in das ich mich jemals verliebt habe.«

»Wie sah sie aus?«

»Sie hatte dunkelbraune Haare und blaue Augen. Ihre Familie kam aus London, daher habe ich sie auch nie wieder gesehen.«

»Das ist schade«, antwortete Kat.

»Und du, Megan? Warst du jemals verliebt?«

Kat dachte nach. Was sollte sie sagen? Als Megan? Eigentlich war Kat davon ausgegangen, dass Megan Ryan geliebt hatte, und dann war sie Lu begegnet. Kat wusste nicht mehr, was sie von ihr denken sollte.

»Keine Ahnung«, seufzte sie. Vermutlich konnte nur Megan selbst diese Frage beantworten.

Noah nickte und eine Weile lang sagte niemand etwas.

»Ich treffe mich in einer halben Stunde mit Juliette«, sagte Noah schließlich. »Kann ich dich hier allein lassen, ohne dass du deine Freundinnen einlädst und ich am Ende den Pool reinigen lassen muss, weil ihr wieder Champagner reingekippt habt?«

»Ich werde brav sein«, versicherte sie ihm.

„Du bist so sexy, wenn du ein Buch hältst",
sagte Livia jedes Mal, wenn sie mich
mit einem ihrer Romane erwischte und biss sich
verzückt von dem Anblick auf die Unterlippe."
„Und stell dir vor, ich lese es sogar."

Lust auf mehr?

Erfahre hier alles rund um die prickelnde
Liebesgeschichte von Livia und Julian

ISBN 978-3-522-50835-1

21.

Die Vorbereitungen für die Party waren schon den ganzen Vormittag in vollem Gange. Das Personal kümmerte sich um den Aufbau der Bar, die Tische und Stühle und Scheinwerfer, sodass Kat genug Zeit für ihr extravagantes Outfit hatte.

Es kamen jede Menge Leute, die Megan kannten. Wenn sie diesen Abend überstand, ohne aufzufliegen, war sie einigermaßen in Sicherheit, aber dafür musste sie Megan überzeugend spielen und die trug nun mal Klamotten, für die man in anderen Ländern der Welt ins Gefängnis kam.

Das Kleid war atemberaubend, das musste selbst Kat zugeben. Als sie es auf der Webseite gefunden hatte, hatte sie sich eingeredet, dass sie es nur kaufte, weil es zu Megan passte. Doch insgeheim wusste sie, dass es einen anderen Grund gab. Sie wollte *seine* Aufmerksamkeit erregen.

Behutsam schlüpfte Kat in das mit glitzernden Perlen bestickte Nichts. Wie eine zweite Haut umschloss es Megans schlanke Figur, floss wie Wasser um ihre eleganten Kurven. Mit diesem tiefen Ausschnitt würde Kat heute Abend so manchen Blick auf sich ziehen.

Aufgeregt strich sie sich über ihr schwarzes gewelltes Haar. Sie war extra noch zum Friseur gefahren, um den Look perfekt zu machen, und war nicht enttäuscht worden.

Ein Klopfen an der Tür riss Kat aus den Gedanken. Ohne eine Antwort abzuwarten, stürmte Valerie ins Zimmer.

»Bist du fertig? Die Ersten sind schon da.«

Ihre Freundin trug ein von Marilyn Monroe inspiriertes knallrotes Seidenkleid mit Handschuhen. Und natürlich den passenden Lippenstift dazu.

»Du siehst scharf aus.« Kat gab ihr einen spielerischen Klaps auf den Po.

»Gehen wir.«

Im parkähnlichen Garten angekommen, musste Kat feststellen, dass Valerie großzügig untertrieben hatte: Die weite Grasfläche war schon mehr als gut gefüllt. Beeindruckt wanderte ihr Blick über das festlich geschmückte Ambiente.

Kleine Scheinwerfer sandten Lichtstreifen in den sternenbedeckten Himmel.

Hinter einer Bar mixte ein gut aussehender Typ Cocktails. Direkt neben ihm hatte ein DJ sein Pult aufgebaut. Die im Moment noch leise Musik waberte zu ihr herüber.

Kat schaute sich um. Schwarze und weiße Federn bedeckten die Stehtische, an denen edel gekleidete Gäste aus Kelchen Champagner nippten. Sie entdeckte James und Noahs Bodyguard, die sich etwas entfernt im Hintergrund hielten. Alle Gäste waren von Val handverlesen, niemand erwartete Schwierigkeiten.

»Wow«, stieß Kat aus. Sie sog die warme, nächtliche Sommerluft ein und spürte ein Lächeln auf ihrem Gesicht.

»Ziemlich gut geworden, was?«, meinte Valerie.

»Verdammt gut.«

»Komm, wir sollten Lee Hallo sagen, außerdem will ich herausfinden, ob Kyle schon da ist«, erklärte Val und zog Kat hinter sich her.

Während sie die Menge passierten, wurde Kat von vielen

Gästen freudig begrüßt, allerdings spürte sie auch manchen seltsamen Blick, der ihren Schritten folgte. Es war offensichtlich, dass Megan zwar bekannt, aber auch berüchtigt war.

»Da ist er ja«, murmelte Valerie neben ihr und deutete auf einen breitschultrigen jungen Mann mit strohblonden Haaren, der grinsend den Arm um ein fremdes Mädchen gelegt hatte. Das war also Kyle.

»Val, ist es in Ordnung, wenn ich dich für einen Moment allein lasse?«, erkundigte sich Kat und erhielt keine Antwort. Valerie war längst losgestürmt.

Ich nehme das als ein Ja.

Amüsiert schüttelte sie den Kopf und schaute sich um. Sie hoffte, zwischen den Leuten sein Gesicht zu sehen, doch Noah schien vom Erdboden verschluckt zu sein.

»O mein Gott, ich glaub es nicht«, quietschte eine Stimme hinter ihr.

Überrascht drehte Kat sich um und blickte in das Gesicht einer perfekt gestylten Brünetten. Ihr Haar war zu einem kunstvollen Pferdeschwanz zusammengebunden und einzelne Glitzersteinchen funkelten auf der dunklen Haut.

Wer ist sie? Gut, dass Megan sich nicht die Mühe macht, alle Namen zu kennen. Am besten, ich halte mich an Adeles Rat und bleibe bei ihrer selbstgefälligen Art.

Kat schürzte die Lippen, bevor sie das Mädchen einmal von Kopf bis Fuß musterte. Dann setzte sie ein desinteressiertes Lächeln auf und nippte an ihrem Drink, wobei sie die silbernen Armreife an ihrem Handgelenk gekonnt in Szene setzte.

»Hey, was machst du hier?«

»Was ich hier *mache*?«

Die Fremde schüttelte lachend den Kopf, doch Kat entging nicht, dass sich ihre Mimik verhärtete.

»Val hat mir eine Nachricht geschickt und geschrieben, das hier würde die Party des Jahrhunderts werden. So ein Spektakel konnte ich mir doch nicht entgehen lassen.« Anerkennend wanderte ihr Blick über das Ambiente. »Und sie hat nicht übertrieben.«

Kat zuckte mit den Achseln. »Du kennst mich ja.«

»Warum hast du mir nicht Bescheid gegeben, dass du zurück bist, Meg? Ich dachte, wir wären Freundinnen.«

Ein Hauch von Ärger flog über das Gesicht des Mädchens, aber sie versuchte, es mit ihrem breiten Lächeln zu überspielen. Es reichte jedoch nicht, um Kat zu täuschen.

»Das ist nichts Persönliches«, erklärte sie. »Wenn ich jeden informieren müsste, wäre ich eine Woche nur mit Nachrichtenschreiben und Anrufen beschäftigt.«

»Das verstehe ich.« Die Brünette zögerte. »Nur vor Mexiko hast du mich beinahe täglich angerufen, besonders nach deinem Streit mit Valerie. Aber klar, kaum vertragt ihr beide euch wieder, sind dir deine anderen Freundinnen egal.«

»Das …«, setzte Kat an, doch sie kam erst gar nicht zu Wort.

»Weißt du, ich habe dich nie verurteilt, Megan. Nicht einmal dafür, dass du heimlich Ryan mit deinem Fitnesstrainer betrogen hast.« Die Augen des Mädchens blitzten. »Aber ich habe deine Geheimnisse nicht bewahrt, damit du mich jetzt einfach fallen lässt.«

Mit einem letzten Schnauben wandte sich das Mädchen um und rauschte davon.

Was zum Himmel war das?

Nachdem sie in der Menge verschwunden war, ließ Kat erleichtert die Schultern sinken. Kopfschüttelnd griff sie nach einem Ananas-Cocktail, der auf einem der Stehtische neben ihr stand, und nahm einen tiefen Schluck.

Plötzlich berührte jemand sie an der Hüfte. Kat zuckte zusammen, sodass sie beinahe ihr Getränk verschüttete.

»Was wollte Tracy Stonehurst von dir?«

Kat erkannte Ryan sofort. Das gegelte schwarze Haar und die markanten Gesichtszüge mit den stechend grünen Augen. Brown hatte ihr Fotos von ihm gezeigt. Er hatte gewusst, dass die beiden eine Zeit lang miteinander viel unternommen hatten, aber nicht, ob sie ein Paar waren. Das würde jetzt schwierig werden.

»Nichts Besonderes, Ryan«, erwiderte Kat vorsichtig.

»Du bist also zurück«, stellte er trocken fest. »Und das erfahre ich durch Val?«

»Es tut mir leid, Ryan.« Kat rang sich ein strahlendes Lächeln ab und hoffte, dass es reichte, um ihn von seiner Wut auf sie abzulenken.

»Ach ja, es tut dir leid, Megan?«, zischte Ryan. Auf seinem Gesicht lag eine Mischung aus verletztem Stolz und Unglauben. »Ich kauf dir das nicht ab. Du verschwindest einfach wortlos und schaffst es nicht einmal, mir eine Message zu schreiben, dass du wieder da bist? Verdammt, für wen hältst du dich?«

»Was willst du von mir hören, Ryan?«, gab Kat kühl zurück. »Dass ich Zeit gebraucht habe, um mich wieder einzuleben? Dass ich ein furchtbar egoistisches Miststück bin? Ich habe keine Lust auf deine Vorwürfe. Du kennst mich mittlerweile genug, um zu wissen, dass ich mich früher oder später bei dir gemeldet hätte, also was soll das jetzt?«

Gespielt beleidigt drehte sie ihm den Rücken zu und ignorierte ihn, bis Ryan schließlich nachgab.

»Okay, ich will dir keinen Druck machen, Meg. Ich weiß ja, dass du seit dem Tod von Alan und deiner Mom eine schwere Zeit hast.«

Versöhnlich strich er über ihren nackten Arm und Kat bekam eine Gänsehaut. Seufzend wandte sie sich wieder um.

»Ich will mich auch nicht streiten. Es tut mir leid, dass ich mich nicht bei dir gemeldet habe.«

Ryan verzog den Mund zu einem schelmischen Grinsen. Er senkte die Stimme.

»Wir könnten uns nach oben schleichen. So wie früher, der alten Erinnerungen wegen.«

Bei dem Gedanken, was da geschehen konnte, wurde Kat unruhig. Ryan war nicht unattraktiv, aber definitiv nicht ihr Typ.

»Mit dem Thema sind wir durch«, antwortete Kat.

Ryan schnaubte. »Ach ja? Hast du einen anderen?«

»Natürlich nicht.«

»Ich glaube dir nicht.«

»Ryan, hör auf. Wir haben uns getrennt. Schon vergessen? Ich kann machen, was ich will«, sagte Kat, die sich zunehmend unwohler fühlte. Nervös trat sie von einem Bein auf das andere.

»Ist es etwa dieser Yogatrainer?«

Allmählich wurde es Kat zu viel.

»Ryan«, fauchte sie ihn grob an. »Hör jetzt verdammt noch

mal mit dem Unsinn auf. Das hier ist meine Party und ich habe keine Lust auf dieses unnötige Drama.«

»Oh.« Ryan lachte boshaft. »Du hast also keine Lust auf *mein* Drama.« Er hob abwehrend die Hände. »Alles klar.«

Ich muss meine Taktik ändern. So wird das nichts.

»Ryan«, versuchte Kat es nun etwas sanfter. Beruhigend legte sie ihm die Hand auf den Unterarm. »Lass uns bitte nicht streiten, sondern die Party genießen.«

Einen Moment lang schwieg Ryan. Noch immer wütend musterte er sie, dann murmelte er etwas, beugte sich vor und gab ihr einen Kuss auf die Wange. Verkrampft lächelte sie, als er sich wieder von ihr löste. Ryan blinzelte verwirrt.

»Was hast du getrunken?«, fragte er und deutete auf den Drink in ihrer Hand.

»Ach das. Keine Ahnung, was da drin ist. Irgendetwas mit Ananas glaube ich.« *Seltsame Frage.*

Ryans Augenbrauen schnellten in die Höhe, sodass Kat sich fragte, ob dass die falsche Antwort gewesen war. Dann setzte er sein typisches Machogesicht wieder auf. Er nickte, doch in seinen Augen lag ein Ausdruck, den Kat nicht deuten konnte.

»Was hast du noch mal gesagt, wo genau in Mexiko du warst?«

»Tulum. Und Oaxaca.«

Er lächelte, aber es erreichte seine Augen nicht.

»Schöne Gegend. Wie dem auch sei: Ich bin froh, dass du zurück bist.« Ryan deutete in Richtung des DJ-Pults. »Entschuldige mich jetzt, ich sollte Mike und Jax Hallo sagen.«

Bevor sie etwas erwidern konnte, ging er davon. Kat blieb mit einem unbehaglichen Gefühl zurück.

Er ist so plötzlich gegangen. Ob er etwas ahnt? Was habe ich falsch gemacht? Etwas gesagt, das Megan nicht sagen würde?

Beunruhigt nahm sie einen Schluck von dem Cocktail und genoss die pappige Süße der Ananas auf ihrer Zunge. In Gedanken ging sie das Gespräch mit Ryan noch einmal durch, als jemand ihr an die Schulter tippte.

»Ich werde wohl nie verstehen, wieso du mit diesem Idioten zusammen warst.«

Lucianos Blick folgte Ryan, der gerade stehen geblieben war, um einen Typen, den Kat nicht kannte, zu begrüßen. Bevor er Lu bemerken konnte, zog Kat ihren Fitnesstrainer hinter einen Busch.

»Was machst du hier?«, zischte sie. Ihr Blick suchte Ryan, der mit dem Rücken zu ihr stand. Kat wollte sich gar nicht ausmalen, wie er reagieren würde, wenn er sie mit Luciano reden sah.

»Na ja, deine Freundin hat mich eingeladen. Stephanie.«
»Valerie«, korrigierte Kat ihn.

»Ja, tut mir leid. Warum verstecken wir uns?« Lu betrachtete sie prüfend. »Ich meine, ich weiß ja, dass Ryan kein Fan von mir ist, aber normalerweise flippt er auch nicht aus, wenn wir zusammen trainieren. Außerdem seid ihr nicht mehr zusammen.«

»Sagen wir, er ist im Moment nicht so gut auf mich zu sprechen und ich will keinen Stress auf der Party.«

»Du musst dich von dem Typen fernhalten. Er ist nicht gut für dich.«

»Ja, das weiß ich«, antwortete Kat. »Hey, wir lassen uns davon nicht die Party verderben. Ich finde schon eine Lösung für Ryan. Du kennst mich, das tue ich immer.«

Er schmunzelte. »Ja, du bist ziemlich taff, das muss ich zugeben.«

Kat lächelte. »Es ist schön, dass du hier bist, Lu.«

»Ich bin vor ein paar Minuten in deinen Bruder hineingelaufen. Du hast gar nicht gesagt, dass er jetzt eine Freundin hat.«

»Sie ist nicht seine *Freundin*«, gab Kat spitz zurück und ärgerte sich darüber, wie sie augenblicklich die Menge nach Noah absuchte.

Sie fand ihn an einem Stehtisch einige Meter von ihr entfernt. Noah trug ein enges graues T-Shirt, das seine muskulösen Schultern betonte, dazu dunkle Jeans mit einem schwarzen Gürtel.

An seiner Seite stand ein umwerfend schönes Mädchen mit haselnussbraunem Haar. Das musste wohl Juliette sein. Sie erinnerte Kat an den Typ Frau, den sie an ihrer alten Highschool oft beneidet hatte, mit großen blauen Augen und Sommersprossen auf der perfekten Nase. Vermutlich musste sich Juliette nicht einmal schminken, um gut auszusehen. Noah lachte sie gerade an, sagte etwas und verschwand dann zwischen den anderen Gästen.

»Willst du nicht hingehen und sie begrüßen?«, hakte Luciano nach.

»Keine Ahnung.« Kat nippte an ihrem Cocktail. Sie versuchte, sich auf etwas anderes zu konzentrieren, doch immer wieder wanderten ihre Blicke zu Noah und Juliette.

»Du magst sie also nicht«, stellte Lu amüsiert fest.

»Das ist es nicht.«

»Bist du sicher?«

Kat seufzte. »Okay, vielleicht passt es mir nicht, dass er

sich mit ihr trifft. Aber das macht mich nicht automatisch zur bitchigen Schwester.«

Lu erwiderte nichts, stattdessen grinste er so breit, dass Kat stöhnend nachgab.

»Na gut. Vielleicht bin ich ihr gegenüber nicht fair«, gab sie brummend zu. »Trotzdem will ich nicht mit ihr reden.«

»Komm schon, Meg. Ich sehe dir doch schon an der Nasenspitze an, wie neugierig du bist. Gib dir einen Ruck.«

Lu hatte recht. Natürlich brannte Kat innerlich darauf, Juliette kennenzulernen, auch wenn sie sich das selbst nicht eingestehen wollte. Theatralisch verdrehte sie die Augen, bevor sie Lu zum Abschied noch einen Klaps auf den Oberarm gab.

»Das werde ich mir merken«, stichelte sie.

Der Brasilianer schmunzelte. »Sagen wir einfach, dass ich dich hin und wieder zu deinem Glück zwinge.«

Kat bahnte sich ihren Weg durch die Gäste, bis sie schließlich vor Juliette zum Stehen kam. Ehe sie etwas sagen konnte, hatte diese sie schon längst erkannt.

»Du musst Megan sein.« Das Mädchen strahlte sie an. »Ich bin Juliette.«

»Hallo.«

»Es freut mich, dich endlich kennenzulernen. Noah hat mir leider nur wenig von dir erzählt, deshalb bin ich wahnsinnig neugierig.«

Plötzlich tauchte Noah hinter Juliette auf und legte eine Hand um ihre Hüfte.

»So, da bin ich wieder. Hi, Megan«, begrüßte er sie und ließ seinen Blick anerkennend über ihr gewagtes Outfit schweifen.

Kat spürte, wie ihr die Hitze in die Wangen schoss. Mit einem Mal kam sie sich vollkommen overdressed vor.

»Ich hole mir etwas zu trinken«, erklärte Juliette und verschwand lächelnd in Richtung der Bar.

»Sie ist süß. Seid ihr beide jetzt ein Paar?«, fragte Kat betont lässig.

»Nein, noch nicht.«

Bevor sie etwas erwidern konnte, wechselte Noah schnell das Thema.

»Du weißt, dass diese Party nicht bedeutet, dass ich dir verzeihe, Megan.« Seine Augen verdunkelten sich und Kat spürte, dass die Stimmung zu kippen drohte.

»Das ist okay. Ich werde dir beweisen, dass alles, was ich gesagt habe, ernst gemeint war. Können wir trotzdem versuchen, den Abend zu genießen? Es wäre schade, das hier nicht zu würdigen.« Kat machte eine umfassende Handbewegung.

Noahs Schultern entspannten sich und er nickte. »Du hast recht. Wie wäre es mir etwas Stärkerem?« Er deutete zu dem Glas in ihren Händen. »Ich habe Dads teuren Stoff im Keller versteckt, aber wir könnten runtergehen und eine Ausnahme machen.«

Kat war überrascht über diesen Vorschlag. Sie verstand, dass es ein Angebot zur Waffenruhe war, und selbst wenn diese nur heute Abend gelten sollte, wäre das schon genug.

»Gern«, willigte sie ein und schenkte ihm ein Lächeln.

22.

Noah schaltete die Neonröhren an der Decke ein, die summend zum Leben erwachten und den weiten Raum in ein kühles Licht tauchten.

An der hinteren Wand thronte ein abschließbarer Wandschrank und schon durch die Glastüren erkannte Kat karamellfarbenen Whisky in eleganten Flaschen.

»Dads Vorrat. Ich würde dich ja fragen, welchen wir mit hochnehmen sollen, allerdings weiß ich, dass du keine Ahnung von Whisky hast«, stichelte Noah, während er die Türen öffnete und einen Scotch herausholte.

Eigentlich kannte sich Kat sogar sehr gut mit Whisky aus. Ihr Dad war ein Liebhaber teurer Single Malts gewesen. Was das betraf, hatte er ihr schon mit vierzehn klargemacht, dass es eine Todsünde war, Whisky mit Eis zu trinken. Dann war er mit ihr seine Whiskys durchgegangen, hatte von ihren Noten und dem Geschmack geredet. Kat kannte von Glenmorangie bis Buchanan alles. Das durfte Noah jedoch nicht wissen.

»Du weißt, ich mache mir nicht viel daraus. Haben wir noch Champagner?«, pokerte sie.

Er zog eine Augenbraue hoch und Kat bekam schon Panik, dass sie etwas Falsches gesagt hatte, doch dann schmunzelte er, wobei sich feine Grübchen um seine Mundwinkel bildeten.

»Einige Dinge ändern sich wohl nie, was?«

Erleichtert ließ Kat die Luft entweichen.

»Sei einfach still und hol die Flasche«, gab sie provokant zurück und wollte noch etwas hinzufügen, als sie plötzlich Schritte vernahm, die sich ihnen näherten. Irritiert drehte sie sich zu Noah um, der nicht weniger überrascht wirkte.

»Wer ist das?«, formte sie tonlos mit den Lippen.

Er zuckte mit den Schultern.

Ryan betrat den Keller. »Da bist du ja, Süße. Ich habe dich gesucht«, nuschelte er und bahnte sich seinen Weg durch die Kartons, um den Arm um Kats Schultern zu legen.

Ein unbehagliches Gefühl braute sich in ihrem Inneren zusammen. »Bist du betrunken, Ryan?«, fragte sie.

Er antwortete nicht, sondern zog sie enger an sich.

Kat sog den Geruch seines viel zu aufdringlichen Parfüms ein und musste fast würgen.

»Ryan«, stellte nun auch Noah fest. Seine Gesichtszüge wurden zu Stein. Das feine Lächeln, das gerade noch seine Mundwinkel umspielt hatte, war weggewischt.

»Hey Champ«, grüßte Ryan grinsend zurück und hob Noah die Faust hin, wobei er nach vorn kippte und Kat all ihre Kraft aufbringen musste, um ihn zu halten.

Noah ging nicht darauf ein. Im Gegenteil: Sein Blick wanderte zu Kat.

»Lass sie los und hol dir ein Glas Wasser, Ryan«, sagte er und sein Tonfall machte deutlich, dass dies kein Vorschlag war, sondern eine Warnung.

Ryan beachtete ihn nicht und vergrub sein Gesicht in Kats Haaren.

»Du riechst so gut«, flüsterte er und sie bekam eine Gänsehaut, als sein alkoholgeschwängerter Atem ihr Ohr streifte.

Ich will hier weg.

»Ryan. Lass. Sie. Los«, knurrte Noah.

Kat sah ihm an, dass er kurz davor war einzuschreiten. Stumm schüttelte sie den Kopf, um ihm zu bedeuten, dass er noch warten sollte. Sie wollte die Situation friedlich lösen.

»Du hast einen anderen gefunden«, murmelte Ryan. »Hast mich einfach links liegen lassen, als wäre ich nichts weiter als ein dummes Spielzeug.«

Er löste sich von ihr und taumelte nach hinten und starrte sie hasserfüllt an.

»Ich wusste, dass du eine Schlampe bist, Megan Taylor. Ein herzloses Miststück, das sich einen Dreck um die Gefühle anderer Menschen schert ...« Einen Moment lang zögerte er, den Mund zu einer abschätzigen Grimasse verzogen. »... aber so lasse ich mich nicht behandeln.«

Ehe Kat ausweichen konnte, hatte er sie schon gepackt und presste seine Lippen auf ihre. Keine zwei Sekunden später wurde Ryan von ihr weggezogen und Noahs Faust landete krachend in seinem Gesicht.

Ryan lachte. Seine Lippe war aufgeplatzt und er schwankte bedrohlich, trotzdem holte er zum Gegenschlag aus, verfehlte Noah aber. Stattdessen traf er Kats rechte Wange. Sie schrie auf.

Ein zweiter Schlag von Noah reichte aus, damit Ryan zu Boden ging. Kompromisslos packte er Ryan am Kragen und zog ihn aus dem Keller. Kat folgte ihm hinaus in den Park. Noahs Bodyguard entdeckte sie und kam ihnen entgegen.

»Was ist geschehen?«, fragte der breitschultrige Mann und fixierte Ryan.

»Alles okay, John. Ich komme klar«, beruhigte Noah ihn, dann wandte er sich an Ryan. »Verschwinde und lass dich hier nie wieder blicken«, presste er hervor.

Ryan wischte sich über den Mund und betrachtete die Blutschlieren auf seinem Handrücken. Der Bodyguard fasste ihn grob am Arm und zog ihn fort, doch der drehte den Kopf und sah Kat hasserfüllt an.

»Wir sind noch nicht fertig, Meg. Noch lange nicht.«

Damit wandte er sich um und wurde vom Bodyguard durch den Garten bis zum Tor gebracht. Als er nicht mehr zu sehen war, musterte Noah Kat.

»Bist du okay?«, fragte er. In seiner Stimme schwang Besorgnis mit. Sein Blick wanderte zu der Stelle, an der Ryans Faust sie getroffen hatte. »Dieses verdammte Arschloch«, fluchte er, während seine Fingerspitzen vorsichtig darüberstrichen.

Kat hielt die Luft an. Es war nur eine winzige Geste, doch sie spürte die Zärtlichkeit, die darin lag. Mit klopfendem Herzen stieß sie leise die Luft aus.

»Mir geht es gut«, flüsterte sie, als müsste sie sich selbst davon überzeugen. Die letzten zehn Minuten erschienen ihr vollkommen surreal.

»Hoffentlich gibt das keine Gehirnerschütterung. Ryan mag betrunken gewesen sein, aber er hat Kraft. Wir sollten nach oben gehen und die Stelle kühlen.« Noah bemerkte ihr Zögern und trat näher. »Komm.«

»Was ist mit der Party?«

»Die ist nicht wichtig«, sagte er leise.

Kat war plötzlich alles zu viel. Die Musik, das Gemurmel der Unterhaltungen, das Lachen der Menschen. Es war wie das Summen eines Bienenschwarms. Vor ihren Augen flackerte es. Sie spürte plötzlich ihre Beine nicht mehr.

Dann wurde es dunkel.

»Wo bin ich?«

Kat kniff stöhnend die Augen zusammen und versuchte sich zu orientieren. Die Schemen setzten sich zu grauen Möbeln zusammen, deren Umrisse von dem fahlen Mondlicht umrahmt wurden, das durch die geöffneten Fenster fiel.

»In deinem Zimmer.« Etwas Kühles legte sich auf ihre Stirn und minderte den Schmerz, der wie Nägel unter ihrer Haut stach.

»Noah, bist du das?«, fragte sie hilflos.

»Ja, keine Sorge. Du bist in Ohnmacht gefallen, also habe ich dich nach oben getragen«, antwortete er und Kat blinzelte.

Noah saß auf der Bettkante und presste ihr ein kaltes Tuch auf die Stelle, wo Ryans Faust sie getroffen hatte. In dem spärlichen Licht wirkten seine Gesichtszüge beinahe unwirklich schön.

»Danke, dass du mich vor ihm beschützt hast.«

Er schüttelte den Kopf, als wäre das selbstverständlich. »Natürlich. Du bist meine Schwester.«

Kat schloss für einen kurzen Moment die Augen und genoss die wohltuende Kühle auf ihrer Haut.

»Bin ich das noch?«, sprach sie die Frage aus, die stumm im Raum schwebte.

»Ich bin verletzt, Megan. Aber das bedeutet nicht, dass du mir egal oder kein Teil mehr meiner Familie bist«, erwiderte er. »Ich habe versucht, dich dafür zu hassen, dass du mich nach Dads und dem Tod deiner Mutter einfach im Stich gelassen hast.«

»Mit Erfolg?« Kat öffnete die Lider und sah ihn an.

»Würde ich sonst hier sitzen?«

»Vermutlich nicht.«

Er seufzte leise. »Manchmal habe ich mir gewünscht, ich könnte wütend sein. Wut ist eine einfachere Emotion als Schmerz, vor allem, wenn man jemanden vermisst.«

Kat spürte, dass er dabei war, die Mauer einzureißen, die er um sich errichtet hatte.

Das ist der Punkt, an den ich kommen wollte, dachte sie und eigentlich hätte sie sich darüber freuen sollen, doch sie konnte es nicht.

Stattdessen sah sie ihn eindringlich an. Noah war so besonders, so liebenswert. Jemand, den sie als Kat gern kennengelernt hätte. Sie schaute auf seinen Mund. Die weichen Lippen, die zu einem sanften Lächeln verzogen waren. Und diese Augen, in denen man versinken konnte.

Sie hatte sich vom ersten Moment an zu ihm hingezogen gefühlt und nun war er ihr ganz nah. Die Musik der Party drang von draußen herein und die Luft schien plötzlich zwischen ihnen zu vibrieren.

Noah bemerkte, wie ihr Blick auf ihm verharrte, und hielt in der Bewegung inne. Kat schloss die Augen. Sie folgte dem Verlangen in ihrer Brust, beugte sie sich nach vorn und legte behutsam ihre Lippen auf seine.

Noah erstarrte, doch dann riss er sich von ihr los.

»Megan ...«, stammelte er. Entsetzen stand in sein Gesicht geschrieben. Verwirrt blinzelte er und öffnete den Mund, doch er schwieg.

»Noah, es tut …«, setzte Kat an, aber Noah sprang auf und verließ mit raschen Schritten das Zimmer.

Was habe ich getan?

Gott … Ich bin komplett verrückt geworden.

Sie hatte den Jungen geküsst, den sie umbringen sollte! Noch viel schlimmer: Noah war von *seiner Schwester* geküsst worden.

Innerhalb von Sekunden hatte Kat alles zwischen ihnen zerstört, was sie in den letzten Tagen mühsam aufgebaut hatte. Voller Verzweiflung über das, was sie getan hatte, vergrub sie ihr Gesicht im Kissen und ließ ihren Tränen freien Lauf.

Der Schlaf der Erlösung wollte sich nicht einstellen. Mittlerweile war es schon nach vier Uhr. Die letzten Gäste waren nach Hause gegangen. Valerie hatte bei Kat vorbeigeschaut und sie gefragt, was los sei, aber Kat hatte sie mit der lahmen Ausrede abgewimmelt, sie habe Migräne. Val hatte sie seltsam angesehen, und es war klar, dass sie ihr kein Wort glaubte.

Mittlerweile war ihr alles egal.

Seit einer halben Ewigkeit starrte sie an die Decke und verfluchte sich selbst. Jedes Mal, wenn sie Schritte auf der Treppe vernahm, hoffte sie, dass es Noah war, aber er kam nicht. Gab ihr keine Chance, sich zu erklären, und zu ihm zu gehen, traute sich Kat nicht.

Ich sollte endlich schlafen. Er kommt nicht zurück.

Es dauerte eine weitere Stunde, bis sie endlich in den Schlaf abdriftete. Als sie anfing zu träumen, wurde sie von einer

Bewegung neben sich geweckt. Panisch schreckte sie hoch und starrte zu ihrer Verwunderung in Noahs Gesicht. Das Licht der Nachttischlampe zeigte die ganze Verwirrung, die von ihm Besitz ergriffen hatte. Er atmete schwer.

»Noah«, stammelte Kat.

Seine Kiefer mahlten. Die Nasenflügel bebten. »Was sollte das, Megan? Du verschwindest. Dann tauchst du wie aus dem Nichts wieder auf und jetzt …«

»Es tut mir leid«, unterbrach sie ihn und verfluchte sich dafür, wie verzweifelt sie klang. »Ich hätte das nicht tun dürfen.«

»Ja, das hättest du nicht. Verdammt, wir sind Geschwister.«

Kat wusste nicht, ob er den letzten Satz an sie oder an sich selbst gerichtet hatte.

»Ich brauche Antworten, Megan. Wieso warst du nicht bei der Beerdigung? Warum bist du nicht früher aus Mexiko zurückgekommen?«, brach es aus ihm heraus. »Weshalb machst du mir das Leben schwer, seit wir Kinder sind?« Er holte tief Luft. »Ich habe das Gefühl, ich kenne dich überhaupt nicht. Wer bist du?«

Kat wusste nicht, was sie sagen sollte. Verzweifelt öffnete sie den Mund, um ihm die ersehnten Antworten zu geben, brachte jedoch keinen Ton heraus. Es schmerzte sie, ihn so verletzt zu sehen. Wie gern hätte sie ihm gesagt, dass sie nicht Megan, sondern Kat war. Aber wenn sie das tat, würden Emily und ihre kleine Tochter sterben. Also biss sie sich auf die Lippe, bis sich ein metallischer Geschmack auf ihrer Zunge ausbreitete.

»Was? Du sagst nichts?« Noah hob den Kopf. Seine Schultern bebten, als er an die Decke starrte.

»Ich werde dir alles erklären, wenn die Zeit gekommen ist.« Tief im Inneren war ihr bewusst, dass sie mit diesem Satz alles noch schlimmer machte, aber mehr konnte sie nicht sagen, mehr konnte sie ihm nicht geben.

Es tut mir so leid, Noah.

Noah wandte sich von ihr ab, starrte zum Fenster in den aufziehenden Morgen hinaus. Kat ahnte, dass er sie den Sturm an Gefühlen, der in ihm tobte, nicht sehen lassen wollte. Vorsichtig streckte sie die Hand aus und berührte seinen Arm.

»Bitte, Noah«, flüsterte sie hilflos.

Er stockte, dann drehte er sich um.

»Okay«, antwortete er rau. Sein Blick schweifte von Kats Augen zu ihren Lippen. Einen winzigen Moment verharrte sein Blick auf ihnen. Als er sich vorbeugte, hielt Kat den Atem an. Nur Zentimeter trennten sie voneinander.

»Ich brauche Zeit, um das zu verarbeiten, Megan. Bitte lass mich in Ruhe. Halte dich von mir fern, wenn dir etwas an mir liegt.«

Dann ließ er sie zum zweiten Mal in dieser Nacht verzweifelt zurück.

23.

Am nächsten Morgen war Noah nicht da. Rosa erzählte Kat, dass er früh weggefahren sei, um zum Hauptsitz der Firma ins Valley zu fahren.

Anscheinend ging es um irgendwelche wichtigen Dokumente, die plötzlich aufgetaucht waren, doch Kat glaubte davon kein Wort. Noah versuchte, vor ihr zu flüchten.

Es ist okay, sagte sie sich, während sie ihre Smoothie-Bowl auslöffelte.

Um sich auf andere Gedanken zu bringen, scrollte sie nebenher durch die neuesten Posts auf Instagram. Viele von Megans Freunden hatten Bilder von ihren extravaganten Partyoutfits hochgeladen. Offensichtlich war die Feier ein voller Erfolg gewesen, auch wenn Kat davon nur wenig mitbekommen hatte.

Sie schob sich gerade einen Löffel pürierte Drachenfrucht in den Mund, als auf einmal der grüne SMS-Banner aufploppte. Die Nachricht kam von einer Nummer, die Megan nicht eingespeichert hatte. Neugierig klickte sie darauf.

Hi Megan,
die Party war klasse. Hast du heute schon was vor?
Wollen wir essen gehen?
Cindy

Cindy war ein Codename. Die Nachricht stammte von White. Er wollte sie treffen.

> Hi Cy, gern. Wo und wann? Hast du eine Idee?

Die Antwort traf keine Sekunden später ein.

> José's Enchilada Station. 13.00 Uhr

Dreizehn Uhr? Das war bereits in anderthalb Stunden, aber kein Problem.

> Ich komme. Bye.

schrieb sie zurück. Dann schlich sie sich in die Garage und verließ das Anwesen, ohne dass James es mitbekam und ihr folgen konnte.

José's Enchilada Station lag in einem Viertel, das Kat nicht kannte. Eine recht trostlose Gegend. Die breite Straße war kaum befahren und zu beiden Seiten reihten sich Häuser, die allesamt einen verlassenen Eindruck machten. Dazwischen ihr Treffpunkt.

Rote und grüne Farbe blätterte von den Wänden des kleinen Restaurants und erinnerte nur noch flüchtig an etwas, das mal ein Taco-Restaurant gewesen sein musste.

Auch der Himmel hatte sich den Verhältnissen angepasst. Schwere Wolken hingen tief über Los Angeles. Ein kühler Wind wehte.

Kat rieb sich die nackten Arme. White musste jeden Moment auftauchen.

Was will er von mir?

Seit sie seine Nachricht bekommen hatte, konnte sie an nichts anderes mehr denken, und mit jeder Minute, die sie hier stand, wurde Kat nervöser.

Bald näherte sich ein schwarzer Van mit verdunkelten Scheiben und kam direkt neben Kat zum Stehen. Der Fahrer ließ die Scheibe herunter.

»Steigen Sie ein«, wies er sie an und deutete nach hinten.

Kat öffnete die Fahrzeugtür und nahm neben White Platz, der sie interessiert ansah.

»Wie geht es Ihnen?«

»Gut, danke«, erwiderte sie knapp.

Der Fahrer startete den Motor und der Wagen rollte langsam los. Sie waren noch keine halbe Meile gefahren, da wandte sich White ihr zu.

»Ich möchte nicht lange um den heißen Brei reden. Haben Sie Noahs Vertrauen gewonnen?«

Kat zögerte mit ihrer Antwort, dann sagte sie wahrheitsgemäß: »Noch nicht vollständig, aber ich mache Fortschritte.«

White nickte ihr auffordernd zu.

»Er hat mit mir über die gemeinsame Kindheit gesprochen und ist bereit, seiner Schwester eine neue Chance zu geben. Ich habe eine Wiedersehensparty für Megans Rückkehr organisiert, die ziemlich erfolgreich war.«

»Davon habe ich gehört, aber Sie haben die Party recht früh verlassen. Warum? Was war los?«

Kat hatte schon zuvor vermutet, dass jemand vom Personal für ihn spionierte, nun wusste sie es sicher. Dass White Kontakt zu Freunden von Meg hatte, glaubte sie nicht. Außerdem hatte jemand sie heimlich gefilmt, als sie und Val am Pool gestritten hatten, es konnte also nur jemand aus dem Haus sein. Aber wer?

»Es ging mir nicht so gut«, log sie. »Wahrscheinlich lag es daran, dass ich lange keinen Alkohol mehr getrunken hatte.

Plötzlich war mir übel und ich musste mich hinlegen. Dabei bin ich eingeschlafen.«

White forschte in ihrem Gesicht, aber Kat zwang sich seinem Blick standzuhalten.

»Der Zeitpunkt, Noah Taylor zu töten, rückt näher«, sagte der Arzt ruhig.

Ein Kloß bildete sich in Kats Hals. Sie schluckte trocken.

»Wir haben bis jetzt nicht darüber geredet, wie es geschehen soll, aber ich habe mich entschieden, Gift einzusetzen. Es gibt einen Wirkstoff, der im Körper des Opfers nicht nachweisbar ist und dessen Symptome einem Herzinfarkt ähneln. Ja, ich weiß, Noah ist noch jung, aber es wird funktionieren. Ich habe das Gift mehrfach in Tierversuchen getestet. Es hinterlässt keine Spuren. Halten Sie sich bereit. Es kann jederzeit so weit sein, sobald ich meine Vorbereitungen abgeschlossen habe.«

Was für Vorbereitungen er meinte, sagte White nicht.

Er hob das Kinn an. »Kann ich mich auf Sie verlassen?«

Als ob ich eine Wahl hätte.

Sie nickte stumm.

»Gut.«

White blickte zum Fenster hinaus. Ohne sie anzusehen, sagte er: »Glauben Sie nicht, mich austricksen zu können. Wenn Sie die Polizei einschalten, mit Noah über die Sache sprechen oder Ihre Schwester warnen …« Er seufzte. »… werden Sie alle sterben. Das ist Ihnen doch klar?«

Kat presste die Lippen zusammen, antwortete nicht.

»Versuchen Sie niemals, mich zu hintergehen, Katherine.« Dann wandte er sich an den Fahrer: »Die junge Dame steigt hier aus.«

Es schien ihn nicht zu kümmern, dass sie mindestens drei Meilen zurück zu ihrem Auto laufen musste. Kat überlegte, ob sie ein Taxi rufen sollte, entschied sich aber dagegen.

Sie fluchte stumm und marschierte los.

Kat hatte den Wagen vor dem Anwesen geparkt und es durch ein Nebentor betreten, um James aus dem Weg zu gehen, der inzwischen sicherlich mitbekommen hatte, dass sie ohne ihn weggefahren war. Nun folgte sie dem breiten Pfad in Richtung des Haupthauses. Zum ersten Mal fühlte sich *Pine Grove* nicht mehr vollkommen fremd an. Im Augenblick war es das, was einem Zuhause am nächsten kam.

Kat grüßte die Gärtner, die neue Stecklinge in die Erde setzten. Sie wollte an ihnen vorbeigehen, als ihr eine Idee kam. Noah war nicht hier, als konnte sie sich etwas Zeit für sich selbst nehmen.

»Darf ich Ihnen vielleicht helfen?«, erkundigte sie sich bei einem jungen Mann, dessen Hände in neongrünen Gartenhandschuhen steckten. Überrascht riss er die Augen auf.

»Entschuldigung, wie bitte?«

Ihr war klar, warum er so reagierte. Die Leute auf *Pine Grove* kannten Megan nur als eine verzogene Göre. Kat setzte ein freundliches Lächeln auf und wiederholte die Frage.

Kurz zögerte er, dann deutete er scheu zu dem Sack Erde neben ihm.

»Wenn Sie möchten, können Sie die Bäumchen bis zu den Wurzeln mit Erde überhäufen und sie dann festklopfen. Wir haben so gut wie alle in den Boden gesetzt.«

Dankbar lächelte Kat ihm zu und folgte seinen Anweisungen. Früher hatten sie, Emily und Mom sich immer gemeinsam um den Garten gekümmert. Besonders ihr Kräuterbeet hatte Kat geliebt. *Natur ist Balsam für die Seele,* hatte ihre Mutter immer gesagt und gelacht, wenn Kat und Emily sich gegenseitig Erde ins Gesicht geschmiert hatten. Aber da war etwas Wahres dran. Es tat gut, einfach mal den Kopf auszuschalten. Und wenn sie Megans schöne Klamotten dreckig machen musste, um wieder einen klaren Gedanken fassen zu können, war das ein Opfer, das sie zu erbringen bereit war.

»Wie heißen Sie?«, erkundigte sich Kat höflich.

»Bien, Miss.«

»Hat der Name eine Bedeutung?«

Er nickte heftig. »Er bedeutet Ozean.«

»Das ist schön.«

Bien schien sehr schüchtern zu sein, denn sie spürte, dass er sie ebenfalls etwas fragen wollte, sich aber nicht traute. Mit roten Wangen und gesenktem Kopf setzte er stumm die Pflanzen ein.

»Darf ich fragen, wo Sie herkommen?«

»Meine Familie stammt aus einem kleinen Dorf in der Ha Long Bucht im Norden von Vietnam«, erzählte der junge Mann leise, doch Kat entging das Glänzen in seinen schwarzen Augen nicht. »Ich wurde dort geboren und bin als Kind nach Amerika gekommen.«

»Wieso haben Sie Vietnam verlassen?«

»Wir hatten nicht genügend Geld, um weiterhin über die Runden zu kommen«, gab Bien mit einem Anflug von Traurigkeit zu. »Die Menschen in Ha Long leben vom Fischfang. Ihre Häuser sind auf Pfählen gebaut, sodass sie auf dem Wasser schweben, und sie bekommen ihren Strom von Generatoren, die nachts abgeschaltet werden. Früher hat sich diese Art zu leben bewährt, da Händler in die Buchten gefahren sind, um Fisch zu kaufen und Güter aus der ganzen Welt zu tauschen, aber seit der Hochseefischfang immer intensiver wird, lohnt es sich für sie nicht mehr, nach Ha Long zu kommen. Sie kriegen billigeren Fisch von den riesigen Industriekuttern.«

Einen Moment schwieg Kat. Sie stellte sich das Leben dieser Menschen vor, die jahrhundertelang ihren Traditionen nachgegangen waren und dann ihre Heimat aufgeben mussten, um zu überleben.

»Es tut mir so leid, Bien.«

»Das muss es nicht, Miss. Wir haben hier ein gutes Leben.« Er hatte sich zu ihr umgedreht und wagte ein zartes Lächeln. »Manchmal ist Gehen der einzige Weg, um bleiben zu können.«

»Ja, ich weiß, was Sie meinen«, antwortete Kat und dachte an Megan. Bisher hatte sie nie darüber nachgedacht, wieso sie nach Mexiko verschwunden war. Sie war wütend auf Noahs Schwester gewesen und hatte ihr Verhalten ihrer selbstgefälligen Art zugeschrieben, doch vielleicht lag mehr dahinter verborgen. Auch Megan musste an irgendeinem Punkt in ihrem Leben verletzt worden sein, sodass sie jeden, der ihr nahestand, von sich stieß.

»Was machst du hier?«

Eine tiefe, warme Stimme hinter sich ließ Kat herumfahren. Vor ihr stand Noah, die Hände in den Taschen seines dunkelgrauen Anzugs vergraben.

»Ich ... ich wollte nur helfen«, stammelte Kat. Sie spürte, wie ihr die Hitze in die Wangen kroch. »Wo warst du?«

»Im Valley. Seit Dads Tod muss ich mich um die Firma kümmern, was noch viel schwieriger ist, als ich dachte.«

Die schmale Furche auf seiner Stirn, die sich immer bildete, wenn er besorgt war, kehrte zurück. Er blinzelte und wechselte zu einem belanglosen Tonfall.

»Jedenfalls könnte ich etwas Entspannung gebrauchen. Ich wollte mit ein paar Freunden runter zum Strand fahren, möchtest du mitkommen?«

Kat stockte vor Überraschung der Atem. Ihr Herz schlug bis zum Hals und sie versuchte sich davon abzuhalten, jedes erdenkliche Szenario im Kopf durchzuspielen.

»Megan?«

Kat musste vor lauter Aufregung vergessen haben zu antworten.

»Das würde ich sehr gern«, sagte sie mit einem Lächeln und Noah erwiderte es.

24.

In Megans riesigem Kleiderschrank fanden sich mehr Bikinis als in so manchen Boutiquen. Ratlos zog Kat den nächsten aus der Schublade und stellte frustriert fest, dass auch dieser nur ein Hauch von nichts war.

Hat sie denn keine normalen Sachen?

Eigentlich beantwortete sich die Frage von selbst. Kat stopfte den getigerten Stofffetzen zurück in den Schrank und betrachtete ihre Optionen.

Bisher waren ihre Favoriten ein türkisfarbener Einteiler mit goldenen Akzenten sowie ein schmaler Schnürbikini in Kupferrot. Sie sollte sich allmählich beeilen, denn Noah wartete schon gut eine Viertelstunde, also entschied sie sich für den Bikini. Rasch zog sie ihn unter Megans schwarzes Strickkleid und fuhr mit dem Aufzug in die Garage.

»Wow«, entwich es ihr leise, als sich die gläsernen Türen teilten und sich vor ihren Augen ein teures Luxusmodell neben das nächste reihte. Es mussten gut zwölf Autos sein, und von Mercedes über Rolls-Royce bis hin zu einem Bentley mangelte es an nichts.

»Ich bin hier«, erklang es vom hintersten Parkplatz in der Ecke.

Neugierig trat Kat näher. Sie entdeckte Noah neben einem strahlend weißen Oldtimercabrio.

»Was ist los?« Amüsiert zog er eine Braue in die Luft. »Du schaust, als hättest du Morty noch nie gesehen.«

Morty? Er musste das Auto meinen. Um sich nicht zu verraten, schüttelte Kat schnell den Kopf.

»Ich war nur in Gedanken«, log sie und schwang sich neben Noah auf den Beifahrersitz. »Wo sind die Bodyguards?«

»Ich habe Ihnen freigegeben.«

Dann hat James vielleicht gar nicht mitbekommen, dass ich weg war.

»Also, wohin fahren wir?«

Noah startete den Motor und manövrierte gekonnt aus der engen Parkbucht, dann fuhren sie durch das große Tor, das sich bei der Annäherung automatisch öffnete.

Während sie *Pine Grove* hinter sich ließen, erzählte er Kat von dem kleinen, verwilderten Strand, den er im Frühjahr durch Zufall entdeckt hatte. Seitdem war er zu seinem Rückzugsort geworden, an den er fuhr, wenn er sich einsam fühlte oder einen klaren Kopf brauchte. Kat hörte schweigend zu und genoss den warmen Sommerwind, der ihre Haare durcheinanderwirbelte. Über ihnen zogen Seevögel ihre Kreise und zur linken Seite glitzerte das endlos blaue Meer.

Als sie einen provisorischen Parkplatz erreichten, stellte Noah den Motor ab.

»Bist du bereit?«, fragte er grinsend, wobei sich feine Grübchen auf seinen Wangen bildeten.

»Wofür?«

»Na, zum Surfen natürlich.«

Ohne zu zögern, griff Noah nach ihrer Hand und zog sie hinter sich her. Gemeinsam rannten sie über die Straße, bis der heiße Asphalt weißem Sand wich. Vor ihnen erstreckte sich der atemberaubendste Strand, den Kat je gesehen hatte. Tiefblaue Wellen mit schäumenden Gischtkronen prallten gegen die bernsteinfarbenen Felsen der Küste, an deren Hang vereinzelte Bäume ihre Schatten warfen.

In der Ferne wartete eine Gruppe Jugendlicher, die ihnen zuwinkten. Kat erkannte Juliette. Als sie sich der Gruppe nährten, ließ Noah ihre Hand los.

»Hey Noah.«

Juliette begrüßte ihn mit einem strahlenden Lächeln und Kat entging nicht, wie sie ihn einen Moment länger umarmte als nötig. Eifersucht keimte in ihr auf, doch sie versuchte sich zusammenzureißen, während sie den anderen Hallo sagte.

»Megan. Wie schön, dass du mitgekommen bist«, wandte sich das Mädchen an sie.

»Danke für die Einladung«, bedankte sich Kat höflich und zwang sich, das Lächeln zu erwidern.

Juliette zog sich das Oberteil über den Kopf, sodass ein kriminell schmaler Triangel-Bikini zum Vorschein kam.

Auch Noah hatte sich derweil umgezogen. Natürlich sah er absolut atemberaubend aus mit seinen weißen Strandshorts und dem nackten Oberkörper. Neben ihr fächerte sich Juliette mit den Händen spielerisch Luft zu, als wäre ihr heiß. Genervt verdrehte Kat die Augen.

»Kommt ihr mit ins Wasser?« Noah nickte in Richtung Meer.

»Was für eine Frage?«

Juliette sprang auf und zog Kat auf die Beine. Diese streifte sich schnell das Kleid über den Kopf. Die Jungs rannten alle über den Sand und stürzten sich ins Wasser. Juliette und Kat gleich hinterher.

Kat ließ sich in die Wellen fallen und genoss die Kühle auf ihrer erhitzten Haut. Lachend warf sie sich auf Noahs

Rücken, um ihn unter Wasser zu tauchen, was ihr allerdings nicht gelang.

»Netter Versuch«, raunte er, packte sie und hob sie hoch.

Mit flatterndem Herzen umfasste sie seinen Nacken. Einen Moment lang schien die Zeit stillzustehen. Kat spürte seine Finger, die ihre Oberschenkel umklammerten, und seinen Atem, der über ihre Lippen strich. Er zögerte. Sah ihr tief in die Augen.

»Schmeiß sie rein, Bro«, grölte jemand hinter ihnen.

Noah ließ Kat zurück ins Wasser sinken. Er räusperte sich. »Ich hole mir etwas zu trinken«, sagte er hastig und schwamm zurück.

Mit einem ungewissen Gefühl blieb Kat im Meer zurück. Noch immer schlug ihr Herz wild in der Brust.

Plötzlich tauchte Juliette neben ihr auf. Ihr Blick folgte Noah. Kat spürte, dass Juliette sie etwas fragen wollte. Eine Minute verstrich schweigend, dann nahm Juliette wohl ihren Mut zusammen.

»Hat Noah mit dir über mich gesprochen?«

»Nein, er redet nicht gerade oft mit mir«, gab Kat zurück. Das war die Wahrheit.

»Es ist nicht einfach mit euch, oder?«

Stumm nickte Kat. Sie beobachtete Noah, der sich aus einer blauen Kühlbox ein Bier holte.

»Ich mag ihn, Megan«, brach es aus Juliette heraus. »Und mir ist klar, dass wir uns kaum kennen, aber ich denke, dass er auch für mich etwas empfindet.«

»Warum sagst du mir das?«, stammelte Kat, die mit so einem Geständnis nicht gerechnet hatte.

»Es ist so ... Seit Kurzem verhält er sich echt seltsam, und ich verstehe einfach nicht, warum. Was sich zwischen uns beiden geändert hat ... Weißt du, was mit ihm los ist?«

»Tut mir leid, aber ich kann dir da nicht weiterhelfen. Du solltest mit Noah sprechen, nicht mit mir.« Kat nickte in Richtung Strand. »Lass uns rausgehen. Mir wird langsam kalt.«

Kat breitete das nachtschwarze Handtuch aus und legte sich bäuchlings in die Sonne. Den Kopf auf die Arme gebettet, starrte sie zu den Jungs und stellte fest, dass Noah fehlte. Irritiert blickte sie auf. Sie entdeckte ihn schließlich bei dem Rotschopf, der sich ihr als Jesse vorgestellt hatte. Die beiden trabten, ihre Surfbretter unter den Arm geklemmt, zurück zum Wasser.

Als Noah sich umdrehte und Kats Blicke bemerkte, gab er ihr mit einem Nicken zu verstehen, dass sie sich ihnen anschließen sollte. Neugierig schlenderte sie zu den beiden Jungen hinüber.

»Möchtest du es mal versuchen?«, fragte Noah. Er wollte ihr gerade sein Surfbrett anbieten, da schüttelte Jesse den Kopf.

»Schon gut. Du kannst meins haben, ich glaube, ich spiele lieber eine Runde Volleyball.«

Dankbar lächelnd nahm Kat das Angebot an.

»Ich habe das noch nie gemacht«, warnte sie Noah. Sie wusste von Brown, dass Megan sich nicht fürs Surfen interessierte, wohingegen sie viele Bilder gesehen hatte, die Noah beim Wellenreiten zeigten.

»Dann fangen wir besser auf dem Trockenen an. Leg dich erst mal flach auf das Brett«, befahl er.

Kat zog misstrauisch eine Augenbraue in die Höhe. »Sagst du das, damit du dich über mich lustig machen kannst oder damit ich wirklich surfen lerne?«

Er schmunzelte. »Ein bisschen von beidem. Aber Spaß beiseite, so hat Dad es mir vor Jahren beigebracht. Es ist der beste Weg, um sich die richtige Haltung anzueignen.«

Kat kam sich zwar ein bisschen lächerlich vor, als sie sich auf das sonnengewärmte Brett legte, doch gleichzeitig genoss sie es, Zeit mit Noah zu verbringen. Etwas entfernt saß Juliette im Sand und verfolgte aufmerksam jede ihrer Bewegungen.

Ignorier sie einfach, dachte Kat und konzentrierte sich wieder auf Noah.

»Okay. Schritt eins sitzt. Eigentlich würdest du jetzt mit den Armen rudern, aber das lassen wir aus. Winkle deine Ellenbogen an und drück dich hoch, als würdest du einen Liegestütz machen. Pass auf, dass deine Knie auf dem Board bleiben.«

Kat tat, was er verlangte.

»Gut. Jetzt schieb das rechte Knie an deine Brust und versuch aufzustehen.«

Ein wenig unbeholfen kam Kat auf die Füße, stand dann jedoch erfolgreich auf dem Surfbrett.

»In Ordnung?«, erkundigte sie sich bei Noah, der einen Daumen in die Luft hob.

»Dann lass es uns im Wasser probieren.«

Das war leichter gesagt als getan. Mittlerweile neigte sich der Tag dem Abend zu und die Sonne verschwand allmählich hinter dem scheinbar endlosen Horizont.

Trotz des friedlichen Anblicks der roten und blauen Wolkenfetzen stoben die Wellen noch immer gegen die Felsen. Kat musste ihr Brett festhalten, damit es ihr nicht aus der Hand gerissen wurde.

»Keine Sorge, ich helfe dir«, meinte Noah, der ihren verzweifelten Blick bemerkt haben musste.

Also los, dachte Kat. Sie schwang sich auf das Surfboard, die Hände bereit zum Paddeln im Wasser. Dann glitten sie beide aufs Meer hinaus. Nach etwa einhundert Metern bedeutete ihr Noah anzuhalten.

»Hier bleiben wir. Es ist eine gute Stelle. Warte, bis die Welle kommt. Da hinten baut sich eine auf.«

Als sich vor ihnen eine blaue Wand aus Wasser formte, paddelte Kat los. Sie musste zu spät aufgestanden sein, denn bevor es ihr gelang, sich auf das Brett zu knien, warf die Welle sie einfach um. Prustend kämpfte Kat sich wieder an die Oberfläche.

»Hey, das ist gemein«, sagte sie lachend, als sie sah, wie Noah versuchte, sein Grinsen zu verbergen.

»Nein, eigentlich ist *das* ...« Er machte eine Pause. »Ziemlich lustig.«

»Ha-ha.«

Kat griff nach dem Surfbrett, bereit einen erneuten Versuch zu starten. Dieses Mal würde sie ihn mit ihrer eleganten Leichtigkeit beeindrucken. *Oder auch nicht.* Erneut landete Kat im Wasser.

»Hey.« Noahs Hand fasste nach vorn. Er zog sie auf sein Board. Sie saßen sich dicht gegenüber. Ganz nah. »Du musst langsam machen, sonst bist du zu schnell erschöpft.«

Kat biss sich auf die Unterlippe.

Noahs Blick wanderte zu ihrem Mund.
»Was ist?«, fragte sie.
»Nichts.«
»Aber ...«
»Kein Aber.«
Sie spürte seine Verwirrung. Kat sah zum Strand. Juliette und die anderen spielten Beachvolleyball. Sie rückte noch näher an Noah heran, berührte ihn fast. Kat sah, wie sich seine Brust hob und senkte. Vorsichtig legte sie ihre Hände auf seine kühle Haut.

»Megan«, flüsterte er mit rauer Stimme. In seinen Augen lag ein Ausdruck, den sie nicht deuten konnte. Er musste wissen, dass das, was sie hier taten, auf jede erdenkliche Art und Weise falsch war. Gleichzeitig spürte Kat, dass er die Anziehung, die sie für ihn empfand, zumindest teilweise erwiderte.

»Du bist meine Schwester. Es geht nicht.«
»Ich weiß.«
Eine Ewigkeit lang saßen sie einfach so da und schwiegen. Die Wellen hoben sanft das Board, spielten damit. Kat schloss die Augen und sog den Duft des Meeres ein, wollte ihn für alle Zeit festhalten, so wie diesen Moment.

25.

Es war Abend geworden. Die Nacht schlich sich heran. Kat genoss die Wärme des Feuers, die ihre kalten Fingerspitzen wiederbelebte. Nach der Rückkehr zum Strand hatten alle gemeinsam Holz gesammelt. Die Jungs hatten sogar einen umgestoßenen Pinienstamm herangeschleppt, sodass sie sich daraufsetzen konnten.

Jesse spielte auf der mitgebrachten Gitarre leise eine Melodie, die Kat nicht kannte. Die Klänge der Musik vermischten sich mit dem sanften Rauschen der Wellen und dem Knistern des Feuers.

»Also Megan«, wandte sich Corey, ein Junge mit strohblonden Haaren, an sie.

»Wie kommt es, dass du nicht schon früher mit zum Surfen gekommen bist?«

Verlegen sah Kat zu Noah. Er saß ihr gegenüber, verzog jedoch keine Miene.

»Das war ein Fehler«, gab Kat zu. »Ich hätte nie gedacht, dass es so viel Spaß macht.«

Corey nickte. »Jesse und ich sind letztes Jahr nach Australien geflogen. Gegen die Wellen dort ist Kalifornien was für Kids.« Er lachte und auch Jesse stimmte mit ein.

»Ja, verdammt. Down Under ist cool, mal davon abgesehen, dass es dort Krokodile gibt, die doppelt so groß sind wie du. Was allerdings nicht gerade schwer ist«, fügte er hinzu, wofür er einen Schlag gegen die Schulter kassierte.

»Wow, es ist echt kalt geworden«, murmelte Juliette, die sich den Platz neben Noah gesichert hatte. Unauffällig rückte sie ein Stück näher an ihn und rieb sich über die dünnen Arme.

»Jules, du bist und bleibst eine Frostbeule.« Jesse grinste. Er warf ihr ein dunkelblaues Sweatshirt zu, und erst auf den zweiten Blick erkannte Kat, dass es Noah gehörte.

»Ich hoffe, das ist okay«, flüsterte Juliette Noah zu.

»Natürlich« erwiderte er.

Sie zog es an und rekelte sich wohlig.

Kat versuchte sich nicht anmerken zu lassen, dass sie dieses Getue nervte.

»Wie wäre es mit noch etwas anderem, zum Warmwerden?« Corey stand auf und hob einen Joint in die Luft.

»Nicht schlecht.« Jesse nickte anerkennend. »Wo hast du den Stoff her?«

»Von Toby Steinfeld. Der Typ ist zwar ein wenig seltsam, aber er hat das beste Gras in ganz L. A.« Er hielt Noah den Joint hin, doch der winkte ab.

»Ich rauche nicht mehr.«

»Seit wann denn das?«

Noah zuckte mit den Schultern. Sein Blick wanderte in ihre Richtung und Kat ahnte, dass es etwas mit Megans Drogentrip zu tun haben musste.

»Ich habe gesehen, was Drogen anrichten können«, antwortete er ruhig, aber ihr entging der Unterton in seiner Stimme nicht.

»Was bist du, Alter, die Anti-Drogenkommission?«

Jesse verpasste Noah spielerisch einen Faustschlag.

»Schon gut. Jules, Megan, wie sieht es mit euch aus?«

»Ich passe auch. Trotzdem danke«, verneinte Kat höflich.

Ohne Noah anzusehen, spürte sie, dass er froh über diese Antwort war.

Wenn du wüsstest, wie wenig Grund zur Sorge du in dieser Hinsicht hast.

Kat hatte in ihrem früheren Leben noch nicht einmal eine Zigarette geraucht. Das Einzige, das sie je probiert hatte, war hier und dort mal eine Flasche Bier oder ein Cocktail auf den Geburtstagspartys ihrer Freundinnen.

»Gib her.« Juliette griff nach dem Joint. Sie nahm einen tiefen Atemzug, dann gab sie ihn Jesse hustend zurück. »Pah, das schmeckt widerlich. Wie alter Schweiß verpackt in Papier.«

»Warte ab, in fünfzehn Minuten wirst du um den nächsten Zug betteln«, murmelte Corey abwesend.

»Okay.« Jesse klatschte in die Hände. »Spielen wir etwas?«

»Sind wir nicht ein bisschen zu alt dafür?«

»Ach was.« Er grübelte. »Wie wäre es mit Ich-hab-noch-nie?«

Noahs Gesichtsausdruck verriet, dass er keine Lust hatte. Neben ihm nickte Juliette begeistert.

Kat war neugierig, und zugleich löste der Gedanke ein ungemütliches Ziehen in ihrer Magengegend aus. Sie hatte zu wenig Kenntnis darüber, welche Sünden Megan schon in ihrem Leben begangen hatte. Wenn sie nicht vorsichtig war, würde sie sich verraten, aber eigentlich blieb ihr keine Wahl, denn so wie sie Megan kannte, war das genau ihr Ding.

»Ich bin dabei.«

»Super.« Jesse warf ihr und Noah jeweils eine Bierflasche zu. »Wenn ihr schon nicht rauchen wollt, dann solltet ihr wenigstens etwas trinken, sonst funktioniert es nicht. Willst du anfangen, Megan?«

Kat grübelte einen Moment. *Was würde Megan fragen?*

»Also: Ich bin noch nie nach einem One-Night-Stand geflüchtet, bevor die Person aufgewacht ist.«

Neben ihr pfiffen die Jungs. Erstaunlicherweise trank nur Juliette.

»Sorry«, sagte sie. Grinsend nahm sie einen großen Schluck.

Kat pokerte und tat es ihr nach. Aus dem Augenwinkel meinte sie zu hören, wie Noah scharf die Luft einzog. Mit glühenden Wangen stellte sie das Bier ab.

»Darf ich weitermachen?«, fragte Juliette und wartete ein Ja gar nicht erst ab. »Ich habe noch nie davon geträumt, eine Person zu küssen, die mitspielt.« Sie setzte die Flasche an und nahm einen tiefen Schluck.

Noahs und Kats Blicke trafen sich in derselben Sekunde. Kat beobachtete, wie Noah kurz zögerte, dann aber das Bier an seine Lippen setzte und trank. Danach fixierte er sie. Natürlich konnte sie nicht einfach wie die anderen trinken. Das wäre viel zu auffällig. Regungslos wartete Kat, bis es weiter ging.

Jesse fragte, wer schon einmal in der Umkleide geil geworden war, und hatte dann peinlicherweise allein trinken müssen.

Die Runde ging zu Corey. Wer hatte schon einmal einen Filmriss? Alle tranken. Dann war Noah an der Reihe.

»Los Taylor«, feuerten die Jungs ihn an, doch Noah ließ

sich davon nicht aus der Ruhe bringen. Den Kopf gesenkt, grübelte er und Kats Hände schwitzten.

»Ich habe mir noch nie gewünscht, nicht ich selbst zu sein.«

Einen Moment lang kehrte Stille ein. Ironischerweise hätte Kat trinken müssen, denn sie hatte sich sicher schon einmal gewünscht, mit jemand anderem den Platz tauschen zu können. Doch heute, hier und jetzt wünschte sie sich nichts sehnlicher, als wieder Kat zu sein. Dann gäbe es keinen White, kein falsches Spiel, keine verbotene Liebe und keinen Mord.

»Wow, das war ganz schön deep«, durchbrach Corey die Stille. Kopfschüttelnd nippte er an seinem Bier.

Auch Noah hatte derweil einen Schluck genommen, ebenso der Rest.

»Wisst ihr, was wir jetzt brauchen?«

»Erleuchte uns, Corey.«

»Eine Abkühlung.«

Mit diesen Worten riss er sich die Badeshorts vom Leib und rannte nackt ins Meer. Kat konnte nicht anders und lachte, als er im kalten Wasser wie ein Mädchen aufkreischte.

»Der ist echt schnell drauf«, brummte Jesse neben ihr.

»Sollen wir langsam nach Hause fahren?«, fragte eine dunkle Stimme.

Kat hatte gar nicht bemerkt, dass Noah hinter sie getreten war.

»Du willst schon gehen?« Es war gerade einmal kurz vor elf.

»Ich würde gern länger bleiben, aber ich muss morgen

früh raus, um wieder ins Valley zu fahren.« Er senkte seine Stimme, sodass Jesse ihn nicht hören konnte. »Erinnerst du dich noch an James Hamilton?«

Keine Ahnung, wer das ist. »Was ist mit ihm?«

»Er will Dads Firma kaufen und stellt morgen sein Angebot vor.«

Überrascht blinzelte Kat. »Und du willst das wirklich tun?«

Zum ersten Mal errötete Noah. »Na ja, es geht immerhin um fünfhundertvierzig Millionen.«

Kat glaubte, sich verhört zu haben. White hatte ihr nicht gesagt, wie reich die Taylors waren.

»Hm.«

Sie brauchte einen Moment, um sich die Unmengen an Geld vorzustellen.

»Du denkst, ich sollte es nicht tun«, interpretierte Noah ihr Schweigen.

»Das habe ich nicht gesagt, es ist nur …« Sie suchte nach den richtigen Worten. »Ich weiß nicht. Es ist verrückt, von welcher Summe wir da sprechen.«

»Was willst du mir sagen?«

Kat zögerte. »Du kannst die Welt verändern, Noah. Hast du mal darüber nachgedacht?«

Überrascht legte er den Kopf schief. »Ja, natürlich habe ich das. Aber seit wann interessiert dich so etwas?«

In seinem Blick lag Misstrauen. Kat spürte, dass sie an eine Grenze gelangt war. Wenn sie auch nur einen Schritt weiterging, würde sie sich verraten. Traurig schluckte sie all die Worte herunter, die sie noch hatte sagen wollen, und wandte sich ab.

»Lassen wir das«, antwortete sie bitterer als beabsichtigt. »Hauptsache, es reicht für ein paar neue Louboutins und einen Urlaub auf den Bahamas.«

»Megan, so war das nicht gemeint.«

Noah schien zu spüren, dass er sie verletzt hatte, denn er griff nach ihrem Arm. Kat blinzelte die Tränen weg und deutete in Richtung Parkplatz.

»Komm, lass uns nach Hause fahren.«

26.

Noah kam in die Küche. Er trug Sportklamotten. Wahrscheinlich wollte er joggen gehen.

»Bist du noch sauer wegen gestern Abend?«

»Was meinst du?«, fragte Kat, obwohl sie natürlich genau wusste, worum es ging. Es war Kat etwas peinlich, dass sie am Vorabend so verletzt reagiert hatte.

»Komm schon, Megan.«

Natürlich hatte er sie durchschaut. Seufzend legte Kat den Löffel beiseite.

»Nein, ich bin nicht sauer, Noah«, seufzte sie. »Ich weiß auch nicht, was gestern Abend mit mir los war.«

Eine Sekunde lang musterte er sie, als überlegte er, ob sie wirklich aufrichtig zu ihm war. Unvermittelt summte ihr Handy.

»Valerie?«, fragte Noah, doch Kat schüttelte den Kopf. Allein bei den ersten zwei Ziffern der Nummer wurde ihr speiübel. White hatte versucht sie anzurufen, aber da ihr Handy auf lautlos gestellt war, hatte sie es nicht mitbekommen.

»Entschuldige mich«, murmelte sie und hastete aus dem Raum. In Megans Zimmer angekommen, schloss sie erst mal die Tür ab. Sie holte tief Luft und drückte auf die Rückruftaste. Es piepte ein paar Sekunden, dann hob der Arzt ab.

»So, erreiche ich Sie endlich«, sagte er kalt.

»Doktor White, ist es nicht zu gefährlich, über das Telefon zu sprechen?«

»O nein. Sie brauchen sich keine Sorgen zu machen, diese Verbindung ist sicher. Sind Sie allein? Kann Noah Sie hören?«

»Nein.«

»Gut. Meine Leute haben Sie gestern zusammen am Strand gesehen«, fuhr White fort. »Es scheint, als wären Sie inzwischen recht vertraut mit Noah.«

Seine Leute. Natürlich lässt er mich beschatten.

»Alles Teil meines Plans, ihm näherzukommen. Er soll mir vertrauen«, log sie.

»Ich hoffe, es ist, wie Sie sagen, und Sie spielen kein doppeltes Spiel. Ich mag Sie, Katherine. Sie sind intelligent, scharfsinnig und die Idealbesetzung für diese Rolle. In jedem Fall ein Glückstreffer. Aber lassen Sie sich das nicht zu sehr zu Kopf steigen.«

Kat erwiderte nichts darauf.

»In wenigen Minuten werden Sie eine Nachricht mit einer Adresse erhalten«, fuhr er fort. »Fahren Sie dorthin. Ich bin mir sicher, Sie werden danach nicht nur begeistert sein, sondern auch um einiges motivierter.«

Kat ahnte bereits, worum es hier ging. Allein bei der Vorstellung pochte ihr Herz wild in der Brust. White wollte sein Ass ausspielen, die einzige Sache, mit der er Kat in der Hand hatte. *Emily.*

»Passen Sie auf sich auf, Miss Taylor«, verabschiedete er sich und Kat konnte das Lächeln auf seinem Gesicht förmlich vor Augen sehen.

Du mieses Arschloch, fluchte sie stumm, die Fäuste geballt.

Kat holte tief Luft, bevor sie zurück zu Noah in die

Küche ging. Dieser bemerkte offenbar ihren angespannten Gesichtsausdruck.

Er runzelte die Stirn. »Du siehst besorgt aus. Wer war das?«

»Jemand, den ich in Mexiko kennengelernt habe.«

Das kommt der Wahrheit am nächsten.

Allein an dem misstrauischen Blick wurde Kat klar, dass diese Antwort nicht genügte. Seufzend nahm sie am Tisch Platz.

»Da ist dieser Typ. Ich mag ihn nicht besonders, aber leider kann ich ihn auch nicht einfach loswerden.«

»Ein Stalker?«

»So in etwa.«

Einen Moment lang grübelte Noah. »Du solltest deine Nummer wechseln.«

»Das geht nicht«, entgegnete Kat etwas zu schnell. »Ich meine: Na ja, so schlimm ist er auch nicht«, fügte sie hinzu.

»Wenn du Hilfe brauchst, kannst du mich immer fragen«, antwortete Noah und beugte sich vor.

Eine winzige Sekunde lang legte er seine Hand auf ihre und Kat musste sich auf die Zunge beißen, um die flammende Hitze, die in ihre Wangen schoss, unter Kontrolle zu behalten. Dann war der Moment vorbei und er lehnte sich wieder zurück.

»Was hast du heute vor?«, fragte er, als wäre nichts geschehen.

Kat musste erst einmal Luft holen.

»Ich treffe mich gleich mit einer Freundin«, log sie. »Sehen wir uns nachher?«

Noahs Gesicht verzog sich zu einem überraschten Lächeln.

»Klar, ich bin gegen Mittag zurück. Viel Spaß in der Stadt«, rief er ihr hinterher, als Kat das Zimmer verließ.

Habe ich ihn das gerade wirklich gefragt? O Mann, dachte Kat, konnte sich jedoch ein Grinsen nicht verkneifen. Ihre gute Laune verflog allerdings augenblicklich, als sie sich daran erinnerte, was vor ihr lag. Bei dem Gedanken, Emily wiederzusehen, wurde ihr flau im Magen.

Was, wenn sie sich stark verändert, der Verlust ihrer Familie aus ihr einen anderen Menschen gemacht hat?

Kat straffte die Schultern.

Wie auch immer, es war an der Zeit, sich ihrer Vergangenheit zu stellen.

Die Adresse, die White ihr zugesandt hatte, führte sie zu einem hübschen Einfamilienhaus im Valley. Mit seinem weißen Anstrich, der sauber gefliesten Einfahrt und der himmelblauen Garage erinnerte es Kat schmerzlich an das Haus, in dem Emily und sie aufgewachsen waren.

Vor der Tür grüßte ein fröhlicher Topf mit pastellfarbenen Hortensien, deren Duft von der leichten Sommerbrise zu ihr herübergetragen wurde.

Kat stand regungslos wie eine Statue davor. Immer wieder glitten ihre Blicke über das Haus und die schattige Veranda, von der Emily als Kind geträumt hatte.

Ein Teil von Kat hoffte sehnlichst, dass ihre Schwester in diesem Moment die Tür öffnete, gleichzeitig hatte sie furchtbare Angst davor, sie wiederzusehen.

Emily war vielleicht nicht mehr dieselbe. Sie lebte inzwischen ein neues Leben mit einer Familie, zu der Kat nicht gehörte.

Ich sollte gehen, dachte sie traurig und wollte sich gerade abwenden, als plötzlich die Tür aufschwang.

Kat stockte der Atem. Eine Frau mit kinnlangen Haaren in demselben sonnengeküssten Blond wie früher, schob sich in einem Rollstuhl über die Schwelle. Ihre schmalen Schultern steckten in einer zart geblümten Bluse, die Kats Mom gehört hatte. Emily wirkte um einiges älter, als sie eigentlich war. Dunkle Schatten umrandeten ihre fröhlichen waldgrünen Augen.

»Hallo«, begrüßte sie Kat freundlich, doch die höfliche Distanz in ihrer Stimme schnitt ihr durch das Herz wie die Klinge eines Messers. »Ich habe durch das Fenster bemerkt, dass du das Haus anschaust.«

Kat wollte etwas erwidern, doch kein Wort verließ ihre Lippen. Stattdessen starrte sie ihre Schwester an, nahm jedes Detail ihres Gesichtes in sich auf. Emilys Lächeln wurde breiter.

»Du brauchst nicht schüchtern sein«, sagte sie sanft. »Hast du dich verlaufen?«

Es dauerte einige Sekunden, bis Kat sich ausreichend gefangen hatte, um zu antworten.

»Nein«, log sie zögernd. »Meine Familie hat früher in diesem Haus gewohnt. Ich bin gerade in der Stadt und wollte mal schauen, wie es inzwischen aussieht.«

»Und gefällt es dir? Wir … Ich habe einiges verändert, die Veranda vergrößert und auch innen etwas umgebaut.«

»Ja, ist gut geworden.«

»Möchtest du vielleicht reinkommen?« Sie rollte ein Stück näher an sie heran. »Ich bin Emily James-Anderson.«

Das war also ihr neuer Nachname. Mit klopfendem Herzen zwang sich Kat, das Lächeln zu erwidern.

»Megan Taylor.«

»Schön, dich kennenzulernen, Megan. Komm doch mit.«

Sie wendete den Rollstuhl und rollte ins Haus zurück. Kat blieb nichts anderes übrig, als ihr zu folgen, wollte sie sich nicht verdächtig machen, indem sie einfach abhaute.

»Tut mir leid, es ist nicht sehr aufgeräumt«, entschuldigte sich Emily, als Kat das Wohnzimmer betrat, obwohl eigentlich nichts herumlag.

Manche Dinge ändern sich wohl nie. Sie ist noch immer eine Fanatikerin, wenn es um Ordnung geht.

Kat lächelte.

»Setz dich doch.«

Emily deutete auf einen bequem aussehenden Sessel, der neben einem kleinen Holztisch stand. Der Raum war nicht besonders groß, aber gemütlich eingerichtet. Mit einer Essecke, Tisch, vier Stühlen und einer Couch gegenüber einem kleinen Flachbildfernseher.

Auf dem Holztisch standen eine Karaffe mit Limonade und ein Bildrahmen. Erst als Kat näher trat, erkannte sie, dass es ein Foto von ihr war. Sie erinnerte sich nicht, wann das Bild aufgenommen worden war, aber sie sah glücklich aus, lachte in die Kamera.

»Meine Schwester Katherine«, erklärte Emily mit einem traurigen Ton in ihrer Stimme. »Sie ist leider gestorben.«

Kat schluckte. »Das tut mir leid.«

»Danke, ist schon ein paar Jahre her, aber ich vermisse sie immer noch.« Liebevoll strich sie über das Foto. Dann wandte sie sich wieder an Kat. »Möchtest du Limonade?«

Dankbar nickte Kat. Es fiel ihr schwer, den Schmerz ihrer Schwester zu spüren, ohne ihr sagen zu können, dass sie noch lebte.

Aber wahrscheinlich würde sie mir sowieso kein Wort glauben. Wie auch?

Eine fremde Person kommt ins Haus und behauptet, die tote Schwester zu sein, bei der man vor Jahren die lebenserhaltenden Maßnahmen eingestellt hat. Egal, was dieses Mädchen alles über die Familie und Emilys Vergangenheit weiß, es ist zu absurd, als dass man es für die Wahrheit halten könnte.

Emily reichte ihr ein Glas und Kat nippte daran. »Schmeckt gut. Selbst gemacht?«

»Ja, aus frischen Zitronen und Kräutern. In dem Zeug aus dem Supermarkt ist viel zu viel Zucker.«

Kat konnte nicht anders, sie musste die Frage stellen, alles andere hätte desinteressiert gewirkt und außerdem wollte sie wissen, wie es Emily nach dem Unfall ergangen war.

»Woran ist Ihre Schwester gestorben? War sie krank?««

Emilys Gesicht wurde erneut von Trauer verdunkelt. »Nein, es war ein Autounfall. Wir sind mit einem Holztransporter kollidiert. Ich habe an jenem Tag auch meine Eltern verloren.«

»Das …«, setzte Kat an.

»Es wird besser«, sagte Emily eine Spur zu rasch. »Natürlich vermisse ich sie alle schrecklich, aber ich weiß, dass sie nicht wollen würden, dass ich deswegen mein eigenes Leben vergesse.«

»Bestimmt.« Kat spürte, dass sie nicht weiter nachfragen sollte, also wechselte sie das Thema.

»Sind Sie verheiratet?«

»Das war ich.«

Das fröhliche Strahlen in Emilys Augen kehrte zurück. »Mein Ex-Mann Patrick und ich haben noch immer ein sehr gutes Verhältnis. Er ist ein wahres Unikat, musst du wissen.«

»Wirklich?«

»Ja.« Sie lachte. »Wir haben uns auf eine ziemlich lustige Art kennengelernt. Im Supermarkt. Das Sonnenblumenöl war ausverkauft und er hat mir die letzte Flasche vor meinen Augen weggeschnappt. Dann hat er sie mir angeboten, wenn er im Gegenzug mit mir ausgehen dürfe.«

»Haben Sie Ja gesagt?«

»Nein, verdammt.« Grinsend zuckte Emily mit den Schultern. »Wer verwehrt einer armen, behinderten Frau schon ihr Öl?«

Kat stimmte in ihr Lachen ein.

»Okay, aber ich schätze, die Geschichte endet hier noch nicht«, sagte sie.

»Eine Woche später sind wir uns dann in einem Café wiederbegegnet. Pat hat nicht lockergelassen und mir gegen meinen Willen einen Kaffee spendiert, bis ich mich erbarmt habe, mit ihm ins Kino zu gehen. Na ja, und drei Monate später waren wir verheiratet und ich schwanger.«

Kat grinste. »Das ist ziemlich verrückt.«

»Ich weiß. Er ist ebenfalls Psychologe. Vielleicht hat es deshalb nicht mit uns funktioniert. Zwei Seelenklempner in einem Haus ist definitiv einer zu viel.«

»Sie sind Psychologin?«, hakte Kat nach.

»Ja, spezialisiert auf Hypnosetherapie. Ziemlich abgefahren, ich weiß«, fügte Emily hinzu.

»Ich finde das spannend. Wie laufen Ihre Sessions ab? Sie

fuchteln Ihren Kunden vermutlich nicht mit einer Uhr vor dem Gesicht herum.«

Ihre Schwester lachte. »Nein, überhaupt nicht. Der Patient begibt sich unter meiner Anleitung in einen entspannten Zustand, den man mit einem Halbschlaf vergleichen könnte. Er ist nicht wirklich wach, aber er schläft auch nicht und ist in der Lage, meine Fragen zu beantworten. Bei dieser Form der Hypnose geht es darum, tief vergrabene Erinnerungen ans Tageslicht zu bringen. Viele meiner Patienten haben schwere Traumata erlebt, an die sie sich aber nicht mehr erinnern können. Ich helfe ihnen dabei, und dann arbeiten wir sie gemeinsam auf.«

»Das ist beeindruckend.« Kat betrachtete ihre Schwester und war mit einem Mal wahnsinnig stolz auf sie. Emily hatte sich trotz des Schmerzes, den sie erlebt hatte, nicht unterkriegen lassen. Sie hatte einen angesehenen Job und eine süße Tochter. Obwohl sie nicht laufen konnte, stand sie mitten im Leben und versuchte das Beste für sich und die kleine Katherine zu erreichen.

»Du sagtest, deine Familie hätte früher hier gewohnt.« Emily griff das Thema von vorhin wieder auf.

»Ja, sechs Jahre lang. Wir sind aus Los Angeles fortgezogen, als mein Vater einen gut bezahlten Job an der Ostküste gefunden hat.«

»Und wo wohnt ihr jetzt?«

»Maine.«

»Es soll sehr schön dort sein.«

»Ja ist es, aber man muss sich an den Regen gewöhnen.«

Plötzlich öffnete sich die Wohnzimmertür und ein kleines Mädchen mit haselnussbraunen Haaren und einem Stoffteddy im Arm spähte schüchtern durch den Spalt. Kat hielt die Luft an.

»Komm rein, Schatz. Wir haben Besuch.«

Vorsichtig schob sich das Kind ins Zimmer und eilte dann mit raschen Schritten zu seiner Mutter und umarmte sie.

»Das ist meine Tochter, Katherine«, stellte Emily sie vor.

Ich weiß, Emily. Sie ist meine Nichte.

»Sag Hallo zu Megan.«

Die kleine Katherine schüttelte stumm den Kopf.

»Schon gut.« Kat winkte ab. »Ich war in dem Alter auch so. Katherine ist ein schöner Name.«

Plötzlich spürte sie, wie ihr die Tränen in die Augen schossen. Emily schien es zu bemerken.

»Ist alles in Ordnung?«, fragte sie.

Kat erhob sich. Es war Zeit, Abschied zu nehmen.

»Ich sollte langsam gehen. Vielen Dank für die Limonade.«

Ein wenig unbeholfen reichte sie Emily die Hand, die sie festhielt und sanft drückte. Einen kostbaren Moment spürte Kat wieder die alte Verbundenheit. Wärme erfüllte ihr Herz.

In dieser Sekunde traf sie eine Entscheidung.

Eine, die ihr das Herz brechen würde. Trotzdem gab es keine andere Möglichkeit.

Denn es existierte im gesamten Universum nichts, das Kat so sehr liebte wie ihre Schwester.

27.

Kat steckte sich die kabellosen Kopfhörer in die Ohren und stellte die Musik auf volle Lautstärke, während sie um Fassung rang. Sie konnte kaum glauben, dass sie vorhin Emily wiedergesehen hatte. Das musste sie erst mal verarbeiten.

Das Haus war leer um diese Uhrzeit. Die Angestellten machten Pause und Rosa war auf dem Markt. Wo Noah sich aufhielt, wusste sie nicht.

Kat stand in der Küche und schälte eine Orange, obwohl sie keinen Hunger hatte. Sie musste etwas mit ihren Händen tun, um das Zittern unter Kontrolle zu bekommen.

Als die ersten Beats des Songs erklangen, atmete sie tief durch.

Heaven and back von Chase Atlantic. *Einmal Himmel und zurück.*

So wie ich, dachte sie fasziniert. Nur dass sie sich an die Zeit, in der sie klinisch tot gewesen war, nicht erinnern konnte. Vielleicht war es besser so.

Jemand berührte von hinten ihre Schulter und Kat erschreckte sich so sehr, dass sie beinahe das Glas fallen ließ. Sie wandte sich um. Es war Noah.

»Hier bist du«, sagte er.

»Hey Noah«, begrüßte sie ihn und hoffte inständig, dass er das Zittern in ihrer Stimme nicht bemerkte, doch Noah schien ohnehin abgelenkt. Ohne zu zögern, trat er an sie heran. Auf seinem Gesicht lag ein Ausdruck, den Kat noch nie bei ihm gesehen hatte. Er wirkte verletzlich, beinahe nervös biss er sich auf die Lippe.

»Ich muss mit dir reden«, meinte er leise. Ein mulmiges Gefühl baute sich in Kats Magen auf.

»Natürlich.« Sie versuchte ruhig zu klingen, was ihr jedoch kaum gelang.

»Ich verstehe mich selbst nicht mehr, Megan«, brach es aus ihm heraus. Er schüttelte verzweifelt den Kopf, öffnete den Mund, um noch etwas hinzuzufügen, schloss ihn aber wieder. Dann streckte er die Hand nach ihr aus.

Kat stand regungslos da, als wäre sie durch seine Berührung versteinert worden, und erbebte, als er seine Hände sanft um ihr Gesicht legte. Noah beugte sich vor und küsste sie sanft. Für einen Moment gab Kat nach. Dann erinnerte sie sich daran, dass sie Noah töten musste, um Emily zu schützen, sie durfte ihn nicht mehr so nah an sich ranlassen oder sie würde den Plan nicht umsetzen können.

Abrupt riss sie sich los von ihm.

Noah sah sie verwirrt an. Sein Blick verdunkelte sich.

»Ich dachte, du willst es auch. Ich habe …«

»Es geht nicht, Noah. Wir sind Geschwister«, sagte sie hart und verfluchte sich stumm dafür, ihm das Herz brechen zu müssen.

»Die letzten Tage haben so vieles verändert, Megan«, murmelte Noah. »Ich habe versucht, dich dafür zu hassen, dass du einfach verschwunden bist, aber ich kann es nicht. Ich habe mir gesagt, dass das, was ich für dich empfinde, falsch ist, und versucht dagegen anzukämpfen, doch es geht nicht. Es ist mächtiger als ich. Du bist in jedem meiner Gedanken und ich will ständig bei dir sein. Verdammt, ich weiß, dass ich derartige Gefühle nicht haben sollte, wir sind Geschwister.«

Eigentlich sind wir das nicht. Nicht einmal Megan ist das.
Sie presste die Lippen zusammen. Sah ihn an. Sah sein Verlangen nach ihr. Den Schmerz. Die Hoffnung, dass sie …
»Tu das nie wieder, Noah«, sagte sie, wandte sich um und verließ die Küche.

Kat war so wütend auf sich, White und die ganze Welt, dass sie den brennenden Zorn in ihren Adern als einen Rausch empfand. Achtlos riss sie die Türen von Megans Kleiderschrank auf, sodass die teuren Spiegel krachend an dem Schminktisch zersplitterten. Blind vom Strudel der Gefühle, die in ihrem Kopf tobten, zog sie ein Kleidungsstück nach dem anderen heraus und schmiss es auf den Boden, bis sie wieder ein wenig klarer denken konnte.

Am liebsten hätte sie die ganze Wut einfach lauthals hinausgeschrien, doch sie wollte nicht, dass Noah etwas mitbekam.

Er hatte ihr seine Gefühle für sie gestanden und sie hatte ihn tief verletzt. Abgesehen davon würde alles nun noch schwieriger werden, aber das war ihr im Moment egal.

Als das Zimmer schließlich von Kleidungsstücken überhäuft war, die wie knallbunte Süßigkeiten auf dem Teppich verstreut lagen, verkroch sie sich in der hintersten Ecke des Schrankes.

Die Beine an die Brust gezogen, versuchte Kat schwer atmend, sich wieder in den Griff zu bekommen. Ihre Gedanken drehten sich um Noah. Immer wieder sah sie den verletzten Ausdruck in seinem Gesicht. Den Schmerz in seinen Augen.

Plötzlich entdeckte sie unter einem glitzernden Paillettenkleid einen unscheinbaren schwarzen Buchdeckel. Megan las keine Bücher, das wusste Kat bereits. Neugierig streckte sie die Hand aus und zog ein schlichtes Notizbuch hervor.

Was ist das?

Kat schlug es auf und stellte überrascht fest, dass es sich dabei um ein Tagebuch handelte.

Seltsam, Megan ist die letzte Person, von der ich das erwartet hätte.

Gespannt begann sie zu lesen.

Ich fange jetzt ganz sicher nicht mit diesem »Hey liebes Tagebuch«-Scheiß an.

Kat grinste. Das passte eindeutig zu Megan.

Wie auch immer. Mom hat mir dieses Teil gekauft. Sie meint, ich soll meine Gefühle rauslassen. Als würde sie das wirklich interessieren. Seit sie sich damals von Dad getrennt hat, ist sie doch sowieso reif für die Klapse. So wie ich vermutlich. Ich weiß, dass sie nichts dafür kann, immerhin hat sie es nicht verdient, geschlagen und betrogen zu werden. Trotzdem verstehe ich nicht, warum sie sich nicht zusammenreißt. Ihr Leben ist schließlich nicht vorbei. Wenn ich mit Alan verheiratet wäre (einem fucking Milliardär, hallo?!), würde ich jede Woche Urlaub im Paradies machen. Oder in ihrem Fall zur Therapie gehen oder was auch immer. Manchmal bin ich froh, dass ich mich an meinen Vater nicht erinnern kann. Ich weiß, dass er ein schlimmer Mann war. Irgendwie ist es trotzdem seltsam, seinen Dad nie kennengelernt zu haben. Was ist, wenn ich so wie er bin? Ich sehe schließlich auch aus wie er. Mom und ich haben so gut wie nichts gemeinsam. Sie ist zerbrechlich und ich bin hart.

Ich will keine Soziopathin sein. Das hat Grandma mal zu mir gesagt. Manchmal, wenn Mom ausflippt und mich anschreit, dass ich ein gefühlskaltes Miststück bin, habe ich das Gefühl, das die beiden recht haben.

»Ich bin deine Familie und um Familie kümmert man sich«, predigt sie mir immer. Aber hat sie sich jemals um mich gesorgt? Nicht wirklich. Wenn ich über Dad reden will, fängt sie entweder an zu schreien oder zu weinen. Ich weiß nicht, was schlimmer ist, um ehrlich zu sein. Genau deshalb meide ich sie. Weil sie jedes Mal einen Weg findet, mich so zu behandeln, dass ich mich miserabel fühle.

Wieso erzähle ich all das eigentlich einem Buch? Gott, ich habe so lange gebraucht, nicht mehr das kleine sensible Mädchen zu sein, das wegen allem rumheult. Ich sollte mich zusammenreißen und mir die Nägel machen lassen. Oder eine neue Tasche kaufen. Dann ist alles wieder okay.

Der Eintrag endete und Kat blätterte wie gebannt weiter. Zum ersten Mal fühlte sie sich mit Megan auf seltsame Art verbunden. Sie spürte den rohen Schmerz, der zwischen ihren Zeilen pochte.

Hey. Gott, jetzt fange ich auch schon mit dem Quatsch an. Vielleicht sollte ich dir einen Namen geben, dann komme ich mir nicht mehr komplett gestört vor. Ich werde mir einen überlegen, aber bis dahin heißt du einfach Buch. Das kann ich mir wenigstens merken.

Also Buch, reden wir über meinen Bruder. Du hast keine Ahnung, wie sehr er mich aufregt. Obwohl das nicht seine Schuld ist. Manchmal fühle ich mich schlecht, weil ich so furchtbar zu ihm bin. Aber ich kann nicht anders. Jedes Mal, wenn ich ihn mit Alan sehe, bin ich so schrecklich eifersüchtig. Das ist erbärmlich, ich weiß. Alan vergöttert Noah. Er kommt abends oft sehr spät heim und nimmt sich trotzdem die Zeit, um sich mit ihm einen Film anzuschauen oder noch eine Runde Basketball spielen zu gehen. Er ist ein toller Dad und hat einen großartigen Sohn. Egal, wie sehr ich Noah schikaniere, er ist dennoch nett zu mir. Okay, vielleicht ein bisschen distanziert. Trotzdem. Ich wünschte, ich hätte auch einen Vater, der sich so um mich kümmert. Aber ich war meinem Dad einfach egal, deshalb hat er auch meine Mom geschlagen, während sie mit mir schwanger war. Er wollte nicht einmal, dass ich überhaupt geboren werde.

Noah redet nie über seine Mutter. Ich weiß von der Köchin, dass sie an Krebs gestorben ist. Das ist echt hart. Gestern haben wir zusammen einen Film geschaut und ich habe überlegt, ob ich ihn nach ihr fragen soll, aber ich wusste nicht, ob er mit mir darüber sprechen will. Ist eigentlich auch egal, denn seitdem ich angefangen habe, diese Pillen zu nehmen, fühle ich mich endlich wieder gut. Sogar so gut wie noch nie, um ehrlich zu sein. Toby Steinfeld hat mir Kokain angeboten und schwört darauf, dass man mit dem Zeug das Gefühl hat, die Welt läge einem zu Füßen. Ich muss das unbedingt ausprobieren. Vielleicht erzähle ich dir davon, wenn ich es genommen habe. Mal schauen.

Kat verschlang einen Eintrag nach dem anderen. Allmählich verstand sie, wieso Megan über die Jahre so kaltherzig geworden war. Unter ihrer wunderschönen Hülle und der sarkastischen Art lagen tief vergrabene Narben, die sie nie jemand anderem offenbart hatte, außer ihrem Tagebuch.

Megan war einsam gewesen. So schrecklich einsam, dass sie angefangen hatte, die innere Leere mit einer Illusion aus Drogen zu füllen.

Kat las weiter.

Hallo Buch.

Mittlerweile habe ich mich schon so an diesen Namen gewöhnt, deshalb belasse ich es dabei. Ob du es glaubst oder nicht, ich habe einen Jungen kennengelernt. Er ist anders als die Typen, mit denen ich sonst ausgehe. Er heißt Ryan und ist witzig, zuvorkommend und sieht gut aus. Zum ersten Mal habe ich das Gefühl, wirklich verstanden zu werden. Er sieht mich. Es mag ein wenig naiv sein, doch ich habe ihm sogar von meinem Vater erzählt. Trotzdem ist es schwierig, aber was soll ich denn tun, Buch? Endlich habe ich jemanden gefunden, der mir zuhört. So glücklich wie mit Ryan war ich noch nie. Ich will ihn auf keinen Fall verlieren, denn im Moment ist er der Einzige, der mich vor mir selbst bewahrt. Auch wenn es mir jetzt besser geht, spüre ich noch immer diese Dunkelheit in mir. Sie lauert in meinem Kopf und wartet nur darauf, dass ich ihr den Rücken zukehre. So war es schon immer.

Darauf folgten einige weiße Seiten und schließlich die letzte Notiz. Megan musste sie kurz vor ihrem Verschwinden nach Mexiko geschrieben haben.

Ich bin so verloren. Alles ist furchtbar kaputt. Mom und Alan sind tot, Noah am Boden zerstört, meine Beziehung zu Ryan ist am Ende. Einfach alles hat sich zum Schlechten gewendet. Ich kann das nicht mehr ertragen. Ich muss hier weg und glaube nicht, dass ich zurückkommen werde, daher wird das hier vermutlich mein letzter Eintrag sein.

Leb wohl, Buch. Ich werde dich vermissen.

Leb wohl, Noah, ich wünschte, ich wäre eine bessere Schwester für dich gewesen. Verzeih mir, dass ich gehe.

»Es tut mir so leid, Megan«, flüsterte Kat, den schwarzen Ledereinband des Tagebuchs an ihre Brust gepresst. Jegliche Wut, die sie noch Minuten zuvor empfunden hatte, war verflogen. Sie konnte sich Megans Leid gut vorstellen. Von ihrem gewalttätigen Vater verlassen, mit einer psychisch instabilen Mutter, die sich nur für sich selbst interessierte, hatte Megan ihre Probleme mit sich allein ausmachen müssen.

So lange, bis es nicht mehr weiterging.

Und auch wenn sie Noah gegenüber ein Biest gewesen war, so wusste Kat, dass sie ihn auf ihre eigene Weise geliebt hatte.

Megan hätte nie zugelassen, dass White ihm etwas antat. Doch für sie selbst galten andere Regeln: Wenn Emily und ihre kleine Tochter leben sollten, musste sie Noah töten.

28.

Seit ihrem stürmischen Verschwinden nach dem gestrigen Kuss in der Küche hatte Kat es nicht fertiggebracht, Noah wieder unter die Augen zu treten. Sie hatte keine Ahnung, was sie sagen sollte. Kat wollte gar nicht wissen, was er jetzt von ihr dachte.

Glücklicherweise hatte Rosa ihr erzählt, dass er ins Valley gefahren war. Vermutlich ging es um Hamiltons Angebot. Kat beschloss, sich die Gegend um das Anwesen anzusehen. Sie überlegte, ob sie James Bescheid sagen sollte, entschied sich aber dagegen, denn sie wollte allein mit ihren Gedanken sein.

Schnell schlüpfte sie in einen kurzen, doch schlichten Rock und entschied sich für einen dunkelblauen dünnen Pullover. Dann schnappte sie sich eine Tasche und trabte die Treppe nach unten.

Als sie die frische Morgenluft einatmete, begann sie sich zu entspannen. Durch das schöne Wetter beflügelt, ging sie durch die Palmenallee im Garten. Unterwegs sah sie Bien, der nahe der Mauer auf einer Leiter stand und Bäume beschnitt. Er grüßte sie höflich und Kat winkte freundlich zurück.

Nach etwa zweihundert Metern erreichte sie das Tor und öffnete es.

Als sie hindurchtrat, kam ein roter offener Sportwagen auf sie zugerast und hielt vor ihr an. Ryan stieg mit wütendem

Gesichtsausdruck aus, stellte sich direkt vor sie und starrte sie an. Bei dem seltsamen Funkeln in seinen Augen wurde Kat mulmig zumute. Dann trat er vor und packte sie grob am Arm.

»Lass mich los.« Fauchend stieß sie ihn von sich. »Verdammt, was soll das denn?«

»Na, Megan, geht es dir gut?«

Schon an der Art, wie er ihren Namen betonte, spürte Kat, dass etwas ganz und gar nicht stimmte. Eine böse Vorahnung beschlich sie.

»Ich warne dich, Ryan. Wenn du auch nur irgendetwas versuchst, fange ich zu schreien an«, drohte sie hilflos. Ryan legte nur amüsiert den Kopf schräg und musterte sie.

»Das würde ich an deiner Stelle lieber nicht tun. Sonst garantiere ich dir, dass Noah von deinem Geheimnis erfährt«, erwiderte er kühl.

»Wovon redest du?«

Eine Sekunde lang schaute er sie einfach an, als wollte er diesen Moment genießen, dann beugte er sich so weit vor, dass seine Haarsträhnen ihre Stirn kitzelten.

»Ich weiß, dass du nicht Megan Taylor bist.«

Kat wurde übel. »Spinnst du?«

»Du kannst vielleicht diesen Idioten täuschen, aber ganz sicher nicht mich.« Ryan lachte und spuckte auf den Boden. »Megan war meine Freundin. Ich kenne *jedes* noch so kleine Detail an ihr. Tja, eines muss ich dir lassen, wer auch immer du bist: Du hast das echt drauf. Deine Mimik und diese winzigen Gesten. Deine Täuschung war so gut, dass ich es am Anfang nicht bemerkt habe, aber man kann es sehen, wenn du dich unbeobachtet fühlst. Dann fällt das alles ab wie eine

Maske und plötzlich bist du jemand ganz anderer. Aber das allein war es nicht, du hast einen gewaltigen Fehler gemacht, danach war ich mir sicher, dass du nicht Megan bist. Nicht sie sein kannst.«

»So und was soll das gewesen sein?«

»Denk mal an die Party. Als du dich mit Val unterhalten hast und ich dazugestoßen bin, um dich zu begrüßen. Was hast du da getrunken?

»Das weiß ich nicht mehr.«

»Aber ich. Es war Ananassaft mit Wodka.«

»Und?«

»Siehst du, du hast dich erneut verraten. Megan hasst Ananassaft. Nie und nimmer würde sie so einen Drink zu sich nehmen.«

»Ist doch verrückt, was du sagst«, zischte Kat, spürte aber, dass es ihr nicht gelang, überzeugend zu klingen. Sie hatte gedacht, ihre Rolle perfekt zu spielen, und nun war ausgerechnet Megans Ex-Freund ihr auf die Schliche gekommen.

Und das wegen Ananassaft? Warum hatte ihr White nichts davon erzählt? Es gab nur eine Erklärung: weil er es nicht wusste.

Reiß dich zusammen, letztendlich hat er keine Beweise und niemand wird ihm glauben. Schon gar nicht nach seinem Auftritt auf der Party. Alle haben mitbekommen, dass Noah ihn rausgeworfen hat.

Aber Ryan war jetzt so richtig in Fahrt. Sein heißer Atem strich über sie hinweg. Sein Gesicht glühte. Die Kiefer mahlten zornig.

»Was soll der Scheiß? Für wen diese Show? Weiß Noah Bescheid?«

»Das ist doch Blödsinn. Verschwinde, Ryan.«

»Ich sag dir mal, was ich vermute: Megan Taylor ist tot und du bist ein Double. Eine Doppelgängerin. Wahrscheinlich arbeitest du mit jemandem zusammen und ihr habt die echte Megan in Mexiko verschwinden lassen. Jetzt versuchst du, ihren Platz einzunehmen.«

Es war erschreckend, wie nahe Ryan der Wahrheit kam. Ausgerechnet er. Noah, die Hausangestellten, Val und die anderen … Niemand hatte bemerkt, dass sie nicht Megan war, und ausgerechnet dieses arrogante Arschloch war daraufgekommen und bedrohte nun alles.

»Ryan …«

»Was habt ihr mit Megan gemacht, hm?«

Seine Hand schnellte nach vorn und packte ihr Gesicht, sodass sie gezwungen war, ihn anzusehen. Jeder Muskel an seinem athletischen Körper war angespannt.

»Ich bin es doch …« Kat ahnte jedoch, dass sie sagen konnte, was sie wollte. Ryan war sich sicher, nicht Megan vor sich zu haben.

»Halt endlich deinen verfickten Mund.« Seine Stimme war nur noch ein schneidendes Flüstern. »Ich werde herausfinden, was ihr mit Megan gemacht habt.«

Beinahe taub vor Angst schaffte Kat es nicht einmal, etwas zu erwidern. Dann ließ er sie los. Keuchend sank Kat in die Knie und sah zu, wie er ins Auto stieg und davonfuhr.

Es dauerte einige Minuten, bis sie realisierte, was gerade geschehen war.

Was sollte sie tun? Wenn Ryan Staub aufwirbelte, war ihr Auftrag in Gefahr. Noah wurde vielleicht ebenfalls misstrauisch, zumal er sich bestimmt schon fragte, was mit ihr los war. Heute so und am nächsten Tag ganz anders. Alles war in Gefahr, sollte Ryan tatsächlich irgendwie herausfinden, was mit Megan geschehen war.

Sie musste mit White darüber sprechen. Zitternd wählte sie seine Nummer. Schon nach dreimal Klingeln hob er ab.

»Miss Taylor«, begrüßte der Arzt sie förmlich. »Wie geht es Ihnen?«

Kat hatte keine Zeit für Floskeln. »Es gibt ein Problem«, stieß sie hervor.

»Was für eins?«

Innerhalb von Millisekunden hatte sich sein Tonfall geändert. Jegliche Freundlichkeit war daraus gewichen.

»Jemand weiß Bescheid.«

»Wer?«

Kurz zögerte Kat. Sie war noch immer so verängstigt, dass sie das erneute Ziehen in ihrer Magengegend, die leise Warnung eines bevorstehenden Unheils, kaum wahrnahm.

»Ryan Myers.«

»Was ist geschehen?«

Kat erklärte es ihm. Dann fragte sie: »Was machen wir jetzt?«

»Ich kümmere mich darum«, sagte White und legte ohne ein weiteres Wort auf.

Kat ging zurück ins Haus.

29.

Vier Stunden später war Kat noch immer aufgelöst und durcheinander. Unruhig ging sie im Wohnzimmer auf und ab und überlegte, ob es ein Fehler gewesen war, White zu informieren.

Immer wieder hatte sie versucht, den Arzt zu erreichen, und ihm Nachrichten gesandt, um herauszufinden, was er unternehmen wollte, aber er hatte weder abgehoben noch geantwortet.

Ihre Hände waren schweißnass. In ihrem Magen grummelte es und sie konnte einfach nicht stillstehen.

Gerade als sie erneut White anrufen wollte, betrat Noah das Zimmer. Schnell schob sie das Handy in die Hosentasche.

»Hey«, begrüßte Noah sie freundlich, doch ihr entging der zurückhaltende Unterton in seiner Stimme nicht. Kat bemerkte, dass seine braunen Augen von feinen Schatten umrahmt wurden.

»Hi«, grüßte sie schüchtern zurück.

Er presste die Lippen aufeinander. Kat spürte, dass er sich zwang, die seltsame Situation von gestern nicht anzusprechen, um ihr den Raum zu geben, zuerst das Wort zu ergreifen.

»Ich schulde dir eine Erklärung«, wagte Kat sich vor. »Es tut mir leid, dass ich einfach so davongestürmt bin ... Ich schätze, ich war verwirrt.«

Sie wusste, dass das nicht genügte, aber etwas Besseres fiel ihr nicht ein.

Noahs Mundwinkel zuckten. Er legte den Kopf schief und sagte nichts dazu. Kat beschloss, das Thema zu wechseln, bevor sie es noch schlimmer machte.

»Wie lief es in der Firma?«

»Gut. Hamiltons Angebot fällt sogar ein paar Millionen höher aus als erwartet.«

»Und ...?«

»Ich habe ihm gesagt, dass ich es sehr zu schätzen weiß, und abgelehnt«, antwortete Noah ruhig. »Du hast mich zum Nachdenken gebracht, Megan. Und du hast recht, es ist Dads Lebenswerk. Diese Firma hat ihm viel bedeutet. Das kann ich nicht so einfach aufgeben«, erklärte er. »Hamilton schien das zu überraschen, aber ich habe ihm vorgeschlagen, mein Partner zu werden. Bis ich so weit bin, wird er TX leiten, und die Geschäftsführung an mich übertragen, wenn ich bereit bin, CEO zu werden. Alles natürlich gegen Firmenanteile.«

»Du bist ein guter Geschäftsmann, das muss man dir lassen.« Kat war ehrlich beeindruckt.

»Das habe ich von meinem Vater«, gab Noah traurig zurück. Einen Moment lang starrte er verloren aus dem Fenster und Kat wurde bewusst, dass er den Verlust seines Dads noch längst nicht verarbeitet hatte.

»Noah.« Zögernd legte sie ihre Hand auf seine, und er verschränkte sie miteinander. »Du hast so vieles von Alan. Er wäre wahnsinnig stolz, wenn er dich jetzt sehen könnte.«

»Hm. Ich weiß nicht. Hast du jemals überlegt, ob du deiner Mom ähnlich bist oder eher deinem Dad?«, fragte er vorsichtig.

Zum Glück kannte Kat die Antwort auf diese Frage, seit sie Megans geheimes Tagebuch gefunden hatte.

»Na ja«, seufzte sie. »Du kanntest Savannah. Wir beide sind wie Tag und Nacht. Sie war in ihrem eigenen Kopf gefangen, ganz anders als ich, was natürlich auch meinem Dad geschuldet ist.«

Kat wusste nicht, wie viel man Noah über ihren leiblichen Vater erzählt hatte.

»Du hast nie von ihm gesprochen.«

»Dafür gibt es Gründe.«

Ihr Blick wanderte hinaus zu den Gärtnern, die gerade frische Blumen in die weiche Erde pflanzten.

»Hat er dir wehgetan?«

Überrascht blinzelte Kat. Noah war selten forsch, doch jetzt spürte sie sein ehrliches Interesse. Wie eine stille Ermutigung drückte er ihre Hand, um ihr zu verstehen zu geben, dass er für sie da war. Und Kat genoss die beruhigende Wärme, die von ihm ausging.

»Nein«, begann sie zögernd. »Aber er hat meine Mutter geschlagen. Sie hat nicht oft darüber gesprochen. Eigentlich weiß ich kaum etwas über ihn.« Sie senkte die Stimme. »Aber manchmal habe ich Angst, so zu sein wie er«, gab sie bedrückt zu.

»Das wirst du nicht, Megan. Ich kenne dich.«

Behutsam strich sein Zeigefinger über ihren und für eine Sekunde standen sie beide still beieinander, die Blicke auf ihre verschränkten Hände gesenkt. Das Piepen eines Smartphones zerstörte den kostbaren Augenblick.

Noah zog sein Handy aus der Hosentasche. Und las. Seine Pupillen weiteten sich, jegliche Farbe war aus seinem Gesicht gewichen, als er den Kopf hob.

»Was ist los?«, hakte Kat mit einem unguten Gefühl nach.

»Ryan ist tot.«

Ein eiskalter Schauer jagte über ihren Rücken. »Das kann nicht wahr sein«, flüsterte sie tonlos.

Noah umklammerte kreidebleich sein Handy. »Jesse hat mir gerade geschrieben. Ryan ist vor einer Stunde mit dem Motorrad verunglückt. Laut Augenzeugen ist er mit einem schweren Geländewagen zusammengestoßen und wurde dann einige Meter über die Straße geschleift. Der Unfallgegner hat Fahrerflucht begangen. Ich fasse das nicht«, murmelte Noah abwesend.

Kat konnte nicht mehr klar denken. Schwindel erfasste sie. *Ich bin schuld, dass er tot ist.*

Sie hatte White angerufen, obwohl sie wusste, wozu er fähig war. Und dennoch hatte sie nicht gezögert.

Plötzlich schnaubte Noah.

»Warte, hier ist noch eine Nachricht.« Er zog die Stirn in Falten. »Sie ist von Ryan. Er muss sie mir geschickt haben, bevor der Unfall passiert ist.«

»Was hat er geschrieben?«

»Ich ... ich verstehe das nicht.«

»Nun sag schon.«

»›Megan ist nicht deine Schwester, sondern jemand ganz anderes.‹« Er sah sie an. »Was hat das zu bedeuten?«

Kat versuchte zu antworten, aber es war, als hätte ihr jemand die Luft zum Atmen genommen.

»Megan ...?« Noahs Stimme wurde angespannter.

»Ich weiß nicht, was das soll«, brachte Kat krächzend hervor. *Shit. Ich muss mich zusammenreißen.*

»Was meint er damit?«

»Keine Ahnung.« Sie wusste, dass sie ihm zumindest einen Teil der Wahrheit sagen musste. »Ryan hat mir vorhin aufgelauert«, gab sie schließlich zu. Noahs Blick wechselte von misstrauisch zu besorgt.

»Und wieso hast du mir nichts davon gesagt?«, fragte er eindringlich.

»Weil du dich dann aufgeregt hättest«, gab Kat zurück. »Es war total verrückt Ich weiß nicht, was mit ihm los war. Er schien komplett aufgelöst, hat mich angeschrien, ich sei eine Betrügerin, die sich an dein Erbe schleichen will. So ein Unsinn.«

Noah schwieg. Sein Blick flackerte.

»Du glaubst diesen Mist doch nicht?«, hakte Kat nach.

Intensiv schaute er sie an, dann entspannten sich seine Gesichtszüge.

»Natürlich glaube ich so einen Schwachsinn nicht. Ryan ist ein Arschloch, war er schon immer. Aber das ist selbst für ihn krass.«

Kat stieß leise den angehaltenen Atem aus. »Arschloch oder nicht, ich kann nicht fassen, dass er tot ist.«

»Trifft es dich arg? Ihr wart fast ein Jahr lang zusammen.«

»Ich brauche einen Moment allein«, flüsterte Kat.

Noah nickte verständnisvoll. »Kommst du klar?«

Kat nickte. Als er das Zimmer verlassen hatte, zog sie Megans Handy hervor und wählte die Nummer, die ihr White gegeben hatte. Kat wartete seine Begrüßung erst gar nicht ab.

»War das wirklich nötig? Sie haben einen unschuldigen Jungen getötet. Gab es keinen anderen Weg, ihn davon abzuhalten, uns zu verraten?«

»Mir blieb keine Zeit und ich konnte das Risiko nicht eingehen, dass er mit irgendjemandem darüber spricht. Letztendlich spielt es keine Rolle.«

Kat zitterte am ganzen Körper vor Hass. Sie umklammerte den Hörer so fest, dass ihre Knöchel unter der sonnengebräunten Haut hervorstachen.

»Ach ja, und wieso nicht?«, zischte sie.

»Weil Noah Taylor in den nächsten achtundvierzig Stunden sterben muss.«

30.

Seit einer halben Stunde tigerte Kat ruhelos durch das Zimmer. Sie hatte sämtliche Szenarien durchgespielt, aber keines hatte zu einem Ende geführt, mit dem sie klarkam. Entweder starb Noah oder ihre Schwester. Stöhnend presste sie sich die Hände an die Stirn.

So wird das nichts. Ich muss mich mit einer anderen Frage beschäftigen. Der Frage, was White nach Noahs Tod vorhat.

Klar war, sie würde alles erben und dadurch hätte White über sie nicht nur Zugriff auf eines der größten Vermögen der Welt, sondern auch auf das medizintechnische Unternehmen, das Noahs Vater gegründet hatte. Aber wie stellte er sich das in der Umsetzung vor?

Sollte sie nach Noahs Tod den Vorstand aushebeln und einen neuen Vorsitzenden installieren? White natürlich. Mit welcher Begründung? Welche Qualifikationen hatte er vorzuweisen, die seinen Anspruch unterstützten?

Er muss in der Medizinwelt bekannt sein. Eine Koryphäe, sonst würde man ihn niemals als Unternehmensleiter akzeptieren. Die Presse würde ihn zerreißen und die Aktien der Firma ins Bodenlose rauschen. Und wie will er erklären, dass jemand wie ich solche Kontakte hat? Alle Welt weiß, dass sich Megan nicht für die Arbeit ihres Stiefvaters interessierte, sondern nur für das Geld, das sie durch ihn verprassen konnte. Da steckt noch etwas anderes dahinter.

White hatte ihr eine Menge gesagt, aber sicherlich nicht

alles. Wenn er glaubte, dass dieser Coup klappte, hatte er noch ein Ass im Ärmel, von dem sie nichts wusste.

Was könnte das sein? Es muss etwas mit dem Unternehmen selbst zu tun haben.

Vielleicht war er dort leitender Angestellter, und es wäre nicht ungewöhnlich, wenn er die Karriereleiter ein paar Stufen nach oben stieg. Zumindest war das ein Ansatz.

Kat rief die Website des Unternehmens auf. Scrollte durch alle Seiten, sah sich Fotos vom Vorstand und Management an. Nichts. Kein White.

Okay, vielleicht war das der falsche Weg. Vielleicht lag das Geheimnis um seine Person tiefer in der Vergangenheit vergraben.

Wo fange ich an?
Alan Taylor.

Alle Möglichkeiten hatten sich für White erst eröffnet, als Alan Taylor gestorben war. Dadurch waren Noah und Megan zu Erben eines gigantischen Imperiums und einer Unmenge von Geld geworden.

All das, was White brauchte, um seine größenwahnsinnigen Pläne wahr zu machen.

Eine schreckliche Erkenntnis durchzuckte Kat.

Das bedeutet vielleicht, dass Noahs Eltern nicht bei einem Raubüberfall nach einem Konzertbesuch gestorben sind, wie alle Welt glaubt, sondern White sie aus dem Weg hat räumen lassen.

Erst in diesem Moment wurde Kat die ganze Tragweite des Verbrechens bewusst.

Wie konnte ich nur so naiv sein und denken, dass der Zufall White in die Hände gespielt hat. Er hat das Ganze seit

Jahren bis ins letzte Detail geplant und zugeschlagen, als es an der Zeit war. Sicher hat er gewartet, bis Noah und Megan volljährig waren, damit ihm kein Vormund in die Quere kommen konnte. Erst sterben die Eltern, dann Noah … Und dann … natürlich ich, denn ansonsten könnte ich ihn als Firmeninhaberin ja jederzeit feuern oder ihm den Zugang zum Geld sperren. Nein, er muss mich aus dem Weg räumen, anderenfalls ist er nie in Sicherheit.

Kat verzog nachdenklich den Mund. *Aber warum glaubt White, dass er nach meinem Tod weiter die Firma leiten kann und Zugang zum Privatvermögen der Taylors hat?*

Kat stand auf und ging im Zimmer auf und ab. Die Lösung lag in diesem letzten Gedanken. Sie spürte es, aber eine Antwort wollte sich nicht einfinden.

Wann erbt man etwas?

Sie trommelte mit den Fingern an ihre Schläfe.

Man kann nur etwas erben, wenn jemand einem etwas vererbt. Meistens sind es die Eltern oder …

… oder Verwandte!

Aber die Taylors hatten keine lebenden Verwandten. White hatte das behauptet. Aber was, wenn er gelogen hatte?

Kat tippte einen Namen in die Suchmaschine und augenblicklich wurden ihr zahlreiche Seiten zu Noahs Vater angezeigt. Der Einfachheit halber entschied sie sich zunächst für Wikipedia.

Alan Warren Taylor ist ein US-Amerikanischer Entrepreneur und Milliardär. Durch sein weltweit erfolgreiches Unternehmen wurde er 2021 von Forbes Magazine zu einem der einflussreichsten Männer des 21. Jahrhunderts ernannt. Der Wert seines Unternehmens wird auf mehrere Hundert Millionen Dollar geschätzt. Der Wert seines Privatvermögens ist unbekannt.

Das war beeindruckend, allerdings nützte es Kat nichts. Ein wenig ernüchtert scrollte sie durch eine Lobpreisung nach der anderen, bis sie schließlich auf eine frühe Biografie stieß.

Alan Taylor wurde 1977 in Santa Barbara, Kalifornien, in einfachen Verhältnissen geboren. Sein Vater leitete eine Wäscherei, in der auch seine Mutter angestellt war. Neben Alan und seinem Bruder Robin Taylor hatten die beiden noch eine Tochter namens Mary-Jane Taylor, die im Alter von zwölf Monaten verstarb.

Alan hatte also zwei Geschwister gehabt. Mary-Jane war zu früh gestorben, als dass sie eine Rolle für die ganze White-Sache hätte spielen könnte, aber was war mit diesem Robin? Kat hatte seinen Namen noch nie gehört, weder White noch Noah hatten ihn je erwähnt.

»Wer bist du?«, murmelte Kat in Gedanken versunken. Sie überflog den Text auf der Suche nach seinem Namen, doch er tauchte erst nach Alans Jugend wieder auf, als der Milliardär angefangen hatte, TX Industries aufzubauen.

Gemeinsam mit seinem Bruder Robin gründete Alan Taylor im Jahr 2001 TX Industries, die heute als Fundament für weitere erfolgreiche Tochterfirmen wie Sermont Technologies und Texas Inventories gilt. Dr. Robin Taylor übernahm die Forschungsabteilung der Hauptfirma, bis er 2004 während eines Forschungsauftrages im Amazonasgebiet spurlos verschwand.

Wochenlange Suchaktionen blieben erfolglos, und man geht inzwischen davon aus, dass er wilden Tieren zum Opfer fiel. 2019 wurde Robin Taylor offiziell für tot erklärt.

Es gab keine Verlinkung zum Namen und keinen eigenen Eintrag zu Robin Taylor. Kat schloss Wikipedia und versuchte es stattdessen direkt mit »Robin Taylor« bei Google. Leider gab es zu ihm keine eigenen Einträge, was vermutlich daran lag, dass sein Verschwinden schon zwanzig Jahre zurücklag.

Kat fand nur ein einziges Bild von ihm, das vor einer halben Ewigkeit entstanden sein musste. Es zeigte die Taylor-Brüder bei der Eröffnung eines Firmenstandortes in Seoul. Alan, der Größere und Jüngere der beiden, hatte den Arm um Robin gelegt und sie lächelten gemeinsam in die Kamera.

Mit seinen kastanienbraunen Haaren und den freundlichen dunklen Augen sah Alan Noah so erschreckend ähnlich, dass er wie die ältere Version seines Sohnes wirkte. Sie besaßen die gleichen Gesichtszüge. Alan wirkte jedoch ein wenig herber und markanter. Robin dagegen sah ihnen kaum ähnlich: schwarze Haare, ein mageres, kränklich wirkendes Gesicht, glühende Augen.

Auf seinen schmalen Lippen tanzte ein seltsames Lächeln, das Kat sehr bekannt vorkam. Anders als Alan, der aufrichtig lachte, wirkte Robin Taylor angespannt. Beinahe herausfordernd hob er das Kinn, während er die Kamera fixierte.

Das hier war Dr. White. Der Mann auf dem Foto hatte zwar weniger Falten, doch dasselbe beunruhigende Glühen in seinen kohleschwarzen Augen.

Hektisch kopierte Kat das Bild und rief eine App auf, die

Megan früher wohl zur Bearbeitung ihrer Selfies benutzt hatte. Sie besaß eine Funktion, mit deren Hilfe man jedes Gesicht altern lassen konnte.

Es dauerte eine Weile, bis das Foto geladen war. Als es sichtbar wurde, war jeder Zweifel ausgeräumt. Bei dem Mann auf dem Bild handelte es sich um White.

Jetzt fügte sich das Bild zusammen: Wenn Kat Noah tötete, würde er sie auffliegen und als Mörderin verhaften lassen. Dann konnte Robin Taylor wie aus dem Nichts wieder auftauchen, um sich das milliardenschwere Erbe zu sichern.

Er hat nie vorgehabt, mich gehen zu lassen.

Ohne zu zögern, wählte Kat Whites Nummer. Sie wollte ihn damit konfrontieren, ihm sagen, dass sie wusste, wer er war und welches Spiel er spielte. Das war die einzige Möglichkeit, Druck auf ihn auszuüben.

Doch White hatte entweder sein Handy ausgeschaltet oder er ging nicht ans Telefon.

Die Mailbox sprang an und kurz überlegte Kat, ob es wirklich so eine gute Idee war, den Arzt zur Rede zu stellen, doch letztendlich hatte sie keine Wahl, nun da sie wusste, dass White sie und ihre Familie in jedem Fall töten würde. Entschlossen räusperte sie sich.

»Hallo Doktor White, oder soll ich besser sagen, Robin Taylor? Es ist an der Zeit zu reden und eine neue Abmachung zu treffen. Mein Wissen über Sie habe ich aufgeschrieben und an einem sicheren Ort verwahrt. Sollte mir, Emily oder Noah etwas geschehen, wird alles ans Licht der Öffentlichkeit kommen. Dürfte schwer für Sie werden, sich dann rauszureden. Rufen Sie mich an!«

Nervös legte Kat auf. Sie wägte ab, wie sie jetzt weiter vorgehen sollte. Wie sie es auch drehte und wendete, sie musste Noah einweihen. Außerdem würde sie Emily warnen müssen. Das Spiel war jetzt in eine neue Runde getreten und sie sollten alle auf das vorbereitet sein, was da auf sie zukam.

White würde ihnen vorerst nichts antun können. Er wusste nicht, ob sie bluffte. Aber er musste sichergehen, dass Kat ihre Drohung nicht wahr machte. Also blieb ihm keine andere Möglichkeit, als in einen Deal einzuwilligen. An den würde er sich natürlich nur so lange halten, bis er glaubte, wieder alles unter Kontrolle zu haben. Danach würde er sie umbringen lassen.

Das bedeutet: Wir müssen aktiv werden. Sein wahnwitziges Vorhaben aufdecken. Beweise gegen ihn in die Hand bekommen, sonst werden wir niemals vor ihm sicher sein. Einfach nur zu behaupten, er führte geheime Versuche durch, transplantierte das Bewusstsein von Menschen in andere Körper, wird uns nicht weiterbringen. Allein die Vorstellung, so etwas wäre möglich, ist abstrus. Niemand wird uns glauben, und wenn man ihn nicht findet, gilt er weiterhin als tot und verschollen.

Doch bevor sie sich White endgültig stellen konnte, wollte sie mit Noah und Emily sprechen. Wahrscheinlich würden die beiden ihr kein Wort der Geschichte abnehmen, aber sie musste es versuchen.

Was sage ich nur? Wie sage ich es? Auf welche Art kann ich sie überzeugen?

Die nächsten zehn Minuten ging Kat alle Möglichkeiten im Kopf durch. Zuerst musste sie mit Noah reden.

»Tja, Noah, ich sage es geradeheraus. Ryan hatte recht, ich bin nicht Megan.«

Er wird mich auslachen, denken, ich verarsche ihn. Möglicherweise ist es besser, ich nehme ihn mit zu Emily. Mit ihrer Hilfe kann ich ihn vielleicht überzeugen, dass ich in Wahrheit Katherine Anderson bin. Ich kenne so viele Details aus unserem gemeinsamen Leben, die eine Megan Taylor niemals wissen kann.

Kat rieb sich das Kinn und dachte noch einmal mehrere Minuten lang über ihre Entscheidung nach, aber ihr fiel nichts Besseres ein.

Dann wählte sie Noahs Nummer.

Nicht erreichbar.

Fuck! Sie eilte hinunter in die Küche.

»Rosa?«

»Miss Taylor, schön Sie …«, setzte die Köchin an, doch Kat ließ sie gar nicht erst zu Wort kommen.

»Rosa, wissen Sie, wo Noah ist?«

»Ihr Bruder hat vor ungefähr einer Stunde das Haus verlassen, er meinte, dass er sich mit Freunden zum Sport verabredet hat. Soweit ich weiß, sind sie zum Basketballplatz nach Venice Beach gefahren – ich würde dann Feierabend machen, wenn das in Ordnung ist. Alle bis auf James sind schon fort.«

»Okay. Gehen Sie ruhig und vielen Dank, ich komme allein klar.«

Kat fluchte stumm. Was sollte sie jetzt tun? Sie musste Noah unbedingt sprechen. Inzwischen verfluchte sie sich für ihren Anruf bei White. In ihrer Aufregung war sie voreilig gewesen.

Ich hätte zuerst mit Noah reden müssen, bevor ich White informiere, dass ich ihn durchschaut habe.

Ein verdammter Fehler, aber jetzt nicht mehr zu ändern.

Erneut wählte sie Noahs Nummer.

»*Noah, wenn du das hörst, ruf mich sofort an. Es ist dringend.*«

31.

Sie wollte gerade nach Venice Beach aufbrechen, da summte ihr Handy. Erleichtert, dass Noah sich meldete, entsperrte Kat das Display und stellte fest, dass nicht er es war, der ihr eine Nachricht gesendet hatte, sondern eine App namens HomeSec. White hatte ihr erklärt, wie das Sicherheitssystem des Anwesens funktionierte, damit sie nicht aus Versehen einen Alarm auslöste.

ACHTUNG: Verletzung des Sicherheitsbereiches.

Darunter eine Vektorgrafik des Geländes um das Haus. An mehreren Stellen blinkten rote Punkte auf. Anscheinend hatten die Bewegungssensoren Eindringlinge entdeckt. Vom Personal konnte es niemand sein, die trugen Chips, die im System registriert waren. Außerdem waren laut Rosa alle außer James nach Hause gegangen.

»Was zur Hölle?«, entfuhr es Kat, doch sie ahnte bereits, was das bedeutete. Das Handy signalisierte, dass mehrere Überwachungskameras durch Bewegungssensoren aktiviert worden waren. Kat rief sie nacheinander auf. Sie zeigten die Tiefgarage, den Garten und die Rückseite der Villa.

Bevor sie weiter darüber nachdenken konnte, bemerkte sie Bewegungen auf einer Kameraaufnahme, die einen Teil des Parks zeigte.

Schatten huschten zwischen den Bäumen aufs Haupthaus zu. White hatte seine Leute ausgesandt!

Fuck. Fuck. Fuck.

Er hatte sofort auf ihre Nachricht reagiert und offensichtlich war ihm nicht nach Reden. Kat ging die Möglichkeiten durch, sich im Haus zu verstecken, verwarf den Gedanken aber sofort wieder. White kannte den Bauplan des Anwesens. Seine Männer würden sie früher oder später finden.

Wo war James? Er musste den Alarm ebenfalls auf sein Handy bekommen haben. Hektisch rief sie seine Nummer auf. Es klingelte, aber niemand hob ab. Was das zu bedeuten hatte, wusste sie nicht, aber es war kein gutes Zeichen. Nun galt es, keine Zeit mehr zu verlieren.

Ich muss irgendwie aus dem Haus gelangen. Am besten, ich schleiche mich in die Garage ...

Plötzlich wurde der Bildschirm ihres Handys dunkel. Die Überwachungskameras übertrugen kein Bild mehr. Jemand hatte den Strom des Anwesens gekappt. Das bedeutete, dass das elektronisch gesteuerte Tor des Anwesens sich nicht öffnen würde. Mit dem Auto zu fliehen, konnte sie also vergessen.

Kat kannte das Sicherheitssystem von *Pine Grove* nicht, wusste also nicht, ob ein stiller Alarm ausgelöst worden war, der die Polizei auf den Plan rief. Aber selbst, wenn dem so wäre, konnte es zu spät sein, bis die Beamten eintrafen. Nein, sie musste hier weg. Sofort.

In Gedanken ging Kat ihre Möglichkeiten durch.

Wie kann ich aus dem Haus entwischen, ohne dass man mich sieht?

Sämtliche Eingänge wurden sicherlich inzwischen von

Whites Männern überwacht, ihr blieb also nur eine Möglichkeit. Über das Dach.

Manche der Bäume standen sehr nah an den Mauern, vielleicht war sie in der Lage, an einem hinabzuklettern und sich in der beginnenden Dunkelheit davonzuschleichen. Es war gefährlich, und Kat wusste, dass sie auch im Park Whites Männern direkt in die Arme laufen konnte, aber eine andere Möglichkeit hatte sie nicht, wenn sie das Anwesen lebend verlassen wollte.

Mit klopfendem Herzen öffnete sie die Tür. Während sie nach oben lief, zog sie ihr Handy heraus und wählte Noahs Nummer. Es klingelte einige Male, doch er hob nicht ab. Auch James meldete sich noch immer nicht.

Von den Eindringlingen war nichts zu sehen und auch nichts zu hören. In der gespenstischen Stille wirkte das Quietschen ihrer Sneaker ohrenbetäubend laut. Sie öffnete die Tür am Ende des Ganges und stieg eine steile Holztreppe nach oben. Als sie die Luke anhob, die auf das Dach führte, gab es ein knarrendes Geräusch. Kat hielt inne und lauschte.

Nichts, aber als sie sich hochzog, erklang leises Klirren von unten. Whites Männer waren im Haus. Kat fluchte stumm und überlegte, wie viel Zeit ihr blieb, bis ihre Verfolger sie entdeckten.

Nicht lange.

Kat kroch hinaus und ließ die Luke vorsichtig zurücksinken.

Vor ihr lag im roten Licht der Dämmerung das flache Dach des Haupthauses. Gebückt huschte Kat zur Ostseite, wo die Bäume nahe am Haus standen. Als sie den Rand jedoch erreichte, musste sie feststellen, dass kein Baum sich in

Reichweite befand und der nächste immer noch gut fünf Meter entfernt war. Null Chance, da rüberzukommen.

Hektisch überlegte sie, ob sie es dennoch probieren sollte, aber bei dem Versuch würde sie sich den Hals brechen.

Was jetzt?

Kat ging am Rand des Daches entlang. Noch war sie nicht entdeckt worden, doch das würde sich mit Sicherheit bald ändern.

Dann fiel ihr Blick auf den Swimmingpool, mindestens sechs Meter unter ihr, er schimmerte im letzten Licht des Tages. Es war ein seltsam friedlicher Anblick.

Sie versuchte sich zu erinnern, wie tief er war. Vielleicht tief genug. Es konnte klappen, wenn die Männer im Haus das Platschen nicht hörten. Nach dem Sprung blieb ihr nicht viel Zeit, um zwischen den Schatten der Bäume zu verschwinden und irgendwo über die Mauer zu klettern.

Ein leises Geräusch in ihrem Rücken ließ sie zusammenzucken. Ihr blieb keine Zeit mehr.

Kat holte Luft und sprang.

Das Wasser war tief genug, aber ihre Füße prallten dennoch auf den Boden des Pools. Schmerz jagte ihre Beine hoch, und für einen Moment glaubte Kat, sich etwas gebrochen zu haben. Sie biss die Zähne zusammen, schwamm zum Beckenrand und zog sich aus dem Wasser. Dort hielt sie kurz inne und lauschte.

Stille.

Sie schaute zum Dach hoch. Nichts zu sehen.

Dann fiel ihr Blick auf die hohen Fenster, hinter denen das Licht von Taschenlampen die Dunkelheit durchschnitt.

Bis jetzt hatte sie Glück gehabt. Anscheinend war das Klatschen ihres Aufpralls auf dem Wasser entweder nicht besonders laut gewesen oder die Männer hatten es nicht beachtet, weil sie ihr Zielobjekt im Haus vermuteten. Wie auch immer. Sie musste hier schleunigst weg.

Kat rappelte sich auf und belastete ihre Füße. Es tat weh, aber anscheinend war nichts gebrochen. Humpelnd schlich sie davon.

Im Park selbst war niemand mehr, soweit sie das im schwindenden Licht beurteilen konnte. Kat zwang sich zwischen hohen Büschen hindurch, ohne darauf zu achten, dass die Zweige ihre Arme zerkratzten. Um so etwas konnte sie sich kümmern, wenn sie es geschafft hatte, das Anwesen zu verlassen.

Kat hastete zur westlichen Seite der Mauer. Dort hatte Bien heute gearbeitet und die Bäume beschnitten. Vielleicht fand sie seine Leiter, um die Mauer zu überwinden. Allerdings würde sie auf der anderen Seite hinabspringen müssen, was ihren schmerzenden Beinen sicherlich nicht guttat.

Scheiß drauf. Alles ist besser als eine Kugel im Kopf.

Hinter ihr war es noch immer ruhig und Kat erlaubte sich einen Moment stehen zu bleiben und durchzuatmen.

Himmel, der Park ist noch größer, als er aussieht, dachte sie, während sie lief. Dann ragte endlich die Mauer vor ihr auf, und dem Himmel sei Dank lag nicht weit entfernt davon noch immer die Leiter, auf die sie gehofft hatte.

Kat zögerte nicht. Die Aussicht, ihren Jägern zu entkommen, gab ihr neue Kraft.

Sie schleppte die Leiter an die Mauer, stellte sie auf und kletterte rasch hoch. Oben schwang sie sich darüber, was eigentlich besser klappte als erwartet, aber dafür plumpste sie auf der anderen Seite der Mauer ungeschickt nach unten.

Diesmal landete sie nicht auf den Füßen, sondern auf der Seite. Durch ihre Hüfte zuckte greller Schmerz, aber Kat kam wieder auf die Füße und rannte humpelnd davon. Erst an der nächsten Straßenecke hielt sie an und schaute zurück. Niemand zu sehen.

Im Schein einer Straßenlaterne hob sie ihr T-Shirt an und betrachtete die blutigen Schrammen an ihrer rechten Körperseite. Sah schlimm aus und blutete leicht, doch ihre Beweglichkeit war nicht eingeschränkt. Kat seufzte auf und hastete weiter.

Rastlos hetzte Kat die abgelegene Straße entlang, bis sie nicht mehr konnte. Nach Luft ringend schleppte sie sich um die nächste Ecke und sank erschöpft in die Knie. Ohne ein Auto würde sie es nie nach Venice Beach schaffen.

Ihr Blick wanderte zu einer nicht weit entfernten Einfahrt, in der ein schwarzer Jeep mit dreckbeschmutzten Reifen stand. Die Fahrertür war geöffnet. Ein Mann im rot karierten Hemd und braunen Armeestiefeln beugte sich gerade hinunter, um etwas hinter dem Rücksitz hervorzuziehen. Im Licht der Hausbeleuchtung glänzte der schwarze Lauf eines Gewehres, das er neben sich auf den Boden stellte. Der Typ schien Jäger zu sein.

Der Mann hatte ihr noch immer den Rücken zugekehrt. Kat huschte los, darauf bedacht, keinen Laut von sich zu geben. Doch der Kerl schien ihre Anwesenheit zu spüren und drehte sich um. Bevor er aber reagieren konnte, griff sich Kat das Gewehr und richtete es auf ihn. Sie kannte sich mit Waffen nicht aus, hatte keine Ahnung, ob sie geladen war und wie man sie entsicherte, aber an der Reaktion des Mannes, der Mund und Augen weit aufriss, erkannte sie, dass sie sich darüber keine Gedanken machen musste.

»Steckt der Schlüssel?«, fragte Kat.

»Verdammt, Mädchen. Was ist denn mit dir los?«

Verdutzt rieb sich der Jäger über die Glatze. In seinen Augen lag ein ungläubiger Ausdruck.

»Ich brauche Ihr Auto«, erwiderte Kat trocken.

»Spinnst du?«

Kat hob den Lauf des Gewehres ein wenig an, sodass die Mündung jetzt direkt auf sein Gesicht zeigte.

»Der Schlüssel steckt. Willst du mir verraten, was zum Henker das soll?«

»Tut mir leid, aber dafür habe ich keine Zeit. Treten Sie zurück.«

Kat behielt ihn im Blick, während sie sich auf den Vordersitz schwang und den Motor startete. Mit einem tiefen Brummen erwachte der Jeep zum Leben. Kat drückte das Gaspedal durch und schoss im Rückwärtsgang aus der Einfahrt.

»Hey, sei gefälligst vorsichtig mit meinem Auto!«, brüllte ihr der Mann zu, aber er bewegte sich nicht.

Kat raste zur nächsten Querstraße. Sie kannte den Weg nach Venice Beach. Dort würde sie Noah finden und ihn warnen. Und sie würde ihm die Wahrheit sagen, über White, über Megan und vor allem über sich selbst. Kat holte tief Luft und richtete den Blick auf die Straße.

Die Lügen würden ein Ende haben.

32.

Kat hatte Glück: Der Basketballplatz lag direkt an der gut beleuchteten Strandpromenade, sodass sie nicht lange suchen musste. Einige Jugendliche standen in Grüppchen auf der blauen Spielfläche herum.

Manche trugen Sportklamotten, andere lässige Skaterhosen und Baseballcaps. Unruhig sah sie sich nach Noah um und entdeckte ihn schließlich am Rande des Platzes neben Jesse und einem Mädchen, das Kat nicht kannte. Ohne zu zögern sprintete sie los. Als Noah sie entdeckte, veränderte sich der gewohnt ernste Ausdruck auf seinem Gesicht zu einem freudigen Lächeln, doch dann schien er zu bemerken, dass etwas nicht stimmte.

»Hey Megan«, begrüßte Jesse sie fröhlich, aber Kat ignorierte ihn. Stattdessen fasste sie nach Noahs Hand und zog ihn mit sich.

»Was ist denn los?«, fragte er.

Kats Blick wanderte über sein weißes Shirt und das zerzauste Haar, das ihm wirr ins Gesicht fiel. Feine Schweißperlen lagen auf seiner Stirn.

»Ich erkläre es dir gleich, doch zuerst müssen wir hier weg.« Noah blieb stehen und schaute sie verwirrt an.

»Megan, rede mit mir. Was soll das? Warum bist du so nass?«

Kat rang nach Luft. »Es geht um Leben und Tod«, keuchte sie, die Hand auf ihre schmerzende Hüfte gepresst.

»Bist du verletzt?«

»Später. Erst weg hier«, keuchte sie. »Wo ist dein Bodyguard?«

»Habe ihn nach Hause geschickt, was soll mir hier passieren? Ich bin mit Freunden zusammen. Wo ist James?«

»Keine Ahnung. Bist du mit dem Auto da?«

»Ja, steht gleich hier um die Ecke.«

Sie folgte ihm zu einem grauen Mercedes SUV, den sie schon mal in der Tiefgarage gesehen hatte. Noah öffnete ihr die Tür und Kat schwang sich auf den Beifahrersitz. Er warf ihr einen fragenden Blick zu, doch Kat nannte ihm lediglich Emilys Adresse und bat ihn loszufahren. Sie würde ihm alles erklären, sobald sie auf dem Highway waren.

Während sie die Straßen von Los Angeles allmählich hinter sich ließen, zwang Kat sich, ruhiger zu atmen. Sie fischte ihr Smartphone aus der hinteren Tasche ihrer Jeans. Dem Himmel sei Dank, sie hatte es nicht bei ihrem Sprung in den Pool verloren und es war auch nicht beim Sturz von der Mauer beschädigt worden. Wasserdicht war es zum Glück auch.

Kat fiel ein, dass sie Emilys Nummer nicht kannte. Schnell googelte sie danach. Glücklicherweise war die Festnetznummer ihrer Schwester registriert. Kat tippte sie ein.

»Emily James-Anderson«, meldete sich ihre Schwester fröhlich.

Bei dem Klang von Emilys Stimme wurde Kats Herz schwer vor Sorge. »Hi, Mrs Anderson. Ich bin es, Megan Taylor. Erinnern Sie sich an meinen Besuch?«

»Natürlich.« Selbst durch den Hörer konnte Kat ihr Lächeln spüren. »Wie schön, dass du anrufst, Megan.«

»Hören Sie zu, Emily. Sie und Ihre Tochter schweben in Lebensgefahr, Sie müssen sofort das Haus verlassen und irgendwo untertauchen«, sprudelte es aus ihr heraus. »Es gibt da jemanden, der Ihnen Böses will und …«

Ehe Kat den Satz beenden konnte, ertönte das Freizeichen. Emily hatte aufgelegt.

»Scheiße«, entfuhr es ihr.

»Wen hast du angerufen? Und was soll das heißen *Lebensgefahr*? Sag mir endlich, was los ist! Und wer ist diese Emily?«

»Jetzt nicht«, fuhr Kat ihn an. Ihre Nerven vibrierten. Vielleicht waren schon Killer zu Emilys Haus unterwegs. Sie musste ihre Schwester unbedingt warnen. Gleichzeitig war ihr klar, dass Emily ihr niemals glauben würde, solange sie vorgab Megan Taylor zu sein. Megan war eine Fremde für sie.

Kat presste den Wahlwiederholungsbutton. Als Emily abhob, begann sie zu singen.

»*What do you mean? Oh, Oh. When you nod Your Head yes, but you wanna say No. Hey Yeah. When you don't want me to move, but you tell me to go. What do you mean?*«, sang Kat. Als sie endete, blieb es still auf der Gegenseite.

Dann fragte Emily mit zitternder Stimme: »Warum singst du dieses Lied?«

»Ich bin Kat, deine Schwester.«

»Kat ist tot. Ruf hier nie wieder an.«

Erneut wurde die Verbindung unterbrochen.

Noah starrte sie an.

»Megan, was soll das?«

»Ich erkläre dir alles, sobald wir da sind, Noah. Ich verspreche es, aber zuerst musst du mich ins Valley bringen.«

»Du hast keine Schwester«, sagte Noah. Es klang wie ein Knurren. Sein Gesicht war eine Maske.

»Das ist eine lange und ziemlich verrückte Geschichte und vermutlich wirst du sie mir nicht einmal glauben«, meinte Kat leise.

»Wir werden sehen.« Mehr sagte er nicht.

Die nächsten Minuten schwiegen beide, schließlich hielt er direkt vor Emilys Einfahrt.

»Ich muss da rein, mit ihr reden. Warte bitte hier auf mich. Es dauert nicht lang.«

Noah nickte.

Kat rannte zum Haus. Sie wollte gerade an die Tür klopfen, als sie von innen geöffnet wurde. Emily saß in ihrem Rollstuhl und funkelte sie wütend an.

»Was willst du?«, fragte sie harsch. »Was habe ich dir getan, dass du glaubst, mir wehtun zu müssen?«

Kat holte tief Luft.

»Ich bin es, Emily. Wirklich. Ich bin Kat. Ich weiß …« Sie machte eine hilflose Geste. »Es ist schwer zu glauben, weil ich in einem anderen Körper stecke, aber frag mich irgendetwas aus unserer Vergangenheit. Gib mir die Chance, es dir zu beweisen.«

»Ich rufe jetzt die Polizei«, sagte Emily und rollte zurück.

»Tu das nicht. Wir müssen hier sofort weg oder wir werden alle sterben.«

Die Aussage schien Emily zu verwirren. Offensichtlich spürte sie, dass es Kat ernst meinte, wusste aber nicht, ob sie nicht einfach eine Verrückte war, die hier wie aus dem Nichts auftauchte und die ungeheuerlichsten Sachen behauptete.

»Tut mir leid, ich kann das nicht glauben. Katherine ist …«

»… tot«, vollendete Kat den Satz. »Wir saßen auf dem Rücksitz haben gemeinsam mit Mom und Dad gesungen. Es war meine Schuld, denn ich hatte das vorgeschlagen, und wahrscheinlich war Dad dadurch abgelenkt, sodass er den Holztransporter zu spät sah und wir …«

»Das stand alles in der Zeitung.«

»Das mit dem Song auch?«

»Nein, das nicht«, gab Emily leise zu.

»Es war das Lied, dass ich vorhin am Telefon gesungen habe, richtig?«

»Ja.«

»Woher weiß ich das, wenn ich an diesem Tag nicht dabei war?«

»Ich … Keine Ahnung…«

»Du hast unsere Eltern gefragt, wer bei unserem Urlaub in den Redwoods darauf aufpasst, dass ich nicht in eine Schlucht stürze oder von einem Bären gefressen werde.«

»Es … es … ist nicht möglich. Ich habe gesehen, wie du gestorben bist. An dem Tag, als ich beschloss, dass alle lebenserhaltenden Geräte abgeschaltet werden. Es gab keine Hoffnung mehr.«

»In Wahrheit hat man meinen Tod vorgetäuscht, aber wir haben jetzt keine Zeit, Emily. Wenn dir das Leben deiner Tochter etwas bedeutet, musst du sofort mit mir kommen. Es gibt Menschen, die dich, Katherine, Noah und mich töten wollen.«

»Wer ist Noah?«

Kat nickte zum Auto. »Der Junge im Wagen. Mein Stiefbruder. Nein, eigentlich ist er das nicht. Er ist der Bruder des Mädchens, in dessen Körper ich stecke.« Sie seufzte. »Es ist kompliziert.«

»Was soll ich tun?«, fragte Emily. »Ich kann dir nicht glauben.«

Kat sah sie ruhig an. »Vertraue deinem Gefühl.«

Emily schwieg einen Moment, dann sagte sie: »Warte hier, ich hole Katherine.«

Kat stöhnte vor Erleichterung auf. »Du hast fünf Minuten. Pack irgendetwas für die Nacht ein, wir müssen uns verstecken.«

Ihre Schwester wendete den Rollstuhl und rief nach ihrer Tochter. Kat rannte zum Auto zurück.

»Sie kommen gleich. Lass den Motor laufen.«

Noah presste die Lippen aufeinander. »Ich hoffe, deine Geschichte ist gut.«

Noah half Emily ins Auto und verstaute den Rollstuhl im Kofferraum. Die Reisetasche warf er ebenfalls hinten rein. Die kleine Katherine kletterte nach hinten zu ihrer Mom und kuschelte sich an einen flauschigen Teddybären. Aus großen Augen schaute sie Kat an.

»Wohin fahren wir?«, fragte sie.

»Wir machen einen Ausflug.«

»In den Zoo?«

»Nein, der hat um diese Zeit schon geschlossen.«

Katherine schnaufte enttäuscht.

»Schatz, willst du während der Fahrt eine Geschichte hören?«, fragte ihre Mutter.

Die Kleine nickte und Emily gab ihr Kopfhörer, die offensichtlich mit ihrem Handy gekoppelt waren. Sie scrollte durch eine Liste.

»Was soll es sein?«

»Pu der Bär.«

»Alles klar. Los geht's.«

Als Katherine abgelenkt war, wandte sich Emily an ihre Schwester.

»Weiß er Bescheid?« Sie nickte zu Noah.

»*Er* hat einen Namen. Ich bin Noah«, stellte er sich vor. »Ich bin ihr Bruder.«

»Und sie sagt, sie sei meine Schwester. Was stimmt nun? Und sind wir wirklich in Gefahr?«

Noah zuckte mit den Schultern. »Ich habe keine Ahnung, was mit Megan los ist.«

»Ich schulde euch allen eine Erklärung, vor allem dir, Noah, aber es wäre gut, wenn wir jetzt losfahren.«

»Wohin? Nach Hause?«

»Nein, dahin können wir nicht zurück.«

»Was?«

Kat wandte sich ihm zu. Ihr Blick wanderte über sein Gesicht, an dem sie jedes Detail zu lieben gelernt hatte. Sie betete, dass er ihr abkaufte, was sie nun sagen würde. Und dass, nachdem er die Wahrheit erfahren hatte, noch etwas von seinen Gefühlen für sie übrig sein würde.

»Noah, ich bin nicht deine Schwester. Ryan hatte recht mit dem, was er gesagt hat. Mein Name ist Kat Anderson. Ich bin vor einigen Jahren bei einem Autounfall schwer verunglückt und lag im Koma, bis Emily die Hoffnung aufgab und die Apparate abschalten ließ. An dieser Stelle würde meine Geschichte normalerweise enden, aber eigentlich beginnt sie erst damit. Mein Tod war nur vorgetäuscht. Ein Arzt namens White, der ein geheimes Forschungslabor leitet, hat mein Bewusstsein in den Körper einer jungen Frau transferiert, die man nach einer Überdosis Heroin für hirntot erklärt hat. Megan ist tot. Sie ist in Mexiko gestorben.«

Noah schluckte schwer. Sein Blick wanderte zwischen ihr und der Straße hin und her.

Er glaubt mir nicht. Wie auch?

»Meg…«

»Ich bin nicht Megan. Ich bin Kat.«

»Was auch immer mit dir los ist, man wird dir helfen. Mach dir keine Sorgen, wir finden einen Weg …«

»Du verstehst nicht, Noah. Megan gibt es nicht mehr. Ich bin sie geworden, obwohl ich das niemals wollte.«

»Ehrlich, ich …«

»Nein, hör mir erst mal weiter zu«, sagte Kat energisch. »White hat sich all das ausgedacht, weil er will, dass ich dich töte, um an dein Vermögen und an die Macht über das Familienunternehmen zu gelangen. Er hat einen wahnwitzigen Plan. Dabei geht es um Unsterblichkeit, aber das spielt im Moment keine Rolle. White ist sehr gefährlich, er benutzt meine Schwester Emily und ihre Tochter, um mich zu zwingen, dich umzubringen. Danach würde ich das gesamte Vermögen erben und könnte ihm den Zugang zu allen Bereichen der Firma öffnen. Er plant natürlich, mich ebenfalls aus dem Weg zu räumen, sobald er mich nicht mehr braucht. Und wenn an der Sache irgendetwas schiefgeht, weiß niemand von seinen Machenschaften und ich werde als Mörderin verurteilt. So oder so: Er gewinnt immer.«

»Wie? Ich verstehe das nicht. Mich umbringen? Sollst du mich erschießen?«

»Nein, da würde ich ja gleich ins Gefängnis wandern. Er will, dass ich dich vergifte. Mit irgendeinem Zeug, das im Körper nicht nachweisbar ist. Das Ganze soll wie ein plötzlicher Herztod aussehen.«

»Herztod? In meinem Alter? Das ist doch Schwachsinn.«

»Es kommt vor …«, wandte Emily ein.

Noah ließ sie nicht ausreden. »Ich glaube dir kein Wort, Meg. Du erzählst doch nur Scheiße.«

Kat biss die Zähne zusammen, machte aber weiter. »Als Ryan herausfand, dass ich nicht Megan sein konnte, konfrontierte er mich damit. Ich hatte den Fehler begangen, auf der Party Ananassaft zu trinken. Offensichtlich hasste deine Schwester das Zeug und er wurde misstrauisch. Hinzu kamen noch ein paar andere Kleinigkeiten, die ihn dazu brachten, mir zu drohen. Wie es ausgegangen ist, weißt du ja. White hat ihn umbringen lassen.«

»Das war ein Unfall«, beharrte Noah.

»Ach ja? Denk mal an die Nachricht, die er dir geschickt hat. Megan ist nicht deine Schwester oder so ähnlich und kurz darauf war er tot. Klingelt es da nicht bei dir?«

»Okay, das ist merkwürdig, zugegeben, aber was verspricht sich dieser White von all dem? Warum glaubt er nach meinem … nach unserem Tod Zugang zu allem zu bekommen, was wir besitzen? Wenn uns etwas passiert, geht das ganze Vermögen in eine Stiftung für wohltätige Zwecke. Die Firma würde von einem Konsortium geleitet. Alles ist geregelt. Ich weiß das, weil ich nach dem Tod unserer Eltern stundenlang mit unseren Anwälten darüber geredet habe.«

»Ja, so ist es sicherlich, wenn ...«

»Wenn was?«

»... es keine weiteren Erben gibt.«

Noah lachte. »Megan, du weißt, dass wir keine Verwandten haben.«

»White ist niemand anderes als dein Onkel Robin, der vor Jahren im Amazonasgebiet verschollen ist.«

Nervös sah sie zu Noah. Er umklammerte das Lenkrad so fest, dass seine Knöchel weiß hervortraten, und war kreidebleich geworden.

»Das kann nicht sein. Er ist tot.«

»Ich habe White gesehen. Wochenlang, jeden Tag. Und ich habe Bilder deines Onkels im Internet gefunden. Es ist derselbe Mann. Er lebt und plant, sich Zugang zu allem zu verschaffen, was du besitzt, denn nur noch du stehst ihm im Weg.«

»Ist das wirklich wahr?«, fragte er und sah Kat an. Jede nur erdenkliche Emotion spiegelte sich in seinem Blick. Verzweiflung. Unglaube. Verwirrung. Und vieles mehr.

»Tut mir leid.«

»Du hast mir die ganze Zeit was vorgespielt, um mein Vertrauen zu gewinnen«

Kat zögerte. »Ja«, gab sie leise zu. »Anfangs war das mein Plan aber dann ...« Ihre Augen wurden feucht. Sie musste blinzeln, um nicht in Tränen auszubrechen. »Dann habe ich mich in dich verliebt.«

Kurz schwieg Noah. Er sah sie einfach nur an.

»Deshalb warst du so anders«, sagte er. »Ich dachte schon, Megan hätte ihre Bruderliebe für mich entdeckt.«

»Ähm«, räusperte sich Emily von der Rückbank. »Das ist

verrückt. *Verdammt* verrückt. Ich weiß nicht, ob ich das alles glauben kann oder will.«

»Verstehe ich«, meinte Kat.

»Warum können wir nicht nach Hause?«

»White hat seine Leute geschickt. Ich habe einen Fehler gemacht.«

Kat berichtete, dass sie den Arzt mit ihrem Wissen über seine wahre Identität gedroht hatte.

»Er hat nicht gezögert und seine Leute ausgesandt. Kein Gespräch. Kein Verhandeln. Kein Versuch, mich umzustimmen. Eine Kugel in den Kopf, das ist seine Antwort auf meine dämliche Drohung.«

»Es ist unglaublich.« Noah räusperte sich. »Wir sollten zur Polizei fahren.«

»Und was erzählen wir denen? Du und Emily wolltet mir nicht glauben, und ihr seid die Menschen, die mir am nächsten stehen. Denk daran, ich stecke in Megans Körper. Wie kann man feststellen, dass stimmt, was ich behaupte? Außerdem weiß jeder, dass deine Schwester Drogen genommen hat. Man wird uns gar nicht erst ausreden lassen.«

»Und der Überfall im Haus? Das Killerkommando?«

»Niemand hat diese Männer gesehen. Das Personal war nicht mehr da, als sie in das Anwesen eingedrungen sind und ich bin mir sicher, sie haben keine Spuren hinterlassen. Das waren Profis.« Kat seufzte. »Es gibt also keinerlei Beweise für meine Behauptungen. Die Cops können uns nicht glauben. Hinzu kommt noch, dass ich einen Mann mit einer Waffe bedroht und sein Auto gestohlen habe. Wahrscheinlich liegt längst eine Täterbeschreibung vor und man verhaftet mich an Ort und Stelle.«

Zwei Minuten vergingen in Schweigen, dann sagte Emily: »Also, was machen wir jetzt?«

»Wir sollten uns einen sicheren Ort suchen, an dem wir in Ruhe unsere nächsten Schritte planen können.« Kat nickte in Richtung Emilys Tochter. »Die Kleine muss ins Bett. Habt ihr schon was gegessen?«

Emily schüttelte den Kopf.

»Okay, dann besorgen wir etwas. Ich schlage vor, dass wir uns heute Nacht in einem Motel verstecken.«

»Ich kenne ein unauffälliges außerhalb der Stadt, Richtung Orange County. Es ist sehr schlicht und wird meistens von Truckern oder Bikern besucht«, schlug Noah vor.

Mit wem er sich da wohl getroffen hat? Aber Kat ging nicht darauf ein.

»Okay, dann lass uns dorthin fahren. Wir brauchen ein anderes Auto. White weiß bestimmt längst, welches Fahrzeug in der Garage fehlt, und lässt danach suchen. Wir sollten ihn auf keinen Fall unterschätzen.«

»Ich kann das immer noch kaum glauben. Onkel Robin?«, murmelte Noah kopfschüttelnd.

»Was weißt du über ihn?«

»Eigentlich nichts. Nur dass mein Vater mit seinem Bruder einen Riesenstreit hatte, bevor er verschwand. Meine Mutter hat mir davon erzählt. Onkel Robin war der Meinung, dass mein Dad eine große Chance für die Firma verstreichen ließ, aber was er genau damit meinte, wusste sie nicht.«

In Kats Kopf fügte sich ein Bild zusammen. Robin Taylor hatte also schon früh seine Methode zum Transfer von menschlichem Bewusstsein entdeckt und es seinem Bruder vorgeschlagen.

Als dieser ablehnte, musste Robin sein Verschwinden vorgetäuscht und im Untergrund weitergearbeitet haben. Und nachdem Megan dann zu ihrem Drogentrip nach Mexiko aufgebrochen war, hatte er vermutlich irgendjemanden dafür bezahlt, ihr eine Überdosis zu verpassen. Alles, was er danach noch brauchte, war das Bewusstsein eines Mädchens im richtigen Alter, eine Amerikanerin und idealerweise aus Kalifornien, die in Megans Körper schlüpfen würde, damit er seinen Traum von Unsterblichkeit wahr machen konnte.

Das Ganze klang wie aus einem Science-Fiction-Film. Aus einem schlechten, aber es war die Wahrheit, mit der sie klarkommen musste. Wenn es ihnen nicht gelang, White zur Strecke zu bringen, würden sie alle sterben. Mal abgesehen von seinem wahnwitzigen Plan, den Reichen dieser Welt Unsterblichkeit zu ermöglichen. Kat hatte keine Ahnung über die Auswirkungen, aber selbst ihr war klar, dass White mit seinem Unsterblichkeitsprogramm die Welt für immer verändern würde.

Noah schnaubte laut. »Wenn alles stimmt, was du sagst, bedeutet das, dass er meine Schwester auf dem Gewissen hat.«

»Ja, ich denke, er ist für ihren Tod verantwortlich.«

»Ich werde dieses Schwein umbringen.«

»Noah …«

»Nein, lass mich.«

»Damit würdest du auch dein Leben zerstören. White wäre zwar gestoppt, aber zu welchem Preis? Du bist der Letzte deiner Familie, mit dir endet alles. Du musst am Leben und in Freiheit bleiben, um die Arbeit deines Vaters fortzusetzen.«

Noah mahlte mit den Kiefern, sagte aber nichts.

Emily tippte Kat von hinten auf die Schulter. »Da vorn ist das Motel.«

Alte Straßenlampen tauchten die heruntergekommene Fassade des Motels in ein bleiches Licht. An dem schmalen Asphaltstreifen, der als Parkplatz fungierte, grüßte ein neonfarbenes Leuchtschild mit der Aufschrift ›Blue Dolphin Motel‹. Neben den hellblauen Buchstaben sprang ein kleiner Delfin in die Luft. Noah parkte zwischen zwei Trucks und stellte den Motor ab.

»Wartet im Auto, ich besorge uns ein Zimmer.«

Kat nickte dankbar und sah ihm hinterher, während er durch die Eingangstür verschwand.

»Das ist alles verrückt«, meinte Emily vom Rücksitz.

Kat wandte sich zu ihr um.

»Ich hätte nie gedacht, dass er mir glaubt. Wie geht es dir damit?«, fragte sie schüchtern und musterte ihre Schwester.

»Ich weiß nicht«, seufzte Emily. Zärtlich strich sie über den Kopf von Katherine, die inzwischen eingeschlafen war. »Irgendwie kann ich noch gar nicht richtig fassen, dass du am Leben bist. Das fühlt sich surreal an.«

Ein Kloß formte sich in Kats Hals, doch sie zwang sich, ihn herunterzuschlucken. »Ja, das verstehe ich.«

»Aber ich bin auch froh. Du hast keine Ahnung, wie furchtbar leer die Welt ohne dich war.«

Emily beugte sich behutsam nach vorn, um ihre Tochter nicht aufzuwecken, und griff nach Kats Hand.

»Du hast mir so sehr gefehlt«, wisperte sie und eine Träne rann über ihre Wangen.

Kurz darauf wurde die Autotür geöffnet und Noah beugte

sich ins Fahrzeug. In seiner Hand klimperte der Zimmerschlüssel.

»Okay, ist alles geregelt. Ich habe erst einmal für heute Nacht gebucht, danach sehen wir weiter.«

»Danke.« Kat lächelte ihn an.

Noah ging nach hinten und lud den Rollstuhl aus. Dann nahm er Emily die schlafende Kleine aus den Armen und trug sie hinein.

Kat und ihre Schwester folgten ihm.

33.

»Schläft sie?«, fragte Kat, als Emily aus dem Schlafzimmer kam.

Ihre Schwester nickte. »Dem Himmel sei Dank, ist sie zu klein, um zu verstehen, was gerade passiert. Sie hält das Ganze für einen Ausflug.«

»Katherine ist ein besonderes Kind.«

»Ja, das ist sie.«

»Es ist noch Pizza übrig«, ließ sich Noah vom Tisch vernehmen. Vor ihm lag der letzte der drei Pizzakartons.

»Danke, ich bin satt«, sagte Emily.

»Ich auch«.

Kat ging hinüber und setzte sich neben ihn.

Noah schaute zu Emily. »Tut mir leid, dass ich kein zweites Zimmer besorgen konnte. Das Motel ist voll. Wir haben Glück, dass es hier noch eine Schlafcouch gibt. Die nehmen Meg… Kat und ich. Du schläfst bei deiner Tochter.«

Emily setzte sich nun ebenfalls zu ihnen. »Was hast du mit dem Auto gemacht?«

»Hinter dem Haus abgestellt. Ist von der Straße aus nicht zu sehen. Heute Nacht schleiche ich raus, schraube von einem anderen Wagen die Nummernschilder ab und tausche sie mit unseren aus. Mercedes SUV gibt es haufenweise in Kalifornien. So schnell wird uns mein Onkel nicht finden.«

Er zögerte.

»Was ist?«, fragte Kat.

Noah verzog den Mund. »Es fällt mir immer noch schwer, das Wort *Onkel* auszusprechen, denn damit verbindet man normalerweise Familie und nicht jemanden, der versucht, einen umzubringen.«

Kat nickte. »Ich verstehe, was du meinst.«

»Hat jemand Lust auf ein Bier?«, fragte Emily.

Noah ging zum Kühlschrank und holte ein Sixpack heraus, das er vorhin mit der Pizza gekauft hatte. Er gab jedem eine Dose und riss sich selbst eine auf. Sie tranken schweigend.

»Und was machen wir jetzt?«, fragte Emily.

Kat zuckte mit den Schultern. »Ich weiß es nicht.«

»Ich werde John und James anrufen. Sie sollen uns hier abholen und an einen sicheren Ort begleiten«, sagte Noah. Er nahm sein Smartphone, aber Kat legte ihm die Hand auf den Arm.

»Tu das nicht. Wir wissen nicht, wem wir trauen können.«

»Das sind unsere Bodyguards.«

»Als das Haus überfallen wurde, hat sich James nicht gemeldet. Er war wie vom Erdboden verschluckt. Höchstwahrscheinlich arbeitet er für White. Als ich dazu ausgebildet wurde, Megan zu sein, hat man mir immer wieder Videos gezeigt, die im Anwesen und im Haus aufgenommen wurden. Ich habe schon damals vermutet, dass jemand vom Personal deine Familie ausspioniert. Heute glaube ich, dass es James war. Er hat zu allen Räumen Zugang und ist ständig in Megans Nähe. Es fällt also nicht auf, wenn er mit seinem Handy heimlich filmt.« Sie holte tief Luft. »Und wenn James für White arbeitet, kann es bei John genauso sein. Wir dürfen niemandem mehr trauen.«

»Dann müssen wir uns Waffen besorgen«, meinte Noah.

»Das ist wohl kaum der richtige Weg«, sagte Emily. »Gegen Whites Männer können wir nichts ausrichten.« Sie tippte auf ihren Rollstuhl. »Und ich bin nicht besonders mobil, mal abgesehen davon, dass wir ein kleines Kind bei uns haben.«

»Ich meine ja auch nur zur Selbstverteidigung.«

»Nein, Noah. Keine Waffen! Nicht, wenn Katherine in der Nähe ist. Wir müssen uns etwas anderes überlegen, um White zu stoppen. Wir brauchen Beweise für den Mord an Megan und für seine seltsamen Versuche, die mit Sicherheit illegal sind.«

»Deswegen arbeitet er ja im Verborgenen. Nach meinem Erwachen hat mir niemand gesagt, wo ich mich befinde. Keiner hat meine Fragen beantwortet und die Ausbilder benutzten falsche Namen. Es gab keine Fenster. Nichts, woraus man schließen könnte, wo sich das Labor befindet, aber ich glaube, es war unter der Erde. White hat mich nach Abschluss der medizinischen Untersuchung in ein anderes Gebäude gebracht.«

Emily sah sie auffordernd an.

»Er hat mir die Augen verbunden, aber für einen Moment habe ich Wind in meinem Gesicht gespürt und das Meer gerochen.«

»Dann warst du wahrscheinlich irgendwo nahe der Küste«, meinte Noah. »Wir müssen diesen Ort finden.«

»Und dann?«, fragte Emily.

»Dort wird es Beweise für die Taten meines Onkels geben. Wenn wir etwas Konkretes in der Hand haben, können wir die Behörden einschalten.«

»Du vergisst etwas«, sagte Emily. »Erstens ist dieser Ort

sicherlich schwer bewacht und zum anderen haben wir absolut keine Ahnung, wo das Labor sein könnte. Kaliforniens Küste ist lang.«

Noah ließ die Schultern sinken. »Das weiß ich doch auch, aber was haben wir sonst für Möglichkeiten?«

»Ihm eine Falle stellen«, schlug Emily vor.

»Das klappt nur in Filmen«, sagte Kat. »White ist viel zu schlau. Er würde uns durchschauen und seine Killer schicken, die uns aus dem Weg räumen.« Sie seufzte. »Ich denke, Noah hat recht. Wir müssen dieses verdammte Labor finden.«

»Vielleicht stoßen wir im Internet auf etwas.« Noah trommelte mit den Fingern auf die Tischplatte. »So viele Kliniken und Labore kann es nicht geben.«

»Ich denke, wir sprechen hier von ein paar Hundert«, sagte Emily. »Und das sind nur die offiziellen. Ich glaube nicht, dass es so einfach ist. Außerdem hat Kat gesagt, sie wurde unter der Erde gefangen gehalten. Keine Fenster. Das heißt, wir könnten direkt an Whites Labor vorbeifahren, ohne es zu bemerken.« Sie wandte sich an Kat. »Und du bist sicher, dass du keinen Hinweis auf die Umgebung hast, in der du dich befandest?«

Kat dachte angestrengt nach. Dann schaute sie auf. »Als White mich ins Trainingsgebäude geschoben hat, waren wir an der Oberfläche. Für einen Moment ist meine Augenbinde verrutscht, aber ich … Ich kann mich nicht daran erinnern, etwas Wesentliches gesehen zu haben.«

»Aber du hast etwas gesehen? Daran erinnerst du dich, richtig?«

»Ja, schon …«

»Dann gibt es vielleicht eine Möglichkeit, mehr rauszufinden.«

»Was meinst du damit?«

»Ich bin Psychologin. Hast du das vergessen? Spezialistin für Hypnose. Ich könnte dich in einen Zustand versetzen, in dem du alles noch mal im Geist durchlebst und dich erinnerst.«

»Ich weiß nicht.«

»Eine andere Möglichkeit haben wir nicht.«

»Seit ich aus dem Koma erwacht bin, gruselt mich der Gedanke, noch mal in so einem Zustand zu sein.«

»Das wird nicht passieren.«

»Sie hat recht«, meinte nun Noah. »Es ist unsere einzige Chance.«

»Wir könnten fliehen. Das Land verlassen.«

»So, wie du meinen Onkel beschreibst, würde er uns jagen. Wir wären nirgendwo auf der Welt sicher.«

»Das ist es ja: Ich habe Angst, diesem Mann wieder gegenüberzutreten. Ihr kennt ihn nicht. Habt nie in seine Augen gesehen. White ist verrückt. Verrückt und sehr gefährlich.«

»Aber vielleicht müssen wir ihm nicht gegenübertreten«, sagte Noah. »Wahrscheinlich hält er sich zurzeit gar nicht in der Klinik auf, sondern ist irgendwo in Kalifornien unterwegs. Mit etwas Glück können wir uns dort einschleichen und nach Beweisen suchen.«

»Du vergisst das Sicherheitspersonal«, meinte Emily.

»Nein, tue ich nicht. Darüber mache ich mir Gedanken, wenn wir die Klinik gefunden haben. Uns wird schon was einfallen, um da reinzukommen. Kat, bist du bereit, es zu wagen? Du musst dich erinnern.«

Kat nickte verbissen. »Okay, ich mach's. Was soll ich tun?«

Emily nahm ihre Hand. »Beruhige dich erst mal, sonst wird das nichts.«

Kat holte Luft, atmete tief aus und ein.

»Gut«, sagte ihre Schwester. »Leg dich dort auf die Couch und entspann dich.«

Kat stand auf, ging zum Sofa hinüber und legte sich auf den Rücken. Emily rollte heran und breitete eine Decke über sie aus.

»Bist du so weit?«

»Ja.«

»Dann schließ jetzt die Augen. Und hör auf meine Stimme.«

Kat schlief nicht, aber sie war auch nicht wach. Es war irgendetwas dazwischen. Sie fühlte sich wohl. Warm und geborgen. Emilys Stimme drang leise an ihr Ohr, doch sie hörte die Worte nicht mehr, sondern das Rauschen des Meeres. Die Luft roch nach Salz und Seetang, während der Rollstuhl über unebenen Untergrund rumpelte. Ihre Augenbinde verrutschte und sie sah …

… das Licht der Sonne. Es war Tag. Der blaue Ozean auf dem …

»Was siehst du, Kat?«

»Ein Schiff«, sagte sie leise.

»Wie schaut es aus? Beschreibe es.«

Kat tat es.

»Das ist eine Fähre«, flüsterte eine andere Stimme neben *Emily. Noah.*

»Kannst du den Namen des Schiffes lesen?«

»Nein, es ist zu weit weg. Aber da ist ein Bild am Bug.«

»Ein Bild?«, wiederholte Emily. »Was für ein Bild? Sieh genau hin, Kat.«

»Es ist ein Wal.«

»Ist da noch etwas anderes?«

»Nein, White hat bemerkt, dass die Augenbinde verrutscht ist. Er hat angehalten und schiebt sie wieder zurecht.«

»In Ordnung«, sagte Emily. »Ich werde dich jetzt wieder aufwecken. Atme ruhig. Ich zähle von zehn rückwärts, wenn ich bei eins bin, bist du wach.«

»Und wie fühlst du dich?« Emily sah sie neugierig an.

»Gut, ich denke, ich bin okay.«

»Erinnerst du dich an das, was du gesagt hast?«

Kat richtete sich auf. »Ja, da war ein Schiff. Am Bug befand sich ein Zeichen.«

»Ein Wal«, erwiderte Emily. »Mit Sicherheit das Logo der Schifffahrtlinie. Wir haben jetzt einen Anhaltspunkt, dem wir nachgehen können.«

Noah zückte sein Smartphone. »Lasst uns das mal gleich tun.«

Er tippte hektisch etwas ein. Dann scrollte er durch Bilder.

»Ich habe es. Das Schiff ist die *Catalina Explorer*«, sagte er nach einer Weile. »Es bringt Touristen und Taucher von Long Beach nach Catalina Island.« Aufgeregt zeigte er Kat ein Foto des Firmenlogos. »Ist es das, was du gesehen hast?«

Sie zögerte. »Ich denke schon.«

Noah runzelte die Stirn. »Etwas ist merkwürdig.«

Die anderen schauten ihn neugierig an.

»Die Fähre legt in Long Beach ab und fährt die kürzeste

Strecke Richtung Südwesten nach Catalina. Man kann sie vom Festland aus sehen, aber immer nur das Heck. Kat hat aber das Logo am Bug erkannt. Das bedeutet, dass sie sich in diesem Moment nicht an der Küste befunden haben kann.«

»Meinst du, sie war auf Santa Catalina?«

»Es muss so sein.« Er zeigte Bilder der Insel.

»Das ist ein Touristenort«, stellte Emily fest. »Hier steht, dass nur viertausend Menschen auf der Insel leben, die meisten in Avalon.«

»Glaubt ihr echt, dass man dort ein geheimes Labor unterhalten kann?«, fragte Kat. »Es würde auffallen, wenn man Geräte und Personal auf die Insel bringt. Die Einheimischen kennen sich bestimmt alle. Ich halte das für unwahrscheinlich.«

»Bist du dir sicher mit dem Schiff und dem Logo?«, fragte Noah.

»Ja, ziemlich.«

Noah rief Bilder der Fährschiffe auf, die diese Route befuhren, aber Kat erkannte keines wieder.

»Das Schiff, das ich gesehen habe, war kleiner.«

»Aber das sind die Fährschiffe, die zur Insel fahren.« Er klang verzweifelt.

»Vielleicht ist es keines der Fährschiffe«, meldete sich Emily zu Wort. »Vielleicht haben die auch Ausflugsboote.«

Noah starrte sie an. »Du hast recht. Warum bin ich da nicht selbst draufgekommen?«

Er startete erneut eine Suche. Schließlich wurde er fündig.

»Schaut mal, hier sind Bilder von Touristen, Tauchern und

Anglern. Die haben tatsächlich kleinere Boote, die in diesem Gebiet Ausflüge anbieten.«

Er hielt ihnen das Smartphone hin. Eine Gruppe junger, lachender Männer war zu sehen, die ihren Fang für die Kamera hochhielten. Emily tippte aufs Display.

»Was ist das da im Hintergrund?« Ein Fels war zu sehen und eine steinige Küste. »Ist das Santa Catalina?«

Noah kratzte sich an der Nase. »Ich glaube nicht.«

»Was liegt dort noch in der Nähe?«

»In dieser Richtung? Moment.«

Eine Minute später wusste er es.

»San Nicolas Island und San Clemente Island. San Nicolas ist unbewohnt, die Navy hat dort früher trainiert und Waffen getestet.«

»Du meinst also …« Kat sprach es nicht aus.

»Es könnte sein, dass du auf einer der beiden Inseln gefangen gehalten wurdest. San Clemente ist eher unwahrscheinlich, denn dort leben ganzjährig Menschen. San Nicolas ist unbewohnt, aber es finden sich Bilder im Netz, die Leute auf der Insel gemacht haben. Eigentlich der ideale Ort für ein geheimes Labor. Es gibt dort eine Landebahn, Gebäude und höchstwahrscheinlich unterirdische Einrichtungen. Alles fernab von neugierigen Augen, und zufällige Besucher stolpern einem auch nicht über den Weg.«

»Mag sein, aber du hast gesagt, dort operiert die Navy. Zivilisten werden keinen Zugang haben und schon gar kein Labor betreiben dürfen«, gab Kat zu bedenken.

»Wir kennen den Eigentümer der Insel nicht. Vielleicht ist es der Staat Kalifornien und das Militär hat das Gelände nur zeitweise genutzt.«

»Lässt sich das nicht herausfinden?«, fragte Emily.

»Habe ich schon versucht, im Netz steht nichts, aber wir können morgen früh die Behörden abtelefonieren. Grundbuchamt, Hafenamt und was es da so gibt.«

»Darf ich noch mal sehen?« Kat streckte die Hand aus und Noah gab ihr das Smartphone.

Lange betrachtete sie die Bilder, dann sagte sie leise: »Ich glaube, das ist es. Ich spüre, dass ich dort war. Fragt mich nicht, wieso, es ist einfach ein Gefühl.«

Emily schaute sie an. »Ein Gefühl reicht nicht. Wir können nicht ein Boot mieten und nachschauen, ob White dort ein geheimes Labor betreibt. Wir müssen uns sicher sein, dass es sich auf San Nicolas befindet, und wir brauchen einen Plan. Aber es stellt sich auch eine ganz andere Frage.«

»Was meinst du?«, wollte Kat wissen.

»Sollen wir das wirklich riskieren?«

»Ich dachte, die Frage hätten wir geklärt.«

»Ja, aber da glaubten wir noch, dass sich Whites Versteck irgendwo an der Küste befindet, vielleicht im Untergeschoss einer Klinik. In jedem Fall an einem Ort, an dem man sich möglicherweise unauffällig umsehen und wieder verschwinden kann, wenn es brenzlig wird. Jetzt reden wir davon, zu einer abgelegenen Insel zu fahren. Man wird unser Kommen schon meilenweit im Voraus entdecken.«

»Nicht, wenn wir nachts dort anlanden.«

»Vielleicht haben die Radar.«

»Ja, aber dort wird auch kommerziell gefischt. Es könnte ein Fischerboot sein. Emily, nach allem, was wir wissen und jetzt herausgefunden haben, ist es wahrscheinlich, dass das

Labor auf dieser Insel ist. Dort werden wir Beweise finden, wenn es welche gibt. Wir müssen dahin.«

»Und wie soll ich auf eine Insel kommen? Mit Sicherheit werden wir nicht im Hafen anlegen, wenn es überhaupt einen gibt.«

»Gibt es«, sagte Noah. »Aber du hast recht, für dich ist das nichts und deshalb wirst du auch nicht mitkommen. Das ist eine Sache für Kat und mich. Es ist unsere Angelegenheit, denn mein Onkel will uns töten.«

»Er bedroht auch meine Familie.«

»Emily, du musst an Katherine denken, wenn dir etwas passiert …«, sagte Kat.

»Das weiß ich selbst«, knurrte ihre Schwester. »Es kommt mir aber nicht richtig vor, euch allein gehen zu lassen. Ja, ich weiß: Durch meine Behinderung würde ich euch nur aufhalten, und mal eben wegrennen und sich verstecken ist auch nicht drin, wenn wir entdeckt werden. Aber ich könnte ja auf dem Boot bleiben. Irgendwie müsst ihr ja hin und wieder zurückkommen.«

»Und wer kümmert sich um deine Tochter in dieser Zeit?«, hakte Kat nach. Sie gab sich selbst die Antwort. »Emily, schlag dir das aus dem Kopf. Außerdem …«

»Was?«

»Wenn etwas schiefgeht, bist du der einzige Mensch, der die Wahrheit kennt. Ich weiß nicht wie, aber falls das Schlimmste eintrifft, musst du White aufhalten.«

»Niemand wir mir glauben.«

»Doch.«

Emily starrte sie an, dann riss sie weit die Augen auf. »Du meinst, weil es dann zwei Tote mehr gibt. Die Taylor-

Geschwister, gleichzeitig gestorben oder verschwunden ...« Tränen füllten ihre Augen. »Kat, das darf nicht passieren. Ich kann dich nicht noch einmal verlieren. Schwör mir, dass du zurückkommst.«

Kat schwieg.

Noah erhob sich. »Ich gehe jetzt raus und wechsle unsere Nummernschilder aus, denn sonst findet uns mein Onkel, bevor wir auch nur in die Nähe der Insel kommen.«

34.

Kat lag auf dem Rücken und starrte an die Zimmerdecke. Es war dunkel im Raum, aber wenn auf der Straße vor dem Motel ein Auto vorbeifuhr, zogen helle Lichtstreifen durchs Zimmer. Neben ihr auf dem Schlafsofa drehte sich Noah nun ebenfalls auf den Rücken.

»Ich kann nicht schlafen«, sagte er leise.

»Ich auch nicht.«

»Wie konnte all das nur passieren?«

Kat schwieg. Was sollte sie auch dazu sagen.

»Es fällt mir immer noch schwer zu glauben, dass du nicht Megan bist.«

»Hast du sie gemocht?«

»Sie war schwierig und es war schwierig, sie zu mögen. Gleichzeitig war sie auch ein toller Mensch. Willensstark und intelligent. Ich denke, ich habe sie mehr bewundert als geliebt.«

»Habt ihr euch gut verstanden?«

»Meistens, aber leicht war es nicht. Sie hatte so eine schnippische Art, doch manchmal war sie auch richtig liebenswert.«

Noah wälzte sich herum. Kat spürte, dass er sie im Dunkeln anschaute.

»Als mein Vater ihre Mutter heiratete, wurden wir Zwangsgeschwister. Unsere Eltern hatten einander ausgesucht, wir uns nicht. Von diesem Tag an mussten wir miteinander klarkommen. Ich glaube, sie hat mir immer übelgenommen, dass sich unser Dad mehr mir zugewandt hat, aber ich denke, so ist das oft zwischen Jungs und Vätern. So ein Männerding. Football und Baseball spielen, surfen, segeln, angeln gehen.«

»Warum hat er Meg nicht mitgenommen?«

»Hat er, aber die Sachen haben ihr keinen Spaß gemacht und uns mit ihr eigentlich auch nicht. Beim Segeln lag sie nur auf dem Vordeck rum und hat sich gesonnt, während wir die ganze Arbeit hatten. Football war ihr zu hart und die Fische zu ekelig. Irgendwann sind wir dann nur noch ohne sie losgezogen, was sie natürlich als Zurücksetzung empfunden und mich spüren lassen hat.«

Kat seufzte. »Ich wusste schon, dass sie schwierig war, als man mir die ersten Videos von ihr gezeigt hat.«

Noah ließ sich wieder auf den Rücken plumpsen. »Wie ist es, im Körper eines anderen Menschen zu stecken?«

»Als würdest du fremde Kleidung tragen. Klamotten, die nicht dein Stil sind und dir nicht passen. Ganz schlimm wird es, wenn ich in den Spiegel schaue. Dann starrt mich eine Fremde an.«

»Hart.«

»Ist es.«

»Hast du ein Foto von dir, wie du früher ausgesehen hast?«

Kat fasste nach ihrem Handy und rief im Schein des Displays Emilys Instagramm-Account auf. Sie wischte durch die Bilder und hielt Noah das Handy hin. Auf diesem Foto lachte sie frei in die Kamera. Emily hatte die Aufnahme auf dem Walk of Fame gemacht, als sie gescherzt hatten, dass sie hier eines Tages ebenfalls verewigt werden würden.

»Du warst hübsch.«

»War ich.«

»Es tut mir leid.«

»Du kannst nichts dafür. Auch wenn ich mir das nicht ausgesucht habe: Meine Geräte waren bereits abgeschaltet. Ihr Tod hat mir eine neue Chance gegeben.«

»Was machst du, wenn das alles vorbei ist?«

»Du meinst, falls wir überleben?«

»Ja.«

»Ich werde mit Emily und ihrer Tochter zusammen sein. Mir einen Job suchen oder studieren. Ich weiß es noch nicht. Bis jetzt habe ich immer nur bis zum nächsten Tag gedacht.«

»Du bist Megan Taylor. Du könntest bleiben, wo du bist.«

»Noah …«

»Nein, ich meine es ernst. Die Leute halten dich für meine Schwester. Das Anwesen ist groß genug und um Geld müsstest du dir auch keine Sorgen machen. Emily und Katherine könnten bei uns wohnen. Das wäre bestimmt toll.«

»Noah … das ist sehr großzügig von dir, aber ich gehöre da nicht hin.«

Er sagte leise etwas, das sie nicht verstand.

»Was hast du gesagt?«

»Vielleicht gehörst du zu mir.«

Seine Stimme war voller Sehnsucht. Kat schluckte. Dann streckte sie vorsichtig ihre Hand aus, berührte sanft sein Gesicht. Strich darüber.

»Es geht nicht, alle sehen in mir deine Schwester. Wir könnten niemals richtig zusammen sein.«

»Willst du das denn?«

Diesmal zögerte sie nicht. »Seit ich dich das erste Mal gesehen habe.«

Kat spürte in der Dunkelheit, dass sein Gesicht sich ihrem näherte. Sein warmer Atem strich über sie hinweg.

Dann waren seine Lippen auf ihren.

Und Kat gab jeden Widerstand auf, ließ sich fallen und war endlich wieder sie selbst.

Als Noah sich nach einer Weile von ihr löste, gab es nichts zu sagen. Sie kuschelte sich an seine Brust und er hielt sie fest in seinen Armen.

Lichter kamen und gingen. Dann spürte Kat ein Vibrieren in Noahs Körper. Sie hörte ihn schlucken.

»Was ist?«

Erst schien es, als wollte er nicht antworten, aber dann flüsterte er heiser: »Kat, sag mir die Wahrheit. Hat Robin meinen Vater und meine Stiefmutter ermorden lassen?«

Ich darf ihn nicht anlügen, er würde es mir nie verzeihen.

»Ich weiß es nicht, glaube es aber. Seine Pläne waren weit fortgeschritten, und er hatte ein Mädchen gefunden, dessen Bewusstsein in einem zerstörten Körper feststeckte und das er für seinen Versuch benutzen konnte. Er hat erst eure Eltern ermorden und es wie einen Raubüberfall aussehen lassen und Megan kurz darauf eine Überdosis verabreicht. Ich habe keine Beweise, denke aber, so war es.«

Noah schluchzte laut auf. »Er hat mir alle Menschen genommen, die ich liebe. Er ...« Seine Stimme brach. Sie zog ihn an sich.

Und Noah weinte. Bitterlich. Kat wusste, dass Worte nicht helfen würden, also hielt sie ihn in ihren Armen, bis es vorbei war.

»Es tut so weh.«

»Ja.«

»Wir müssen dafür sorgen, dass dieses Schwein hinter Gitter kommt.«

»Lass uns jetzt schlafen, Noah.«

»Ich weiß nicht, ob ich das kann.«

Sie küsste seine Lippen. Zog ihn noch enger an sich. »Ich bin da.«

Später in der Nacht drehte sich Noah um. Er weinte. Leise. Kat rührte sich nicht. Dachte an ihren eigenen Schmerz. Auch sie hatte ihre Eltern verloren und ihr Leben, aber daran trug niemand die Schuld. Nicht einmal sie selbst.

Es musste unendlich schwerer sein, wenn einem alles genommen wurde. Von anderen Menschen. Dem eigenen Onkel.

Kat streckte die Hand nach Noah aus, zog sie jedoch wieder zurück. Irgendwie spürte sie, dass er das mit sich selbst ausmachen musste.

Noah ging durch ein finsteres Tal, aber er war stark, er würde wieder ans Licht kommen.

Kat biss die Lippen zusammen und dachte an das, was vor ihnen lag. Mit an Sicherheit grenzender Wahrscheinlichkeit würden sie ebenfalls sterben, aber jemand musste White und seine wahnwitzigen Pläne aufhalten.

Und jemand musste Rache nehmen.

Für alles, was er getan hatte.

35.

Noah hatte Frühstück besorgt und alle saßen am Tisch. Die kleine Katherine biss gerade in ein Schokocroissant und verschmierte sich den ganzen Mund. Als sie mit braunen Zähnen grinste, mussten alle anderen am Tisch ebenfalls lachen.

»Na, dir scheint es ja zu schmecken«, sagte Kat.

Katherine nickte, dann fragte sie: »Bist du wirklich meine Tante?«

Emily und Kat wechselten einen Blick. »Sie hat uns reden gehört und wir mussten darüber sprechen.«

Kat streckte die Hand aus und strich dem Mädchen über die Wangen. »Ja, das bin ich.«

»Aber du bist tot.«

»Nein, wie du siehst, bin ich das nicht.« Kat machte eine wilde Grimasse. »Schau mal: sogar sehr lebendig.«

Katherine verzog den Mund. »Und du siehst ganz anders aus als Tante Kat auf dem Foto.«

»Das stimmt, ich habe mich verändert.« Kats Stimme wurde ernst. »Wie du weißt, hatten deine Mama, Opa und Oma und ich einen Autounfall. Deine Großeltern sind dabei gestorben. Deine Mom kann nun nicht mehr laufen und bei mir wurde das Gesicht verletzt. Die Ärzte mussten viel operieren und haben es nicht mehr so hinbekommen, wie es früher aussah.«

Das Mädchen starrte sie an. »Okay, ich finde dich trotzdem hübsch.«

»Danke schön.«

Von draußen war Reifenquietschen zu hören. Dann das Schlagen einer Autotür. Noah erhob sich und spähte zwischen den Vorhängen hinaus.

»Siehst du was?«, fragte Kat beunruhigt.

»Ein schwarzer Van. Ein Typ ist ausgestiegen und geht jetzt zur Rezeption. Die Scheiben sind verdunkelt, aber da der Mann auf der Beifahrerseite ausgestiegen ist, glaube ich, dass eine weitere Person hinter dem Steuer sitzt.«

»Man hat mich in einem schwarzen Van herumgefahren«, sagte Kat. Ihr Herz begann wild in der Brust zu schlagen.

Emily starrte sie aus weit aufgerissenen Augen an. »Was machen wir jetzt?«

»Erst mal nichts«, meinte Noah. Ihm war keine Aufregung anzumerken. »Ich habe bei der Anmeldung einen anderen Namen angegeben. Der Typ an der Rezeption hat weder euch noch den Mercedes gesehen, der von der Straße aus nicht zu entdecken ist. Außerdem habe ich letzte Nacht andere Nummernschilder angeschraubt. Wenn das die Männer meines Onkels sind, können sie nicht viel tun, ohne Aufmerksamkeit zu erregen. Alle Zimmer im Motel sind belegt und sie werden ja schlecht von Tür zu Tür gehen und nachschauen, ob wir da sind. Ich denke, vorerst sind wir sicher, sollten aber nicht den ganzen Tag hier rumsitzen und hoffen, dass die Typen wieder verschwinden.«

»Also, was machen wir?«, fragte Kat.

Noah grinste. »Telefonieren. Emily, du rufst bei der Polizei an und sagst ihnen, dass du Zeuge eines Drogendeals wurdest. Du kommst hier täglich beim Joggen vorbei und da sind auffällige Kerle in einem schwarzen Van, die mit anderen Typen Pakete und Geld ausgetauscht haben. Die Cops werden eine derartige Meldung nicht ignorieren und einen Wagen schicken, dann die Typen im Van kontrollieren und nach Drogen suchen. Wenn wir Glück haben, ist einer von denen schon mal straffällig geworden, dann wird sich die Polizei eine Weile mit ihnen beschäftigen.«

Emily zögerte, nickte und zog ihr Smartphone aus der Tasche.

Kat nahm ihre kleine Nichte an der Hand und sagte: »Komm wir zwei gehen mal ins Badezimmer und waschen dein furchtbar verschmiertes Gesicht ab, du Schokoladenmonster.«

»Ich bin kein Monster«, widersprach das Mädchen.

»O doch«, sagte Kat lachend und zog sie mit sich. Als sie die Badezimmertür schloss, damit Katherine nichts von dem Telefonat mitbekam, hörte sie, wie Emily ihre Meldung bei der Polizei machte.

Kurz darauf war sie mit Katherine wieder zurück am Tisch und sah ihre Schwester fragend an.

»Hat funktioniert«, meinte Emily. Ihr Gesicht war ernst.

»Jetzt heißt es warten«, sagte Noah, der noch immer zum Fenster hinausspähte.

Etwa zehn Minuten vergingen, dann hörte Kat sich nähernde Sirenen. Sie stand auf und trat neben Noah, der das Fenster einen Spalt öffnete, damit sie verstehen konnten, was gesagt wurde.

»Lass mich sehen.«

Er trat beiseite und sie blickte nach draußen. Zwei Cops,

ein Mann und eine Frau, stiegen aus einem Polizeifahrzeug, dessen Blinklichter rote und blaue Streifen auf den Asphalt warfen. Beide hatten die Hand an der Waffe und gingen langsam auf das Auto von Whites Männern zu.

»Hey, Sie da, in dem schwarzen Van. Öffnen Sie die Tür und strecken Sie die Hände so raus, dass wir sie sehen können«, rief der Cop.

Der weibliche Officer sprach in ihr an der Schulter befestigtes Funkgerät. Wahrscheinlich gab die Frau das Kennzeichen durch. Im Wagen selbst rührte sich nichts.

Dann wurde langsam die Beifahrertür geöffnet. Ein Mann stieg aus. Er war hochgewachsen, von kräftiger Statur mit kahl rasiertem Schädel. Obwohl er Jeans und ein Baumwollhemd trug, sah man ihm den Soldaten an. Die Augen blieben hinter einer verspiegelten Pilotenbrille verborgen. Langsam richtete er sich auf und hob die Hände hoch. Er sagte kein Wort.

Der Polizist wiederholte seine Aufforderung für den zweiten Mann, der noch im Wagen saß. Schließlich verließ auch dieser den Van. Er war noch größer als der Fahrer. Afroamerikaner mit strenger Kurzhaarfrisur. Auch er sah wie ein Soldat aus. Im Gegensatz zu seinem Kollegen machte er keine Anstalten, die Hände zu heben.

»Sofort die Arme hoch!«, bellte die Polizistin und zog ihre Dienstpistole.

»Langsam, Lady«, sagte der Mann ruhig und kam dann doch der Aufforderung nach.

»Ist noch jemand im Fahrzeug?«, fragte der Officer.

»Nein«, sagte Glatzkopf.

Der Polizist machte zwei Schritte nach vorn und spähte

den Wagen. Als er wieder zurücktrat, fragte er laut: »Führen Sie Waffen mit sich, am Körper oder im Fahrzeug?«

»Ja, Sir«, antwortete der Fahrer.

»Wo befinden sich die Waffen?«

Der Mann nickte in Richtung seiner Hüfte.

»Was ist mit Ihnen?«, fragte der Polizist den Beifahrer.

»Im Van.«

»In Ordnung. Ich werde jetzt die Waffe aus dem Fahrzeug holen. Rühren Sie sich nicht, oder meine Kollegin schießt.«

Sein Oberkörper verschwand im Inneren des Vans. Dann tauchte der Polizist wieder auf. Einen Revolver in der Hand. Er trat hinter den Fahrer und nahm auch dessen Waffe an sich. Whites Männer wurden abgetastet, aber der Beamte fand offensichtlich nichts. Danach trat er neben seine Kollegin und legte beide Pistolen auf die Motorhaube des Polizeifahrzeugs.

»Ihre Ausweise!«

Langsam ließen die Männer ihre Arme sinken. Fast synchron griffen sie nach hinten in die Taschen ihrer Jeans und zogen Geldbeutel heraus. Beide fischten ID-Cards hervor und reichten sie dem Officer, der sie betrachtete und dann leise per Funk die Daten der Männer durchgab.

Kurz darauf meldete sich die Zentrale, aber Kat konnte nicht verstehen, was gesagt wurde. Offensichtlich waren Whites Männer bisher nicht straffällig geworden, denn die Ausweise wurden zurückgegeben.

»Haben Sie ein *concealed carry permit* für das verdeckte Tragen von Waffen?«, fragte der Officer. »In diesem Bundesstaat ist das vorgeschrieben.«

Unisono schüttelten beide Männer den Kopf.

»Wir sind nicht von hier. In …«

Der Polizist ließ ihn nicht aussprechen. »Ich muss jetzt Ihr Fahrzeug durchsuchen. Sind Sie damit einverstanden?«

»Was ist los, Officer?«, fragte der Kahlköpfige.

»Wir haben eine Meldung über einen hier stattfindenden Drogendeal bekommen. Ich bin verpflichtet, diesem Hinweis nachzugehen. Sind Sie damit einverstanden?«

Der Fahrer nickte.

»Behalt du sie im Auge«, sagte der Polizist zu seiner Kollegin.

»Vom Fahrzeug wegtreten«, befahl diese. »Setzen Sie sich auf den Boden, die Beine gekreuzt, beide Hände so, dass ich sie sehen kann.«

Nur widerwillig kamen die Männer der Aufforderung nach. Während sie auf dem Parkplatz vor dem Motel saßen, durchsuchte der Officer den Van. Anscheinend hatte er nichts gefunden, denn er schaute zu seiner Partnerin und schüttelte den Kopf. Dann sprach er leise in sein Funkgerät. Anschließend stellte er sich vor Whites Männer und sagte ihnen, sie könnten aufstehen.

»Darf ich fragen, warum Sie mit geladenen Waffen auf dem Parkplatz eines Motels stehen?«

»Das müssen wir Ihnen nicht sagen«, knurrte der Glatzkopf. Zum ersten Mal schien er seine Fassung zu verlieren.

»Trotzdem wäre es ratsam, meine Frage zu beantworten.«

Die beiden Männer sahen sich an. »Ich denke, darauf müssen wir nicht antworten. Wir haben uns nichts …«

»Mr Christens und Mr Washington, ich muss Sie auffordern, mich zum Revier zu begleiten, damit wir Ihre Identität zweifelsfrei feststellen können. Zudem wird eine Ordnungsstrafe gegen Sie wegen des verdeckten Tragens von Waffen ausgesprochen.«

»Das können Sie …«

Das Gesicht des Fahrers lief rot an. Sein Partner bleckte die Zähne, schwieg aber.

»Was ist mit unserem Auto?«, wollte Glatzkopf wissen.

»Das bleibt hier. Steigen Sie ins Polizeifahrzeug.«

Der Polizist wandte sich an seine Kollegin.

»Schließ ihre Pistolen in den Autowaffentresor.«

Die Beamtin steckte ihre Dienstwaffe weg, öffnete den Kofferraum, hantierte herum und trat wieder neben den Officer.

»Bitte auf den Rücksitz«, sagte sie und machte eine auffordernde Geste.

Nur mäßig begeistert folgten Whites Männer der Aufforderung. Dann stiegen die Polizisten ein, der Streifenwagen wurde gestartet, wendete und fuhr in Richtung Innenstadt davon.

Kat stieß die angehaltene Luft aus.

»Das lief besser als erwartet«, meinte Noah. »Ich hatte gehofft, dass die Cops die Kerle von hier vertreiben, aber dass sie die beiden gleich mitnehmen …« Er schnaufte. »Machen wir uns dennoch nichts vor. Dass hier die Cops mit einer Falschmeldung aufgetaucht sind, wird sie misstrauisch machen. Sobald sie telefonieren können, werden sie meinen Onkel informieren, und er wird weitere Killer schicken. Wir müssen weg. Sofort.« Er wandte sich an Emily. »Wohin sollen wir dich bringen? Hast du Freunde außerhalb der Stadt? Leute, mit denen man dich nicht in Verbindung bringt?«

»Ich lasse euch nicht allein.«

Kat drehte sich zu ihr. »Emily, wir haben darüber gesprochen. Du kannst nicht dabei sein. Das geht einfach nicht.«

»Aber ich …«

»Ja, ich weiß, aber was jetzt kommt, müssen Noah und ich allein durchziehen.«

»Ich kann zu einer Freundin meines Ex-Mannes. Sie wohnt in Phoenix.«

»Das ist ziemlich weit weg«, meinte Noah.

»Ihr müsst uns nicht dahin fahren. Wir werden den Bus nehmen.«

Noah blickte auf ihren Rollstuhl. »Das ist viel zu umständlich für dich. Ich rufe einen Uber, der euch abholt. Aber nicht von hier. Wir fahren ein Stück gemeinsam. Okay?«

Emily nickte.

»Mach dir keine Sorgen, ich habe letzte Nacht Geld vom Bankautomaten geholt. Wir bezahlen den Fahrer in bar, so gibt es keine Spur. Ich schlage vor, du lässt euch bis zum Stadtrand bringen und nimmst dann ein Taxi zu deiner Freundin.«

Noah zog ein Bündel Geldscheine hervor und reichte Emily einen Teil davon. »Das sind fünfhundert Dollar, sollte genügen.«

Emily nahm das Geld und steckte es ein.

»Okay, dann packen wir zusammen«, sagte sie.

»Abfahrt ist in fünf Minuten«, verkündete Noah.

36.

Kat blickte in den Rückspiegel und sah, wie Emilys und Katherines Gestalten immer kleiner wurden. Die beiden standen an einer Tankstelle und warteten auf den georderten Uber.

Wehmut schlich sich in ihr Herz.

Werde ich die beiden jemals wiedersehen?

Der Abschied war schwer gewesen und von unterdrückten Tränen begleitet. Niemand wollte vor der Kleinen weinen, um sie nicht zu ängstigen, aber Emily hatte sie lange an sich gepresst, so als wollte sie ihre Schwester für immer festhalten.

»Wir überstehen das«, sagte Noah, der den Wagen über den Pacific Coast Highway in Richtung Südosten steuerte. Sie hatten beschlossen, Long Beach zu meiden und in Huntington Beach nach einem Fischerboot zu suchen, das sie nach San Nicolas bringen konnte.

Die Anrufe beim Grundbuchamt, dem Hafen von Long Beach und der Stadtverwaltung hatten nichts Neues zutage gebracht. Da es sich um ehemaliges militärisches Gebiet handelte, wurden telefonische Auskünfte nicht erteilt. Alle Anfragen mussten schriftlich unter Nachweis der Identität eingereicht werden, aber dafür war schlichtweg keine Zeit.

Noah und Kat hatte San Nicolas gegoogelt. Alles darüber gelesen, was im Netz stand, dazu hatten sie sich die Insel auf Google Maps und Google Earth angesehen. Es gab einige wenige kleine Gebäude und eine Landebahn für Flugzeuge sowie ein gekennzeichnetes Landefeld für Hubschrauber.

Insgesamt wirkte es wie das perfekte Versteck für jemanden wie Noahs Onkel. Weit abgelegen vom Festland, militärisches Sperrgebiet und so karg, dass wohl niemand auf die Idee kam, dort die Natur entdecken zu wollen.

Sie würden heute Nacht übersetzen. Wenn sich Whites Labor auf der Insel befand, waren sie am richtigen Ort, um nach Beweisen zu suchen, und wenn nicht, hatten sie einen sinnlosen, teuren Bootsausflug gemacht.

»Worüber denkst du nach?«, fragte Noah.

Kat verzog den Mund. »Es gibt so viele Unwägbarkeiten. Wir haben keine Ahnung, was uns erwartet.«

»Ich bin immer noch dafür, eine Waffe zu besorgen.«

»Nein.« Sie schüttelte den Kopf. »Meine Schwester hat recht. Das führt zu nichts.«

»Wir müssen uns verteidigen«, beharrte Noah.

»Ich will nicht, dass jemand getötet oder verletzt wird.«

»Das ist sehr lobenswert, aber naiv. Was machen wir, wenn wir überrascht werden?«

»So etwas darf nicht passieren. Wir schleichen da nachts rein und finden hoffentlich etwas, das uns hilft, oder wir ziehen unverrichteter Dinge wieder ab.«

»Wir brauchen Beweise, um meinen Onkel zu stoppen. Er wird niemals aufhören, uns zu jagen.«

Sie fuhr herum, funkelte ihn wütend an. »Denkst du, das weiß ich nicht? Er hat mich in diesen Körper verfrachtet. Ich bin seine goldene Gans, buchstäblich Milliarden wert. Er wird alles tun, um mich zu kriegen. Höchstwahrscheinlich hat er einen neuen Plan, wie er durch mich an dein Geld und die Firma deines Vaters kommt.«

»Er hat Dad, meine Stiefmutter und meine Stiefschwester getötet. Kat, ich sage es dir noch mal, auch wenn du es nicht hören willst: Lass uns diesen Bastard töten, dann ist ein für alle Mal Ruhe.«

»Und danach willst du weiterleben wie zuvor? Am Strand abhängen, surfen, Partys feiern? Nichts macht deine Familie wieder lebendig, absolut gar nichts. Du hättest dann zwar deine Rache gehabt, wärst aber selbst zum Mörder geworden.«

»Kat, ich …«

»Nein Noah! Du weißt, was ich für dich empfinde, und auch wenn ich derzeit keine Möglichkeit sehe, wie wir zusammen sein können, gebe ich uns überhaupt keine Chance, wenn so etwas geschieht. Ich werde auf keinen Fall bei dir bleiben, wenn du jemand tötest. Haben wir das geklärt? Sag es mir, bevor wir auf ein Boot gehen und zur Insel fahren. Ich will es jetzt wissen. Und ich will dein Wort darauf, dass du nichts tust, das wir nicht abgesprochen haben.«

»Okay«, presste Noah zwischen zusammengebissenen Zähnen hervor.

»Sag es!«

»Du hast … mein Wort. Himmel noch mal, bist du stur.«

»Ja, so bin ich. Gewöhn dich lieber daran.« Sie verschränkte die Arme vor der Brust. Noah sah es und lächelte.

»Was gibt's da zu grinsen?«, knurrte Kat.

»Du bist süß, weißt du das?«

Sie schlug ihm auf die Schulter. »Und du ein Idiot.«

Aber dann musste sie auch lachen.

»Das hat wehgetan«, sagte Noah.

Kat verdrehte die Augen.

Der alte Mann hatte ein sonnengebräuntes Gesicht, mehr Falten als eine Krokodillederhandtasche und so schmale Lippen, dass sie kaum zu sehen waren. Aus kleinen misstrauischen Augen starrte er sie an. Kat und Noah hatten am Hafen herumgefragt und man hatte sie zum alten Miller geschickt, der gerade dabei war, seine Netze zu kontrollieren.

»*Wo* wollt ihr hin?«, fragte er ungläubig, nachdem sie ihr Ziel genannt hatten.

»Nach San Nicolas«, wiederholte Noah.

»Nachts?«

»Ja.«

»Was wollt ihr da?«

»Spielt das eine Rolle?«

»Für mich schon. Ich mache nichts Illegales, sonst ist meine Fischereilizenz weg. Die DEA versteht keinen Spaß, wenn es um Drogen geht.«

»Sehen wir wie Drogendealer aus?«

»Keine Ahnung, wie solche Typen aussehen, aber könnte schon passen. Scheiße, was weiß ich denn darüber?«

»Okay, vergessen Sie es.«

Noah wollte sich abwenden, aber der Fischer fasste nach seinem Arm.

»Wie viel ist dir denn so eine Überfahrt wert?«

»Dreihundert Dollar.«

Der Alte grinste. »Junge, die Fahrt dauert Stunden, ein bisschen mehr sollte es schon sein. Außerdem denke ich, ihr wollt, dass ich euch auch wieder mit zurücknehme.«

»Sagen Sie uns einen Preis?«

»Achthundert und ich will wissen, was ihr dort verloren habt. Und erzählt mir bloß keinen Bullshit. Ich bin alt und weise und merke sofort, wenn ihr mich verarscht.«

Kat seufzte. »Ich lag nach einem Unfall jahrelang im Koma, bis ein verrückter Arzt mich in diesen Körper transferiert hat, um an *sein* Geld zu kommen.« Sie deutete auf Noah. »Derselbe Mann hat seine Eltern und seine Schwester getötet, und darum fahren wir auf die Insel, um dort nach Beweisen für dieses Verbrechen zu suchen, damit wir ihn lebenslang hinter Gitter bringen können.«

Der Mann grinste breit. »Versuch es noch mal.«

»Wir wollten schon immer mal an einem abgefahrenen Ort vögeln«, sagte Kat.

»Alles klar. Habt ihr das Geld? Und vergesst Kreditkarten, nur Bares ist Wahres.«

Noah griff in seine Tasche und zählte die geforderten achthundert Dollar ab, die der Alte blitzschnell in seinem Overall verschwinden ließ.

»Wann soll es losgehen?«, fragte er.

»Passt zehn Uhr am Abend?«

»Ich werde da sein. Wenn ihr nicht kommt, ist euer Geld weg. Klar?«

Noah nickte.

»Noch etwas: Das ist militärisches Sperrgebiet. Ich kann nicht in den Hafen der Insel einlaufen, damit würde ich mich strafbar machen. Und ihr wisst ja …«

»Die Fischereilizenz«, vollendete Kat den Satz.

»Genau. Also bringe ich euch zur Ostseite der Insel. Dort ist eine kleine flache Bucht. Es lässt sich nur schwer abschätzen, wie nahe ich rankomme, aber in jedem Fall braucht ihr ein Schlauchboot, um die letzten Meter zurückzulegen, wenn ihr nicht nass werden wollt.«

Kat und Noah sahen sich an.

»Besorgen wir«, sagte Noah.

»Pressluft habe ich an Bord, ihr müsst das Ding also nicht mit dem Mund aufblasen.« Er schaute die beiden nachdenklich an. »Seid ihr sicher, dass es das wert ist?«

»Ja, Sir.«

»Seid pünktlich.«

»Er glaubt uns die Geschichte niemals«, sagte Kat, als sie auf dem Bootssteg zurückgingen.

»Ist mir schon klar, aber er will das Geld haben. Ich denke, mit dem Fischen läuft es nicht so gut, sonst würde er sich gar nicht erst auf die Sache einlassen.«

»Hast du schon mal überlegt, was wir machen, wenn wir zurückwollen und er ist nicht mehr da? In einem kleinen Schlauchboot bis nach Huntington Beach zu paddeln, wird nicht möglich sein.«

»Ich denke nicht, dass er uns hängen lässt.«

»Dann lass uns mal ein Schlauchboot besorgen.«

Noah fischte sein Handy heraus und googelte nach dem nächsten Outdoor- und Bootsausrüster.

Nach einer Weile sagte er: »Da gibt es einen Laden, der sich *Rip Curl* nennt. Nicht weit von hier. Dort können wir es versuchen.«

Plötzlich summte das Smartphone. Kat und Noah zuckten zusammen, dann starrte Noah auf das Display. Seine Hände begannen zu zittern.

»Was ist?«, wollte Kat wissen.
»Eine Nachricht von Jesse. Erinnerst du dich an ihn?«
»Er war mit uns am Strand.«
»Verdammt!«
»Was schreibt er?«
Wortlos reichte ihr Noah das Phone.

> Hey Bro, ich weiß nicht, in welcher Scheiße du steckst, aber vor meinem Haus stehen zwei finstere Typen, die nach dir gefragt haben, als ich den beschissenen Müll rausgetragen habe. Cops waren das nicht. Was soll ich tun?

Kats Mund war trocken geworden. Wortlos gab sie Noah das Handy zurück. Der begann zu tippen und las gleichzeitig laut vor, was er schrieb.

»Jesse, bleib im Haus. Die Kerle sind gefährlich. Mach die Tür nicht auf, wenn es klingelt.«

Es dauerte keine dreißig Sekunden, dann kam die Antwort.

> Alter, bist du vollkommen durchgeknallt? Ich muss an die Uni, meine beiden kleinen Schwestern kommen gleich von der Schule und Mom hat heute frei. Was ist das für ein Mist?

»Kann ich dir jetzt nicht erklären. Ich glaube nicht, dass du in Gefahr bist. Diese Typen wollen mich und Megan. Alte Geschichte. Pass auf dich auf.«

> Alles klar, Bro. Wenn die da weiter abhängen, rufe ich die Cops.

»Mach das!«
Kat sah Noah ernst an. »Die suchen uns.«

»Ja, sieht so aus«, sagte er.

»Sie werden nicht aufgeben und überall nach uns fahnden. Bestimmt waren sie auch schon zu Hause und haben Rosa befragt.«

»Glaube ich nicht. Rosa hätte mich angerufen …«

Diesmal klingelte das Handy. Unbekannte Nummer.

»Meinst du, das ist er?«, fragte Noah.

Kat zuckte mit den Schultern.

»Was soll ich machen?«

»Geh ran. Hören wir, was er zu sagen hat.«

Noah stellte den Lautsprecher an und hob ab. Eine tiefe Stimme erklang.

»Hallo Neffe. Wir haben lange nichts voneinander gehört.«

Noah stieß die angehaltene Luft aus. »Ich werde dich verdammt noch mal umbringen, für das, was du getan hast.«

White lachte. »Ich denke nicht, dass dir das gelingen wird. Aber bevor du dich in weiteren Drohungen ergehst, möchte ich dir einen Vorschlag zur Güte machen.«

Noah sagte nichts.

»Ist deine Schwester bei dir?«

»Du meinst Kat? Wie du sehr gut weißt, ist Megan tot. Bitte erinnere dich: Du hast sie umgebracht. So wie deinen Bruder und seine Frau.«

»Sagen wir so: Deine Lieben sind nicht zufällig gestorben. Das Ganze diente einem höheren Zweck.«

»Dafür wirst du büßen.«

»Vielleicht in einem anderen Leben, in diesem sicherlich nicht. Ich habe Großes vor. Ihr werdet mich nicht aufhalten. Wie du bestimmt schon gemerkt hast, sind meine Leute euch auf den Fersen.« Er lachte erneut. »Übrigens ziemlich clever, die Cops zu rufen und zu behaupten, da fände einen Drogendeal statt. Du bist so klug wie ich.«

»Wir haben nichts, absolut nichts gemeinsam, du Schwein.« Whites Stimme klang wie Eisen, als er diesmal antwortete.

»Du lässt lieber deine Beleidigungen und hörst mir zu, wenn du und die kleine Schlampe überleben wollen. Außerdem gibt es noch Emily und ihre Tochter. Im Moment weiß ich nicht, wo ihr sie hingebracht habt oder ob sie noch bei euch sind, aber ich verspreche euch allen, ihr werdet sterben, wenn wir uns nicht einigen. Es ist nur eine Frage der Zeit, bis wir euch finden.«

»Was willst du?«, knurrte Noah.

»Das Familienvermögen und die Firma deines Vaters. Beides steht mir zu. Es waren mein Verstand und meine Projekte, die uns erfolgreich gemacht haben. Dein Dad war nur ein besserer Buchhalter und Vertriebler. Ohne mich hätte er nie den Erfolg gehabt, den er später für sich in Anspruch genommen hat.«

Noah antwortete nicht darauf.

»Wusstest du, dass er jemanden beauftragt hat, mich auf meiner Expedition im Amazonasgebiet umzubringen?«

»Das glaube ich dir nicht.«

White ging nicht darauf ein. »Ich sollte spurlos verschwinden. Keine Leiche, kein Verbrechen. Aber ich bin ihm zuvorgekommen und habe das Arschloch erledigt, das mir eine Kugel in den Kopf jagen sollte. Bevor er starb, hat der Mann gestanden. Mein lieber Bruder hatte ihm zwei Millionen Dollar versprochen, wenn er ohne mich zurückkommen würde.«

»Das sind alles Lügen!«, brüllte Noah ins Telefon.

»Halt den Mund, Neffe, oder ich schwöre dir, ich lege auf

und töte all deine Freunde, bis du aus deinem Loch kommst, um mich anzuflehen, damit aufzuhören. Jeder, den du kennst, wird für deine Fehler bezahlen, und mit Rosa fange ich an.«

»Du ...«

Kat legte ihre Finger auf seinen Mund, beugte sich vor und raunte in sein Ohr. »Lass ihn sagen, was er will. Wir müssen Zeit gewinnen.«

Noah atmete tief durch und nickte.

»Ich höre ein Flüstern. Kat ist also bei dir«, fuhr White fort, als wäre nichts geschehen.

»Was wollen Sie?«, fragte Kat kalt.

»Ihr kommt zurück zum Haus. Noah verschafft mir Zugang zu allen Bereichen der Firma. Er stellt mich als Geschäftsführer ein und entlässt den Vorstand, der von mir neu besetzt wird. Außerdem will ich Vollmacht über alle Bankkonten der Familie, eventuelle Fonds und Geldanlagen. Nach einer gewissen Zeit gibt Noah bekannt, dass er sich aus dem operativen Geschäft zurückzieht und stiller Teilhaber wird. Dann habe ich alles, was ich will, und ihr könnt euch auf irgendeine Südseeinsel verpissen.«

»Sie vergessen, dass Sie offiziell tot sind«, gab Kat zu bedenken.

»Lass das meine Sorge sein.«

Kat bedeutete Noah, ruhig zu bleiben.

»Wir brauchen Zeit, um über Ihr Angebot nachzudenken«, sagte sie.

»Wie lange?«

»Keine Ahnung. Ein paar Stunden.«

»Okay, ihr habt bis Mitternacht. Dann taucht ihr zu Hause auf. Wenn ihr vorhabt, die Behörden einzuschalten, oder ich mitbekomme, dass jemand plötzlich Interesse für den verstorbenen Robin Taylor zeigt, gilt unser Deal nicht mehr. Dann werdet ihr alle sterben.«

»Wer gibt uns die Garantie, dass Sie uns nicht töten, wenn Sie alles haben?«

»Niemand«, sagte White und legte auf.

37.

Miller stand rauchend am Kai und blickte ihnen mürrisch entgegen. Der Wind hatte aufgefrischt und der Qualm seiner Zigarre zerstob sofort im Nichts, nachdem er den verkniffenen Mund verlassen hatte. Im Licht der einzigen Straßenlampe, die an der Hafenmauer stand, wirkte er noch weitere hundert Jahre älter. Seine dicken Finger deuteten auf das Paket, das Noah schnaufend heranschleppte.

»Was ist das?«, brummte er.

»Das Schlauchboot«, keuchte Noah und ließ die schwere Nylontasche zu Boden plumpsen.

»Scheint schwer zu sein.« Der Alte grinste.

»Dreißig Kilo.« Noah richtete sich auf und drückte den Rücken durch.

»Was wollt ihr damit? Den Pazifik überqueren?«

»Sehr witzig.«

»Habt ihr Paddel?«

Kat hob eine weitere Tasche hoch. »Und zwei Neoprenanzüge.«

Was sich im Rucksack auf ihrem Rücken befand, verschwieg sie. Nach dem Bootsausrüster hatten sie noch einen Baumarkt aufgesucht. Ein Brecheisen, zwei Taschenlampen, ein langes Seil und noch ein paar andere Dinge würden mit ihnen auf die Reise gehen.

Kat und Noah glaubten zwar nicht, dort auf verschlossene Türen zu stoßen, denn wenn man keine Fremden erwartete, musste man nicht abschließen, aber sicher war sicher. Zudem hatte Noah darauf bestanden, dass sie Bärenabwehrspray mitnahmen. Für alle Fälle. Dagegen hatte Kat kaum etwas sagen können.

»Na, dann kann's ja losgehen.« Miller deutete auf das Boot. »Schon mal mit so was rausgefahren?«

Kat und Noah schüttelten den Kopf.

»Das wird lustig. Es ist schlechtes Wetter angesagt.« Miller hob beschwichtigend die Hände. »Nichts Wildes, höchstens Windstärke sechs bis sieben. Die alte Bertha kann das locker ab, aber ihr werdet euch wahrscheinlich die Seele aus dem Leib kotzen. Seid ihr sicher, dass ihr das durchziehen wollt?«

»Wir kommen schon klar«, meinte Noah.

Miller nickte Kat zu. »Und du?«

»Auch.«

Der alte Mann seufzte. »Nun denn. Ich erkläre euch, wie es läuft. Ihr kommt mit rein ins Führerhaus und haltet euch gut fest. Ich möchte nicht, dass einer von euch über Bord geht, bevor ihr ins Schlauchboot steigt, danach ist es mir egal. Die Wellen sind draußen vor der Insel bestimmt zwei Meter hoch, ihr werdet jede Menge Probleme haben, überhaupt an Land zu kommen.«

»Bringen Sie uns einfach so nah ran wie möglich. Wir schaffen das«, sagte Noah barsch.

»An mir wird's nicht liegen, Junge. Nun zum Rest unseres kleinen Ausflugs. Während ihr auf der Insel seid, kreuze ich umher. Ihr habt zwei Stunden Zeit, dann fische ich euch wieder auf. Seid ihr nicht da, gehe ich davon aus, dass etwas geschehen ist, was mich nichts angeht, und fahre zurück.«

»Sie würden uns im Stich lassen?«, fragte Kat nach. Ein

mulmiges Gefühl beschlich sie. Der Wind frischte immer mehr auf. Hier an Land war das vielleicht nur eine Brise, aber da draußen, in der Dunkelheit und auf dem offenen Meer, war nur eine hohe Welle nötig und das Schlauchboot würde kentern. Hilflos blickte sie zu Noah.

»Mädchen, was soll ich machen?« Miller breitete die Hände aus. »Ich kann da nicht ewig rumtuckern, das ist militärisches Sperrgebiet. Außerdem kenne ich euch nicht, und ihr erzählt mir die ganze Zeit nur Lügen darüber, was ihr auf dieser verlassenen Insel zu suchen habt.«

»Wir können es Ihnen nicht sagen«, erklärte Kat.

»Warum?«

»Sie würden uns niemals glauben, und wenn Sie die Wahrheit kennen, bringen wir Sie in Gefahr.«

Der alte Seemann schwieg und biss auf seiner Zigarre herum, schließlich sagte er: »Okay, ich warte bis zum Morgengrauen, aber dann muss ich weg.«

»Danke, das reicht uns. Wir werden da sein.«

»Wenn ihr nicht schon bei der Überfahrt absauft«, ergänzte Miller.

Kat grinste ihn schwach an. »Ja, wenn wir nicht schon davor absaufen.«

Draußen auf dem Meer herrschten ganz andere Wetterverhältnisse als an Land. Der Wind bäumte hohe Wellen auf und warf sie dem kleinen Fischerboot entgegen, das sie auf und ab ritt. Der Schein eines auf dem Führerhaus angebrachten Scheinwerfers zerschnitt die Dunkelheit, tastete mit fahlen Fingern über die Wellenkämme und ließ sie aufleuchten.

Kat hatte das Gefühl, in einer Achterbahn zu sitzen. Dauernd ging es rauf und runter. Miller fuhr mit dem Bug direkt in jede Welle und grinste dabei, als wäre das der größte Spaß seines Lebens. Kat war kotzübel.

Neben ihr hielt Noah sich krampfhaft an einer umlaufenden Metallstange fest. Sein Gesicht wirkte im Licht der einzigen Lampe im Führerhaus bleich und ausgemergelt. Er sprach kein Wort, starrte nur geradeaus durch das Fenster auf die sich auftürmenden Wellenberge.

Ständig klatschte Gischt gegen die Scheiben. Dann sah man mehrere Minuten lang nichts. Was eigentlich keine Rolle spielte, denn Kat war sich sicher, dass kein anderer so verrückt war, bei diesem Wetter hinaus aufs offene Meer zu fahren.

Etwas Gutes hat die Sache aber. Man wird unser Kommen also weder sehen noch hören.

Natürlich konnten die auf der Insel Radar haben, und man würde sich vielleicht wundern, warum da ein Fischerboot kreuzte, aber solange es nicht in den Hafen einlief und Abstand hielt, machte sich sicherlich niemand Gedanken.

Miller hielt das Steuer mit einer Hand, während er aus der Brusttasche seines Overalls eine Zigarre fischte.

»Sie wollen die nicht wirklich anzünden?«, fragte Kat.

Der alte Fischer sah sie verblüfft an. »Warum nicht?«

»Oh, mein Gott«, stöhnte Noah neben ihr. »Ich glaube, ich muss kotzen.«

»Deshalb!«, sagte Kat und deutete auf ihn.

»Ich habe euch gleich gesagt …«

»Ja, haben Sie.«

»Es ist mein Boot.«

»Trotzdem wäre es nett, wenn Sie das Ding auslassen.«

Miller seufzte tief, dann schob er den Stumpen wieder zurück.

»Wie lange noch?«, quetschte Noah hervor.

»Wir sind bald da. Die Insel liegt vor uns.«

Kat starrte hinaus in die Dunkelheit. Da war nichts. Keine Lichter. Überhaupt nichts.

Der Alte reichte ihr wortlos ein Fernglas. Kat spähte hindurch.

Dort! Ein grauer Schemen, der sich vom pechschwarzen Wasser abhob. Noch ziemlich weit entfernt.

»Wie nahe bringen Sie uns ran?«, fragte sie.

Miller verzog den Mund. »Ich habe keine Ahnung, wie tief das Wasser dort ist. Die gute Bertha hat zwar keinen besonderen Tiefgang, aber es könnte Riffe unter der Wasseroberfläche geben. Ich will nicht auflaufen und kentern.«

Verdammt, wenn es zu weit vom Strand weg ist, werden wir abgetrieben, da können wir paddeln, so viel wir wollen.

Der Alte schien ihre Gedanken zu erraten. »Mach dir keine Sorgen, Mädchen. Der Wind kommt von Westen, die Bucht liegt auf der windabgelegenen Seite, dort ist es viel ruhiger, aber es wird anstrengend sein, gegen die Wellen anzupaddeln, die vom Land zurückkommen.«

Kat nickte stumm.

»Noch können wir umdrehen und die ganze Sache vergessen. Ich gebe euch die Hälfte des Geldes wieder und wir reden nicht mehr darüber.«

Kat blickte zu Noah hinüber, der den Kopf schüttelte. Sie verspürte die gleiche Entschlossenheit. Es gab keine andere Möglichkeit. Sie musste White zur Strecke bringen, wenn sie jemals wieder ein Leben haben wollten.

Miller hatte das Boot direkt in den Wind gestellt und ließ den Motor im Leerlauf tuckern. Es wogte immer noch auf und ab, doch hier im Schutz der Insel lag es wesentlich ruhiger. Der Wind strich über sie hinweg und rüttelte am Boot.

Kat schaute auf die Wellen hinab, die hier nur noch einen Meter hoch waren, aber sie machte sich nichts vor. Es würde nicht einfach werden, den Strand zu erreichen.

Miller hatte Noah eine Pressluftflasche gegeben, und in wenigen Minuten war das Schlauchboot aufgeblasen. Kat steckte die Paddel zusammen und beide zogen die Neoprenanzüge an. Dazu noch die Schwimmwesten, die sie gekauft hatten. Kat nahm ihr Handy und das von Noah und packte sie in einen wasserfesten Beutel, den sie in den Rucksack legten.

»Sobald ihr von Bord seid, fahre ich weiter. Ich werde so tun, als würde ich ausgelegte Hummerkörbe einholen, also ein Stück weitertuckern, dann wieder anhalten, dann wieder fahren. Das sollte unverdächtig sein, falls jemand mich von der Insel aus beobachtet. Später hole ich euch ab.«

»Danke, Mr Miller«, sagte Kat leise.

Er reichte ihr die Hand. »Sag Bob.«

»Ich bin Kat und das ist Noah.«

»Nett, euch kennenzulernen. Passt auf euch auf.«

»Werden wir.«

Er zögerte.

»Was ist?«, fragte Kat.

»Falls euch etwas geschieht, wen soll ich benachrichtigen?«

»Bis auf meine Schwester sind alle tot, deswegen sind wir hier. Sie wird wissen, was passiert ist, wenn wir nicht zurückkommen.«

»Ist es so hart?«

»Ja«, sagte Noah. »Wir danken dir.«

Der Alte nickte und half ihnen, das Schlauchboot ins Wasser zu hieven.

Noah und Kat kletterten über Bord und stiegen hinein. Miller reichte ihnen die Paddel. Dann stießen sie sich von der Bootswand ab und trieben davon. Kurz darauf hörten sie, wie der Motor wieder startete und das Boot wegfuhr.

Sie waren allein in der Dunkelheit.

Es dauerte eine Weile, bis sich Kats Augen an die Lichtverhältnisse angepasst hatten. Das Land war klar auszumachen. Ein schwarzer Schatten vor einem grauen Hintergrund. Sie hielten mit aller Kraft darauf zu, wurden aber immer wieder abgetrieben. Inzwischen war Kat schweißgebadet und Noah neben ihr stöhnte vor Anstrengung.

Immer wenn eine größere Welle vom Land zurückströmte, hielten sie mit dem Paddeln inne und versuchten, das Schlauchboot auszutarieren, um nicht zu kentern.

Kat keuchte, das Herz hämmerte in ihrer Brust, während ihr das Blut in den Ohren rauschte und der Schweiß in die Augen lief. Dazu kam das Salzwasser, das der Wind aufstieben ließ und ihr ins Gesicht schleuderte. Ihre Augen brannten und sie sah kaum noch etwas.

»Ich kann nicht mehr«, seufzte sie.

»Du musst.« Noah brüllte gegen den Wind an. »Gib jetzt nicht auf!«

»Ich kann ... echt nicht mehr.«

»Gleich ist es geschafft.«

Kat legte sich noch mal ins Zeug. Sie mobilisierte die letzten Reserven und zog das Paddel durchs Wasser.

Plötzlich erfasste eine Welle das Heck des Schlauchboots. Es wurde angehoben und kippte dann zur Seite, bevor es wieder in Position ruckte.

Kat wurde von Bord gespült. Ihr Kopf tauchte unter und sie schluckte Salzwasser. Prustend und hustend kam sie wieder hoch. Noah hatte es geschafft, sich rechtzeitig festzuhalten. Sie entdeckte seinen Schemen auf dem Boot und glaubte, er schaute in ihre Richtung. Offensichtlich sah er sie jedoch nicht, denn er brüllte in die Dunkelheit.

»Kat? Wo bist du? Kat? Hörst du mich?«

»Hier! Ich bin hier!« Sie hustete erneut. Dann fiel ihr das Paddel ein, das ebenfalls mit über Bord gegangen war. Sie durfte es nicht verlieren. Auf keinen Fall. Noah allein würde es nicht schaffen, sie an Land zu bringen.

Wo ist es?

Kat ruderte wild mit den Armen. Die Wellen mussten es abgetrieben haben.

»Ich komme!«, rief Noah.

Ihre Hand stieß gegen etwas. Zuerst zuckte sie zurück, dann fasste sie danach und ihre Hand schloss sich um das verloren gegangene Paddel.

Dem Himmel sei Dank, ich habe es.

Neben ihrem Kopf schob sich ein Schatten heran. Noah!

Die Wellen hoben das Schlauchboot an und senkten es wieder. Er paddelte wie wild, um es an Ort und Stelle zu halten.

»Du musst dich reinziehen«, brüllte er. »Schaffst du das?«

Bitter schmeckendes Wasser drang in ihren Mund. Kat spuckte es aus, dann warf sie das Paddel ins Boot, fasste nach dem umlaufenden Seil und zog sich hoch. Auf halber Höhe rutschte sie ab und fiel ins Wasser zurück.

»Kat!«

»Ich versuchs ja«, ächzte sie.

Dann spürte sie, wie Noah sie an der Schwimmweste packte und ins Boot hievte. Spuckend und hustend blieb sie liegen, um wieder zu Atem zu kommen. Das Wasser stand inzwischen eine Handbreit hoch im Schlauchboot und ihr war trotz Neoprenanzug verdammt kalt. Sie begann zu zittern.

Noch während sie dalag, kam eine weitere Welle von hinten heran und trieb das Boot dem kleinen Strand entgegen. Für einen Moment erschien der Mond zwischen den Wolken. Kat hob den Kopf und erschrak. Da war zwar ein heller Fleck Sand, aber er war umgegeben von dunklen Felsen, die wie die knorrigen Finger einer alten Hexe aus dem Wasser ragten. Das Schlauchboot ritt darauf zu. Sie würgte trocken.

»Kat, bei allen Göttern, du musst paddeln«, schrie Noah panisch.

Sie rutschte auf die Knie, griff sich das Paddel und legte los. Die Angst verlieh ihr neue Kraft und sie zog das Blatt weit durch.

»Stopp!«, rief Noah. »Jetzt nur ich.«

Das Boot schwenkte etwas herum.

»Beide!«

Und Kat paddelte erneut wie eine Wahnsinnige. Plötzlich knirschte Sand unter dem Boot und es wurde abrupt in der Vorwärtsbewegung abgestoppt. Kat kippte nach vorn. Noah ebenso.

Sie hatten es geschafft!

38.

Kat lag im Sand und atmete keuchend. Neben ihr kniete Noah und wühlte im Rucksack herum. Beide trugen die Schwimmwesten nicht mehr. Das Schlauchboot hatte Noah auf den Strand gezogen, damit es die hereinströmenden Wellen nicht erreichen und aufs Meer hinausspülen konnte.

»Verdammte Scheiße«, ächzte Kat. »Ich bin vollkommen erledigt.«

Noah zog eine der Taschenlampen heraus und schaltete sie ein. Er richtete den Strahl auf Kat und suchte sie nach Verletzungen ab.

»Ich bin okay«, sagte Kat.

»Wollte nur sichergehen. Wir sollten uns auf den Weg machen.«

Kat rappelte sich auf. Ihr Körper fühlte sich an, als wäre sie von einem Bus überrollt worden, aber darauf konnte sie jetzt keine Rücksicht nehmen.

Mit den Händen stützte sie sich hoch und stand schließlich mit wackeligen Beinen vor Noah, der den kleinen Kompass herauszog, den sie im *Rip Curl* gekauft hatten.

»Immer nach Westen«, sagte er. Dort lagen die Landebahn und die wenigen Gebäude auf der Insel. Es war der einzige Ort, wo man nach Whites Labor suchen konnte.

Noah leuchtete mit der Lampe nach vorn. Schwarze Felsen ragten vor ihnen auf.

»Da müssen wir hoch.«

Kat stöhnte. Sie wusste, dass es keinen anderen Weg gab, aber die Aussicht, im Dunkeln dort hochzuklettern, ließ sie erschaudern. Noah reichte ihr die zweite Taschenlampe.

»Mach keinen Schritt ohne Licht. Wir können uns einen gebrochenen Knöchel oder eine Verstauchung nicht leisten. Wenn es steil wird und du beide Hände brauchst, steck dir die Lampe in den Mund.«

»Alles klar.«

Noah drehte sich wortlos um und ging los. Kat folgte ihm und dachte darüber nach, dass die Frist, die White ihnen gegeben hatte, längst abgelaufen war. So wie sie ihn kannte, würde er auf Noahs und oder ihrem Handy anrufen, die beide im Rucksack waren.

Wenn er uns nicht erreicht, wird er nicht zögern und die Jagd erneut eröffnen.

Aber diesmal waren sie ihm einen Schritt voraus.

White wusste nicht, dass sie den Standort seines geheimen Labors kannten, und rechnete nicht damit, dass sie auf die Insel übersetzten, um Beweise gegen ihn zu finden.

Er denkt, wir sitzen irgendwo in einem Motel und verstecken uns oder versuchen zu fliehen. Bis er herausfindet, wo wir sind, wird es zu spät sein, uns noch aufzuhalten.

Als sie den Schutz der Felsen verließen und geduckt zu den Gebäuden neben der Landebahn hasteten, erfasste der Wind sie direkt von vorn und ließ Kat erneut frösteln.

Sie war vollkommen nass geschwitzt und fühlte sich im Neoprenanzug wie eine in Öl eingelegte Makrele.

Der bleiche Mond warf sein fahles Licht auf die schwarzen Schemen der flachen Gebäude. Es war still. Nirgends brannte Licht. Alles sah verlassen aus.

Im Schutz des ersten Hauses blieben sie stehen. Noah beugte sich zu ihr und flüsterte: »Erkennst du etwas wieder?«

Sie schüttelte den Kopf, bis ihr einfiel, dass er die Geste in der Dunkelheit nicht sehen konnte.

»Nein, wie gesagt, ich glaube nicht, dass das Labor an der Oberfläche liegt. White hat mich nach dem Aufwachen aus dem Koma in einen anderen Bereich gebracht, dabei ging es durch einen langen Gang. Ich sehe hier keine Verbindung zwischen den Häusern.«

Auf Google Earth hatten sie sorgfältig jedes Gebäude betrachtet und ein größeres ausgemacht, das vielleicht einen Zugang zum unterirdischen Bereich verbergen konnte.

Das fast quadratische Haus lag direkt neben dem Hubschrauberlandefeld und der Landebahn der Flugzeuge. Es war das einzige Gebäude mit einem Giebeldach, der Rest erinnerte eher an Baracken, in denen früher Geräte gelagert wurden.

Da die Navy die Insel schon vor Jahren aufgegeben hatte, würden sie nicht auf Soldaten stoßen, aber vielleicht gab es über oder unter Erde Wachen, die die Zugänge sicherten.

Noah schien den gleichen Gedanken zu haben. »Niemand zu sehen.«

»Es ist mitten in der Nacht und Scheißwetter. Sie rechnen nicht mit Besuchern. Wenn da überhaupt jemand ist, dann im Labor oder in den Unterkünften.«

»Okay, gehen wir es an.«

Sie hasteten zu dem Haus hinüber. Eine Metalltür versperrte den Zugang, aber als Noah dagegendrückte, schwang sie geräuschlos auf.

»Das ist merkwürdig«, raunte er Kat zu. »Keine Sicherung, kein Schloss, keine Wachen.«

»Vielleicht liegen wir doch total falsch und hier ist überhaupt nichts.«

»Möglicherweise hat mein Onkel das Labor längst abgebaut. Es gibt nur einen Weg, das herauszufinden.«

Noah nahm den Rucksack ab und zog das Brecheisen hervor.

»Was willst du damit?«, fragte Kat.

»Wir haben keine Ahnung, was uns dort unten erwartet.«

Diesmal widersprach sie nicht. Er hatte recht. Auch wenn alles verlassen aussah, wussten sie nicht, ob sich nicht doch jemand im Gebäude befand.

»Gib mir das Bärenspray«, sagte sie.

Sie sah sein Grinsen im Licht des Mondes.

»Meine Jeanne d'Arc.«

»Idiot! Los jetzt, bevor ich es mir anders überlege und zurück zum Strand gehe.«

Im Schein der Taschenlampen enthüllte sich ein großer Raum mit schweren Metalltischen. Ansonsten war er leer. Die Fenster waren von innen mit schwarzer Plastikfolie abgeklebt. Ein erster Hinweis darauf, dass White vielleicht hier gewesen war, denn warum sollte die Navy das tun?

Neben dem Raum lag ein breiter Gang, der vor einem Lastenaufzug endete. Daneben führte eine Metalltreppe in die Tiefe. Kat erinnerte sich.

»Mit dem Aufzug hat er mich nach oben gebracht«, flüsterte sie. »Ich denke, ich wurde über die Rollbahn zu einem anderen Gebäude geschoben. Dorthin, wo der Unterricht stattfand.«

»Dann ist das Labor da unten«, sagte Noah leise.

»Ja, es muss so sein. Alles passt zusammen.«

»Wir sollten den Aufzug nicht benutzen, falls jemand dort ist. Wir nehmen die Treppe.«

Noah huschte hinüber. Kat stellte sich neben ihn. Sie spähte nach unten. Lauschte. Nichts. Noah gab ihr ein Zeichen, dann gingen sie hinunter. Langsam und vorsichtig. Jedes Geräusch vermeidend.

Drei Stockwerke tiefer erreichten sie einen weiteren großen Raum, von dem drei Gänge abgingen. Hier gab es eine Rampe, die zum Aufzug hochführte. Alles war dunkel.

»Welchen nehmen wir?«, raunte Noah ihr zu.

»Keine Ahnung … den linken«, sagte Kat.

»Warum den?«

»Ist doch egal, irgendwo müssen wir anfangen.«

»Okay, dann den linken.«

Sie schritten hinein und stellten am Ende des Ganges fest, dass er zum Maschinenraum und zur Heizungsanlage führte. Mehrere große Dieselgeneratoren standen dort, die wahrscheinlich die Anlage mit Strom versorgten. Sie sahen riesige Tanks und eine Unzahl von Schaltschränken. Ein tiefes Brummen lag in der Luft.

»Wahnsinn«, meinte Noah, als er den Schein der Taschenlampe darüberwandern ließ. »Damit könnte man eine Kleinstadt versorgen.«

»Die Anlage läuft«, stelle Kat nüchtern fest. »Das heißt, sie wird noch genutzt. Wir sollten uns beeilen.«

Sie hasteten zurück. Diesmal nahmen sie den mittleren Gang. Zunächst führte er wie der andere schnurgeradeaus, aber dann machte er eine scharfe Biegung nach rechts.

Kat und Noah blieben abrupt stehen.

Sie befanden sich vor einer großen Tür, durch deren Sichtfenster man hineinleuchten konnte. Es war das gesuchte Labor. Sie traten ein.

Im Schein der Lampen sahen sie eine Vielzahl medizinischer Geräte. Alle ausgeschaltet, aber nicht abgedeckt. Dazu gab es Operationstische und Transportliegen auf Rollen. An der hinteren Wand standen mehrere Computerbildschirme. Kabel liefen über den Boden und verschwanden in einem Nebenraum. Links und rechts gingen ebenfalls Türen ab, die wahrscheinlich zu den Krankenzimmern führten.

»Du hattest recht«, sagte Noah. »Hier ist es.«

»Lass uns Fotos machen und schauen, ob wir die Computer zum Laufen bringen«, meinte Kat.

Sie hatten darüber geredet und waren sich sicher gewesen, dass mögliche Computer passwortgeschützt waren, aber sie wollten nichts unversucht lassen.

Ihre Hoffnung lag jedoch auf schriftlichen Unterlagen, medizinischen Auswertungen, Patientendaten, Versuchsaufzeichnungen. Es musste so etwas geben. Das gab es immer.

Noah holte sein Handy aus dem Rucksack und warf einen Blick auf das Display.

»Fünf Anrufe von White«, sagte er und zuckte mit den Schultern. Ohne eine Antwort von Kat abzuwarten, begann er zu fotografieren. Das Blitzlicht zuckte unablässig durch den Raum, während er aus allen Winkeln Aufnahmen schoss.

Kat trat an einen der Bildschirme. Davor lag eine Tastatur. Sie drückte eine der Tasten darauf, aber nichts geschah. Die Anlage war abgeschaltet.

»Und?«, fragte Noah.

Kat schüttelte den Kopf. »Ich suche Whites Büro. Es kann nicht weit sein.«

Sie wandte sich nach links und öffnete die Tür. Ein schmaler Gang führte zu einem anderen Raum. Hier standen weitere medizinische Geräte, sonst nichts.

Danach folgte ein Aufenthaltsraum mit kleiner Küche. Ein Tisch, vier Stühle, ein Sideboard und eine Espressomaschine. Alles nüchtern und wenig einladend. Kat trat wieder hinaus.

Das letzte Zimmer am Ende des Ganges war verschlossen. Das musste es sein. Kat spürte es. Sie rannte zurück zu Noah.

»Komm«, rief sie und wandte sich gleich wieder um.

Als sie vor der Tür standen, sagte Kat: »Brich sie auf!«

Noah setzte das Brecheisen unterhalb der Klinke an und zog ruckartig am Eisen. Die Tür sprang auf.

Im Schein der Taschenlampen sah Kat ihre Vermutung bestätigt. Ein einzelner Schreibtisch mit einem teuren Bürostuhl aus Leder davor. Darauf stand ein riesiger Monitor. Dahinter schwere Metallschränke mit Ausziehschubladen.

Der Raum war mit Teppichboden ausgelegt und an den Wänden hingen Bilder aus verschiedenen Teilen der Welt. Auf keinem davon waren Personen abgebildet und schon gar nicht White selbst, aber einige zeigten Dschungellandschaften und sogar einen aus dem Fluss trinkenden Jaguar. Kat hielt das Licht darauf.

»Ich tippe mal, die Fotos wurden am Amazonas gemacht.«

Noah ging zum Computer und schaltete ihn ein. Im Gegensatz zu den PC im Labor sprang dieser an, jedoch erschien ein Feld für die Passworteingabe.

»Irgendeine Idee?«, fragte er Kat.

Sie verzog den Mund. »Nein. Lass uns in den Schränken nachsehen.«

Natürlich waren die ebenfalls verschlossen, aber sie leisteten dem Brecheisen noch weniger Widerstand als die Bürotür. Kat leuchtete in jede Schublade. Keine Akten. Keine Unterlagen. Keine Aufzeichnungen. Lediglich in der untersten Schublade befand sich etwas. Eine hochmoderne digitale Videokamera. Kat hat das dazugehörende Stativ im Labor gesehen, ihm jedoch keine Beachtung geschenkt.

Bitte lieber Gott, lass die Speicherkarte noch drin sein.

Sie nahm die Kamera heraus, öffnete das kleine Display und schaltete sie ein. Erst geschah nichts, dann erschien ein Bild.

Megan Taylor auf einem Operationstisch, angeschlossen an mehrere medizinischen Geräte, die ihre Vitalfunktionen überwachten. Alle Werte lagen im Normbereich, aber Megan rührte sich nicht. Zwei Männer und eine Frau standen hinter dem Operationstisch und bereiteten irgendetwas vor. Alle trugen chirurgische Masken. Als einer der beiden zur Seite trat, entdeckte Kat eine zweite Liege im Raum. Darauf …

Tränen traten in Kats Augen, liefen unkontrolliert über ihre Wangen.

»Das bist du«, ächzte Noah neben ihr.

Kat sah alles nur noch verschwommen. Sie schwankte. Noah packte zu, zog sie an sich und hielt sie fest. Immer wieder erfasste ein heftiges Schluchzen ihren Körper. Schließlich fing sie sich wieder.

»Es … Ich habe mich … schon lange nicht …«

»Psst, ich weiß.«

Sie löste sich von ihm. »Noah, wir haben es … Das ist der Beweis. Man sieht mich und Megan im selben Raum, angeschlossen an irgendwelche Geräte. Ich bin offiziell tot, also: Was mache ich da, an diesem Ort? Und wie ist Megan dahingekommen, wo sie doch eigentlich in Mexiko sein sollte? Jetzt können wir es beweisen. White hat alles für die Nachwelt gefilmt, wahrscheinlich die Aufnahme auf einen Server übertragen und dann vergessen, die Speicherkarte aus der Kamera zu nehmen.«

Irgendetwas stimmte mit Noah nicht. Er sah noch bleicher aus als zuvor. Sein Blick flackerte.

»Was ist mit dir?«

»Ich weiß nicht … Irgendwie fühle ich mich komisch. Vielleicht die Erschöpfung. Jetzt, da wir am Ziel sind, ist es merkwürdig, dass es vorbei sein soll.«

»Noch ist …«

Sie kam nicht dazu weiterzusprechen, denn plötzlich gingen alle Lichter an.

39.

»What the …«, ächzte Noah.

Kat schaute ihn gehetzt an. »Jemand ist hier.«

»Ja, das Licht wurde nicht durch Bewegungssensoren eingeschaltet, denn sonst wäre es längst durch uns angesprungen. Jemand hat das Gebäude betreten, und das bedeutet: Derjenige weiß, dass wir hier sind.«

»Es kann auch ein Routinekontrollgang sein«, sagte Kat.

»Um diese Uhrzeit?« Er schüttelte den Kopf. »Unwahrscheinlich. Wir haben, was wir wollen, wir müssen hier raus. Sofort!«

Kat leuchtete mit ihrer Taschenlampe den Gang entlang, aus dem sie gekommen waren. Sie mussten sich beeilen oder sie würden dem Unbekannten direkt in die Arme laufen.

Kat nickte. »Okay, los.«

Noah und sie hasteten den Flur zurück, ließen das Labor hinter sich und erreichten die Kreuzung der drei Gänge in dem Moment, als der Lastenaufzug nach oben gerufen wurde.

»Wohin jetzt? Die Treppe rauf? In den Generatorraum oder in den Korridor, den wir noch nicht kennen«, raunte sie.

»Nach oben können wir nicht«, flüstere Noah ihr zu. »Wir wissen nicht, wer alles da oben ist, und im Generatorraum sitzen wir in der Falle. Hier entlang.«

Er fasste ihre Hand und rannte los.

Hinter ihnen erklang das Rumpeln des Aufzugs, der sich wieder in Bewegung gesetzt hatte und jetzt nach unten fuhr.

Vor ihnen machte der Gang eine Biegung und sie waren aus dem Sichtfeld. Noah stoppte und beugte sich zu Kat. »Leise jetzt.«

Ohne ein Geräusch zu verursachen, schlichen sie weiter.

Vom Gang führten mehrere Räume ab, alle waren unverschlossen, aber entweder leer oder mit Geräten vollgestellt.

Keine Möglichkeit, sich zu verstecken.

Kein Ausgang.

Als sie den letzten Raum erreichten, wussten sie, dass ihre Flucht beendet war.

Noch konnten sie hinter sich niemanden hören oder sehen, aber es war nur eine Frage der Zeit, bis sie entdeckt wurden.

»Was jetzt?«, fragte Kat.

»Wir müssen kämpfen, um hier rauszukommen«, sagte Noah mit zusammengebissenen Zähnen.

»Mach dir nichts vor, wir haben keine Chance.«

»Er wird uns in jedem Fall töten. Für Verhandlungen ist es zu spät.«

»Wir wissen nicht, ob es dein Onkel ist.«

»Wer sonst sollte es sein? Wer taucht hier mitten in der Nacht bei diesem Wetter auf? Ich wette, wir haben einen stillen Alarm ausgelöst und er hat sich auf den Weg hierher gemacht.«

»Kann nicht sein, mit dem Boot wäre er niemals so schnell da.«

»Du vergisst das Hubschrauberlandefeld. Er musste kein Boot nehmen.«

Kat presste so sehr die Kiefer aufeinander, dass ein lautes Knacken zu hören war. Schweiß rann über ihr Gesicht und sie fröstelte. Plötzlich hielt sie inne.

Warum ist mir kalt?

Ein Luftzug strich über sie hinweg. Kats Kopf ruckte nach oben. Vorhin im Dunkeln hatte sie es nicht bemerkt, aber jetzt konnte sie die Schlitze der Entlüftungsanlage in der Decke sehen. Sie packte Noah am Arm und deutete nach oben.

Er verstand nicht.

»Da laufen Lüftungsschächte entlang.«

»Und?«

»Vielleicht können wir hineinkriechen und uns verstecken.«

Sein Blick zuckte umher. »Dort ist eine vergitterte Klappe.«

Sie stellten sich darunter.

»Wenn ich dir helfe, kommst du ran«, sagte Noah. »Heb die Abdeckplatte an und zieh dich rein.«

»Okay, wenn ich drin bin, helfe ich dir hoch.«

Noah schüttelte den Kopf. »Da passe ich niemals durch und außerdem bin ich viel zu schwer. Du kannst mich nicht hochziehen und springen geht nicht. Da komme ich nicht hin.«

»Das mache ich nicht.«

»Was?«

»Ohne dich gehe ich nicht.«

»Kat, du musst. Du hast Beweise für die Taten meines Onkels und kannst sie den Behörden übergeben. Solange er die Speicherkarte nicht hat, wird mir nichts passieren, denn er wird sie gegen mich austauschen wollen. So jedenfalls würde ich es machen.«

»Und wenn er nicht darauf eingeht und dich gleich über den Haufen schießt?«

»Tut er nicht. Er ist viel zu schlau. Erst wird er versuchen herauszufinden, wie wir von der Insel erfahren haben und wer noch alles von der Sache weiß. Sieh es ein, Kat, du musst dich verstecken, er darf uns nicht beide kriegen und schon gar nicht die Speicherkarte.«

Noah hatte recht. Sie wusste es. Das war die einzige Möglichkeit, die ihnen noch blieb.

»Okay.«

Noah ging in die Knie und hob seine Hände. Kat fasste sie, dann stieg sie auf seine Schultern. Schwankend richtete er sich auf. Kat griff nach oben, aber es fehlten noch ein paar Zentimeter.

»Ich komme nicht ran.«

Sie blickte nach unten in Noahs schwitzendes Gesicht. Dann sah sie, dass er sich auf die Zehenspitzen stellte. Lange würde er das nicht durchhalten.

Entschlossen legte Kat ihre Fingerspitzen an das Gitter, hob es hoch und schob es zur Seite. Sie griff nach dem Rand der Abdeckung und bekam eine Metallschiene zu fassen. Leise ächzend hievte sie sich nach oben. Für einen Moment baumelte sie frei in der Luft und dachte schon, sie würde runterfallen, aber es gelang ihr, sich in den Schacht zu ziehen.

Als sie nach unten schaute, sah sie direkt auf Noah, der sie ruhig anblickte. Er hob den Daumen. Dann steckte er das Brecheisen in den Rucksack und warf ihn nach oben. Kat legte ihn neben sich und schob das Abdeckgitter in seine Position zurück.

Mit der Taschenlampe leuchtete sie in den Schacht. Sie konnte darin knien oder kriechen, aber alle paar Meter gab es Streben und Verkabelungen, die wahrscheinlich das Vorankommen erschwerten.

Damit sie von unten nicht zu sehen war, robbte sie ein Stück weiter, drehte sich dann um blickte wieder auf Noah hinab, der irgendetwas entdeckt hatte, denn sein Körper wurde stocksteif und der Kopf ruckte herum.

Kat konnte nicht sehen, was da war.

Dann sagte eine dunkle Stimme: »Hier bist du also.«

40.

Es war tatsächlich White. Kat starrte durch das Gitter nach unten. Seltsamerweise schien er ohne seine Killer gekommen zu sein. Er stand mitten im Gang, eine Waffe in der Hand.

»Wo ist Kat?«, fragte er ruhig.

»Ich bin allein.«

White lächelte. »Spar dir den Versuch, mich anzulügen, Neffe. Eine Überwachungskamera hat zwei Personen aufgenommen. Man kann zwar nicht genau erkennen, wer das ist, aber da ihr gemeinsam auf der Flucht seid, fällt mir das Raten nicht schwer. Also noch mal: Wo ist sie? Versteckt sie sich irgendwo in der Anlage?«

Noah antwortete nicht.

»Was wolltet ihr überhaupt hier? Glaubt ihr ernsthaft, ihr findet etwas, das man vor Gericht gegen mich verwenden könnte?« White hustete kurz, dann sprach er weiter: »Ich gelte offiziell als tot, und der Plunder, der hier noch rumsteht, ist nichts Besonderes. Auf keinen Fall kann man daraus ableiten, welche Art von Forschung betrieben wurde. Zudem ist das hier militärisches Sperrgebiet, euer Aufenthalt ist also höchst illegal und strafbar. Was immer ihr auch geglaubt habt, hier zu finden … Es würde euch nichts nützen, denn es wäre vor Gericht nicht zulässig.«

Er weiß nichts von der Speicherkarte in der Kamera. Er denkt nicht mehr daran, hat sie wahrscheinlich einfach vergessen.

»Mir war langweilig«, sagte Noah. »Und ich hatte Lust auf einen Ausflug. Die Insel soll sehr schön sein, und wie ich gehört habe, brüten hier seltene Vogelarten.«

»Ach ja«, seufzte White und feuerte die Waffe ab. Die Kugel jaulte an Noah vorbei und schlug hinter ihm in die Wand. »Du siehst nicht aus wie jemand, der sich für seltene Vögel interessiert«, sagte White ruhig und richtete die Waffe erneut auf Noah. »So langsam fängt die Sache an mich zu langweilen.«

»Das ist mir scheißegal!«, brüllte Noah unvermittelt. »Du hast sie alle umgebracht, du Schwein. Meinen Vater, seine Frau und meine Stiefschwester. Wenn ich könnte, würde ich dich mit meinen eigenen Händen erwürgen und deine Leiche an die Fische verfüttern.«

White hob die Mündung der Waffe an, sodass sie auf Noahs Kopf zielte.

»Und?«, höhnte Noah. »Erschießt du mich jetzt auch? Den letzten lebenden Verwandten, den du noch hast? Nur zu, du Arschloch, vor dir habe ich keine Angst.«

White verzog den Mund. »Das ist mir klar, Junge, aber ich bin mir sicher, du willst, dass Kat am Leben bleibt. Also, wo ist sie? Ich gebe dir mein Wort, dass ich ihr nichts antue, wenn du meine Forderungen erfüllst. Dich kann ich allerdings nicht am Leben lassen, sorry.«

»Fick dich!«

Kat hielt die Luft an. White zögerte kurz, den Finger immer noch am Abzug.

Dann kam er langsam auf Noah zu, die Waffe unablässig auf seine Stirn gerichtet.

O Gott!

Kat hielt sich die Hand vor den Mund, um nicht aufzuschreien.

Er wird ihn umbringen.

Aber White machte plötzlich einen Schritt nach vorn und hämmerte Noah mit voller Wucht die Pistole gegen den Schädel.

Noah ächzte leise und brach zusammen.

Regungslos blieb er liegen.

White stieß ihn mit dem Fuß an.

Nichts, keine Reaktion.

Er nickte zufrieden.

Dann hob er den Kopf an und rief laut: »Kat! Wo auch immer du dich versteckst, komm raus oder ich töte ihn!«

Kat biss sich auf die Lippe. Sie wusste, dass dies keine Option war. Er würde sie beide töten und die Speicherkarte wäre ebenfalls verloren.

»Ich gebe dir dreißig Minuten. Komm zum Ausgang.«

Er lauschte. Drehte den Kopf in beide Richtungen. Lauschte erneut.

»In genau dreißig Minuten werde ich anfangen, auf Noah zu schießen. Ich werde ihn hinstellen und als Zielscheibe benutzen. Erst ins linke Bein. Fünf Minuten später ins andere. Dann in die Arme und so weiter. Er wird sehr langsam und ausgesprochen qualvoll sterben. Du kannst das verhindern. Es gibt so oder so kein Entkommen. Besser, wir bringen es hinter uns.«

Noch einmal hielt er inne.

Dann packte er Noah am Neoprenanzug und zog ihn hinter sich her.

Den Gang entlang.

Als White aus ihrem Sichtfeld verschwunden war und sie ihn auch nicht mehr hörte, stieß Kat die angehaltene Luft aus.

Sie hatte dreißig Minuten.

Dreißig Minuten, in denen ihr etwas einfallen musste, um sie beide zu retten. Sie zweifelte keinen Augenblick daran, dass White seine Drohung wahrmachen und auf Noah schießen würde.

Was tue ich jetzt?

Kat war klar, dass sie White überwältigen musste. Sie ging ihre Optionen durch. Als Waffe gegen ihn konnte sie nur das Bärenabwehrspray oder die Brechstange einsetzen, doch dafür musste sie nah an ihn rankommen.

Und das war schon das erste Problem!

Sie konnte nicht durch den Gang zurück, weder die Treppe noch den Aufzug nehmen. White würde oben auf sie lauern. Keine Chance, ihn zu überraschen. Einen anderen Weg gab es jedoch nicht. Sie fluchte stumm.

Tränen der Verzweiflung schossen in ihre Augen, aber sie blinzelte sie weg. Dafür war jetzt keine Zeit. Die Sekunden verrannen.

Dann kam ihr ein Gedanke.

Wohin führt dieser Luftschacht?

Kat schob sich und den Rucksack vorwärts.

Beide Knie brannten wie verrückt. Der Schacht war mit Nieten und Schrauben montiert worden, die das Neopren und ihre Haut aufrissen. Die Taschenlampe steckte in ihrem Mund, was das Atmen schwer machte. Als sie kurz in den Schacht zurückleuchtete, entdeckte sie Blutspuren, die sie auf ihrem Weg hinterlassen hatte. Inzwischen schwitzte sie wie verrückt. Kochte förmlich in dem Gummianzug, aber sie kroch unablässig vorwärts.

Dann kam die erst Abbiegung.

Rechtwinklig. Nach links.

Verdammt!

Kat musste den Rucksack um die Ecke werfen und sich dann selbst nachschieben, wobei sie sich derart verbiegen musste, dass sie dachte, sie würde sich entweder die Hüfte brechen oder stecken bleiben.

Beides geschah nicht. Sie erreichte den nächsten Schacht, der sich im Schein der Taschenlampe scheinbar endlos vor ihr ausstreckte.

Erschöpft keuchte sie.

Wie viel Zeit ist vergangen?

Auf das Handy zu schauen, würde nichts bringen, da sie nicht wusste, wann sie losgekrochen war. Außerdem spielte es keine Rolle, sie musste es rechtzeitig schaffen oder Noah würde sterben.

Schnaufend robbte sie weiter.

41.

Ein paar Minuten später endete auch dieser Schacht, aber diesmal gab es keine Abbiegung, sondern es ging senkrecht nach oben. Kat leuchtete hinauf.

O Scheiße!

Mindestens zwanzig Sekunden war sie wie gelähmt. Kaum fähig zu atmen, nur einen Gedanken im Kopf.

Wie zum Teufel soll ich da raufkommen?

Kat kaute auf ihrer Unterlippe herum. Sie musste es zumindest versuchen. Eine andere Möglichkeit gab es sowieso nicht.

Sie schob die Knie unter ihren Körper und richtete sich langsam auf. Dann zog sie die Gummischuhe aus, die sie zum Neoprenanzug gekauft hatten.

Der Schacht war vielleicht einen Meter breit, kaum Platz, um Arme und Beine richtig einzusetzen. Kat stemmte die Füße gegen das Metall und presste den Rücken fest gegen die andere Seite. Dann setzte sie den rechten Fuß an und schob sich ein Stück nach oben. Dreißig Zentimeter mehr nicht.

Der zweite Fuß folgte. Sie saß nun in einer Art Hocke im Schacht, konnte sich aber halten. Zumindest der Neoprenanzug erwies sich jetzt als großer Vorteil, denn das Gummi saugte sich regelrecht am Metall fest und verhinderte, dass sie abrutschte.

Den Rucksack vor dem Bauch, die Taschenlampe im Mund quälte sich Kat weiter hoch.

Stück für Stück.

Zentimeter für Zentimeter.

Nach einer Weile spürte sie, dass sie sich der Oberfläche näherte. Ein fahler Lichtschein fiel in den Schacht und die Luft roch frischer. Außerdem spürte sie einen kühlen Hauch im Gesicht.

Kat hob den Kopf.

Blickte nach oben.

Und dachte, sterben zu müssen.

Der Schacht war vergittert.

Doch diesmal zögerte sie nicht. Sie war so weit gekommen. Sie würde nicht aufgeben.

Kat versuchte das Gitter anzuheben. Es war festgeschraubt, ließ sich jedoch etwas bewegen. Sie öffnete den Rucksack. Vorsichtig holte sie das Brecheisen heraus. Ihre Hand war klatschnass und für einen Moment rutschte die Metallstange in ihren Fingern, aber sie konnte sie festhalten.

Nun kam der schwierige Teil.

Kat hob die Brechstange hoch, schob das flache Ende in den Schlitz zwischen Gitter und Schacht und zog am anderen. Das Metall ächzte, dann gab es nach und fiel zur Seite. Wind und Regen hatten es regelrecht zerfressen.

Rostiger Staub rieselte auf Kat herab, aber sie seufzte zufrieden. Sie warf das Brecheisen und den Rucksack hinaus und kletterte dann über den Schachtrand, der an dieser Stelle etwa einen Meter über den Boden ragte. Kat blieb in der Hocke und sah sich um.

Sie war halbrechts, in ungefähr fünfzig Meter Entfernung zu dem Gebäude an die Oberfläche gekommen, durch das

Noah und sie in das Labor eingedrungen waren. Kat vermutete, dass White im Vorraum neben der Treppe und dem Lastenaufzug auf sie lauerte. Im Hintergrund stand ein Hubschrauber und wirkte wie ein schwarzes Insekt aus einer anderen Welt.

Es war ein kleiner Heli, libellenhaft, mit nur zwei Sitzen. White war also doch allein gekommen, denn Kat konnte niemanden entdecken.

Sie ließ den Rucksack zu Boden sinken und legte die ausgeschaltete Taschenlampe daneben. Beides brauchte sie nicht mehr.

Mit der Brechstange in der einen Hand und dem Bärenabwehrspray in der anderen schlich sie langsam auf das Gebäude zu.

White stand mit dem Rücken zu ihr. Vor ihm auf dem Boden hockte Noah. Blut floss aus einer Platzwunde an seiner Stirn. Er sah benommen aus. Kaum fähig, sich zu rühren, aber er blickte in ihre Richtung, als sie den Kopf um die Ecke schob und in den Raum spähte.

Nun kam der schwierige Teil. Bisher war sie von drinnen nicht zu sehen gewesen, da sie sich von der Rückseite des Gebäudes genähert hatte. Barfuß hatte sie auch keine Geräusche auf dem feuchten Boden verursacht, doch nun musste sie ihre Deckung verlassen und sich von hinten an White anschleichen, ohne dass er sie bemerkte. Er hatte eine Waffe. Eine zweite Chance würde es nicht geben.

»Sie scheint nicht zu kommen«, sagte White. »Offensichtlich ist ihr dein Gesundheitszustand egal, aber das wird sich ändern, wenn du erst mal mit dem Schreien beginnst.«

Kat nickte Noah zu.

»Nein«, rief dieser panisch auf. »Nicht schießen. Ich sage dir alles, was du willst.«

White lachte auf. »Was ist aus deinem Heldentum geworden? Aus dem *Fick dich*?«

Die Mündung der Pistole richtete sich auf Noahs Bein. »Wo ist Kat?«

»Ich bin hier, Arschloch!«, sagte Kat.

Noch während er erschrocken den Kopf herumriss, drückte sie den Sprühknopf des Abwehrsprays und jagte ihm die ganze Ladung in die Augen.

White brüllte auf, ließ die Waffe fallen und schlug beide Hände vors Gesicht.

Kat zog das Brecheisen voll durch.

Der Arzt wurde regelrecht von den Füßen gerissen und kippte seitlich weg.

Regungslos blieb er liegen.

Kat ließ das Brecheisen und das Spray fallen. Sie hastete zu Noah und nahm ihn fest in die Arme.

Tränen der Erschöpfung und der Erleichterung liefen über ihre Wangen und immer wieder flüsterte sie seinen Namen.
Noah.

Er löste sich von ihr. Nahm ihr Gesicht in beide Hände und küsste die Tränen weg.

»Ich wusste, dass du kommst«, sagte er leise.

Kat blickte zu White, der bewusstlos am Boden lag. »Was machen wir mit ihm?«

Noah grinste. »Wo ist der Rucksack?«

»Draußen.«

»Wir holen das Seil und fesseln ihn. Danach paddeln wir

zurück zu Miller. Ich bin mir sicher, dass er auf uns gewartet hat. Wenn wir zurück in Huntington Beach sind, rufen wir anonym bei der Polizei an und sagen ihnen, wo sich Robin Taylor befindet. Er wird einiges zu erklären haben.«

Kat lächelte ihn an. »Zunächst einmal, wo er die letzten zwanzig Jahre gesteckt hat und was er in militärischem Sperrgebiet zu suchen hat. Man wird das Labor finden und sich viele Fragen stellen.«

»Ja, zum Beispiel, was für Versuche ein verschwundener Wissenschaftler in einer abgelegenen Einrichtung der Navy macht. Ich bin mir sicher, das Militär steckt da irgendwie mit drin. Ein gefundenes Fressen für die Presse. Es werden Köpfe rollen.«

»Und der Mord an deinem Vater, deiner Stiefmutter und Megan?«

»Dafür kann man ihn wahrscheinlich nicht drankriegen, außer er gesteht. Aber so oder so, wird er in Untersuchungshaft kommen, bis alle Fragen geklärt sind. Vorerst sind wir vor ihm sicher. Lass ihn uns fesseln, bevor er wieder aufwacht, und dann gehen wir …« Noah fasste ihre Hand.

»… nach Hause«, vollendete Kat seinen Satz.

Epilog

Drei Monate später

Kat saß draußen auf der Terrasse, trank einen Schluck italienischen Kaffee und biss herzhaft in ein Croissant. Obwohl es noch nicht einmal zehn Uhr war, brannte die Sonne bereits vom wolkenlosen blauen Himmel. Aus einer kleinen Box klang der neueste Hit von Ariana Grande, den Kat inzwischen schon mehrfach gehört hatte. Die Radiostationen spielten ihn rauf und runter.

Vor ihr auf dem Tisch stand Noahs Frühstück. Unangerührt. Er hatte einen Anruf bekommen und war ins Haus gegangen, um in Ruhe telefonieren zu können. Als er nun zurück auf die Terrasse kam, war sein Gesichtsausdruck angespannt. Kat sah ihm sofort an, dass etwas vorgefallen war.

»Was ist?«, fragte sie, noch bevor er sich setzen konnte.

»Die Polizei war dran. White … Mein Onkel Robin hat Selbstmord begangen. Man hat ihn erhängt in seiner Zelle aufgefunden. Es muss in der Nacht geschehen sein. Als man ihn heute morgen entdeckte, war er schon seit Stunden tot.«

»Wie geht es dir damit?«, fragte Kat.

»Ich weiß nicht, was ich denken soll. Auf der einen Seite bin ich erleichtert, dass er uns jetzt nicht mehr gefährlich werden kann, andererseits war er mein letzter lebender Verwandter. Was denkst du? Glaubst du, es war wirklich Selbstmord? Eigentlich passt das doch nicht zu ihm.«

»Die ganze Sache hat zu viel Staub aufgewirbelt. White hat mir mal erzählt, dass es mächtige Männer gibt, die ungeduldig auf die Ergebnisse seiner Forschung warten. Jetzt, da er aufgeflogen ist, könnte irgendjemand dafür gesorgt haben, dass er für immer schweigt und niemanden in die Sache hineinzieht. Ehrlich gesagt, bin ich froh, dass er tot ist. Wir wären niemals vor ihm sicher gewesen. Er war skrupellos, ein Mann, der über Leichen ging.«

Kat dachte an Megans Leibwächter James, von dem sie vermutet hatte, dass er heimlich die Taylors für White ausspionierte. Die Polizei hatte seine Leiche nur einen Tag nach Whites Verhaftung in einem Müllcontainer im Stadtteil Boyle Heights gefunden. Jemand hatte ihn mit einem Kopfschuss erledigt. Wahrscheinlich White selbst oder einer seiner Männer, als James nicht mehr nützlich war. Die Polizei hatte ermittelt, dass er zu dem Zeitpunkt gestorben sein musste, als Noah und Kat auf die Insel übersetzten.

»Etwas Gutes hat die Sache«, sagte Noah. »Die Meldung, dass wir jetzt offiziell ein Paar sind und heiraten wollen, ist dadurch in den Hintergrund gerückt. In den sozialen Medien wundert man sich zwar immer noch darüber, weil wir Stiefgeschwister sind, aber ich denke, in spätestens einer Woche wird niemand mehr davon sprechen. Nichts ist in Los Angeles langweiliger als eine Nachricht von gestern.«

Kat sah ihn an. Sie spürte, wie ein Lächeln auf ihre Lippen floss. »Und es ist wirklich okay für dich, dass Emily und die kleine Katherine zukünftig bei uns wohnen?«

Er grinste breit. »Ich werde deiner Nichte das Surfen beibringen. Vielleicht hat sie mehr Talent als du.«

Kat boxte ihm spielerisch auf den Arm. »Du hast gesagt, ich hätte es drauf.«

»Na ja …, da hat wohl die Liebe aus mir gesprochen, denn ehrlich gesagt, siehst du auf dem Brett wie ein toter Pinguin aus.«

Nun musste auch Kat lachen, doch sie wurde ernst, als Noah seine Hand ausstreckte und öffnete. Darin lag die Speicherkarte mit den Informationen über Whites Arbeit. Noah sah Kat an, dann ließ er die Speicherkarte auf den Boden fallen.

»Du willst das wirklich tun?«, fragte sie.

»Wir brauchen sie nicht mehr. White ist tot. Wenn die Wahrheit rauskommt und die Welt erfährt, was dir passiert ist, wirst du niemals Ruhe finden.« Er seufzte. »Und ich auch nicht. Außerdem glaube ich, dass aus der Arbeit meines Onkels nichts Gutes entstehen kann. Es ist besser so.«

Noah zertrat die Speicherkarte unter seinem Fuß zu winzigen Bruchstücken.

»Lass uns frühstücken«, sagte er.

Nachwort

Dass Vater und Tochter gemeinsam einen Roman schreiben, ist sicherlich ungewöhnlich, aber vor allem ist es eine Erfahrung gewesen. Durch unsere unterschiedlichen Persönlichkeiten und den Altersunterschied sehen wir die Welt aus anderen Perspektiven und mussten uns während des Schreibens immer wieder miteinander auseinandersetzen.

Doch am Ende ist ein Buch daraus entstanden, auf das wir beide stolz sind. Wir hoffen, du liebe Leserin und lieber Leser hattest genauso viel Spaß daran es zu lesen, wie wir beim Schreiben.

Anna & Rainer Wekwerth

Wekwerth, Anna
Wekwerth, Rainer
Becoming Megan
ISBN 978-3-522-50799-8

Umschlaggestaltung: Frauke Schneider
Satz und Innentypografie: Kadja Gericke
Reproduktion: DIGIZWO Kessler + Kienzle GbR, Stuttgart
Druck und Bindung: CPI Books GmbH, Leck

Copyright © 2024 by Anna und Rainer Wekwerth
Copyright Originalausgabe © 2024 Planet!
in der Thienemann-Esslinger Verlag GmbH, Stuttgart
Alle Rechte vorbehalten.

Wir behalten uns die Nutzung unserer Inhalte für Text und Data Mining im Sinne von § 44 UrhG ausdrücklich vor.